逐香巧娘子

下

風 文創 957

桃玖 著

目錄

第三十一章 採花製油

笪珂正坐在鏡子前梳頭，這梳妝檯也是之前謝紹打給她的，樣式樸素卻結實，讓笪珂歡喜了好一陣子。可現在她有些氣鼓鼓的，有一下沒一下地梳著自己的頭髮，暗暗惱怒他不知輕重，一點也不愛惜自己的身體。

謝紹走到笪珂身後，雙手插入她腋下擁住她，彎腰將頭埋在她脖頸裡，語氣溫柔。「我錯了，以後會小心些。」

「放開我。」這人老是這樣，先惹怒了她再來賣乖，哪有這麼便宜的事！

謝紹怎麼可能聽她的話，他一靠近她就聞到了一股特別宜人的香氣，直直衝進天靈蓋，讓他整個人燥熱起來。

這下謝紹乾脆一使力，用抱小孩的方式將笪珂提起來擁入懷裡。

「你！」笪珂氣急，連話都不會說了。

謝紹雙臂力氣大得嚇人，抱她就跟鬧著玩一樣，笪珂被高高舉到半空中，他的雙手還正好握住她的臀，這讓笪珂更惱怒了。

逼不得已，她只能用雙手撐著謝紹的肩膀，可隨即想到他肩膀又傷了，只得勾住他的脖頸——這個姿勢，怎麼看都像無聲的邀請。

謝紹漆黑的眼眸沈了沈。

「你快放我下來，不然我生氣嘍！」竺珂拿這麼個身強體壯的男人沒法子，只好豎起眉毛，用自以為最凶的表情對他說。

可謝紹卻覺得她是隻會撓人的貓兒，根本不放在心上，只道：「今天搽的什麼，這麼香？」

竺珂一愣。她方才用了一些玫瑰花油，還有泉液……

謝紹緊緊地抱著人在屋裡轉了一圈，竺珂慌亂地看了門外一眼，生怕自己的聲音傳出去，又羞又怒地捶了他的胸口一下道：「你要做什麼呀?!」

謝紹發自內心地咧開嘴笑了。今天他出去幹了一天活兒，雖然疲累，卻感到異常充實。他是為了她奮鬥的，這比過去在山裡打了野豬賣得幾十兩銀子都讓他感到高興。家中有此嬌妻，他恨不得每時每刻將她帶在身邊，寸步不離。

竺珂被他轉得腦袋有些暈，可瞧他一臉傻笑，到底是軟了心腸，表情也柔和下來。「你放我下去，我給你上藥。」

「不放。」

謝紹抱著她大步朝炕邊走去，竺珂還沒反應過來，人已經躺在炕上。

男人的身體伏了下來，似乎特別喜歡今日她身上的香氣。「依依，妳好香。」

竺珂到底才剛經人事，哪裡禁得住這麼直白的挑逗，但看他額角隱隱冒出汗意，眸子深得可怕，到底是心疼的。

「你不累嗎？」她輕聲問道。

累？抱著嬌軟可人的嬌妻還會累？謝紹意味不明地笑了兩聲，兩三下，上半身的衣裳就被隨意扯掉，扔在了一旁。

他常年幹活，精壯有力的肌肉結實健美，瞧得竺珂怦然心動，忍不住伸手摸了摸那硬邦邦的方塊。當他們肌膚相親的時候，她能感受到他身體的力與美。

謝紹倒吸一口氣，一把捉住她不安分的小手，在竺珂滿是羞澀的眼神中，他溫柔地親了親她的手，眼神越發幽暗。

「你……」竺珂剛要開口，話語已經被全數堵了回去。

謝紹覺得這炕的好處實在太多了，無論他怎麼使勁，都不會像木床一樣發出嘎吱嘎吱的聲音。竺珂初經人事，剛開始不太適應，但這次也隱隱有了感覺，聲音愈來愈甜膩，像是勾著人去品嘗一樣，謝紹也跟著沒了輕重。

輕挑慢撚，一下又一下，到最後一個狠戾，竺珂像隻小獸一樣睜大眼睛，嗚咽了一聲。

冬日的半夜，一家人早歇下了，謝紹只能摸黑起床燒熱水，給自家嬌嬌送去。

次日竺珂強迫自己起了個早，儘管睏得眼皮直打架，她還是進了廚房，下了昨日做的餃子，再用平底鍋熱豬油，為謝紹準備午飯。

白胖胖的餃子遇到熱油，傳出來的聲音與香氣都讓人垂涎。竺珂控制著火候，等一面變得金黃之後就立刻去煎另一面，沒多久的工夫，餃子全被煎得兩面金黃、酥脆可口。她一共煎了五十個餃子，裝了兩個盒子。

謝紹在院子裡洗漱完畢，竺珂正好走出來把飯盒遞給他。

「多的給元寶吧。」碼頭午飯管的都是米湯，幹活的人怎麼可能吃得飽。

謝紹接了過來，確認四周無人後，又上前捏了捏竺珂的臉蛋道：「在家乖乖等我。」

待謝紹出門後，竺珂只覺得渾身快散架了，簡單地喝了幾口粥後她就鑽回被窩裡，這一覺，睡到了日上三竿。

竺珂迷迷糊糊中聽到院子裡傳來兩個姑娘跳皮筋的聲音，她在桌上留了飯，心想她們已經吃過了，便沒有立刻起床，而是順勢翻了個身，賴在被窩裡。她實在是累極了，昨晚一夜瘋狂，今日還緩不過來。

睡著睡著，竺珂有些口渴，炕邊那張小几案倒是方便，她隨手倒了杯茶，加了兩滴泉液喝下去。

這泉液是個好東西，只消兩滴，竺珂的困乏便解了大半，繼續在床上閉目養神一會兒，渾身痠痛的感覺也好了不少……她睜開眼，突然有個大膽的想法。

梳妝檯前擺著她那日去香料鋪子順道買的玫瑰花油，這花油用的玫瑰不算頂好，香氣有些青澀。竺珂將瓶蓋打開，小心翼翼地滴入兩滴泉液，靜靜等待變化。

玫瑰香沒多久就變得濃郁，像是一朵含苞待放的花朵吐露出了成熟的花蕊。她湊過去聞了聞，驚訝地看了看手中的泉液，果然和她想的一樣嗎……

竺珂喜出望外，當下瞌睡蟲全飛了，她起身換衣梳頭，走到院子裡甜甜一喊。「靈靈、小豆芽，要跟我去採花嗎？」

後山上有一片茶園，這會兒正是茶花盛開的好時節，茶花品種之一的白寶珠朵朵潔白、奪目耀眼，三人採了整整兩大籃的茶花才返家。

打開院門，竺珂將今日的收穫放在院子裡的石桌上，進屋拿出一個木盆，接著走到井邊仔細清理起這些茶花。

捨去微爛或長蟲的花瓣，只留最好的，洗乾淨之後放進木盆裡。竺珂拿出自製的碾花汁器具，開始將那些茶花細細碾成花泥。

「嫂嫂，我們來幫妳。」謝靈說道。她和小豆芽好奇地站在一旁，躍躍欲試。

「好，那妳們就和我剛才一樣，碾到這個程度便好。」這道工序不難，交給兩個姑娘也不是大事。

竺珂起身走到廚房，尋了一小罐芝麻油出來。

芝麻油可是稀罕的什物，是富貴人家消費的東西，謝家就這麼一小罐，竺珂從不捨得用，可是……咬了咬牙，她拿著芝麻油回到院子裡。

花泥碾好之後，竺珂將其收進罐子裡。別看採回來的茶花這麼多，挑揀過後再碾一遍，做出來的花泥也就裝了半個瓷罐而已。

竺珂按照《香譜》上的方子，將嚴格調配好比例的芝麻油和花泥倒在一起混合，再將罐子密封好，便能上火去蒸了。

這是普通花油的作法，當然，竺珂沒忘記自己的泉液。這是她頭一次試做花油，如果能成，以後香粉鋪子要賣的東西品質全都有了保證。現在是冬季，還是花油最受歡迎。

「嫂嫂，這蒸出來的是什麼呀？」謝靈問道。

竺珂控制好了火候，抬起頭笑著說：「是茶花油。」

「茶花油？」

「是呀，做好的花油對女子來說大有益處，不僅帶著香氣，還可以用來潤髮、潤臉，到時候也給妳們倆用一點。」

謝靈雙眼迸發出了光彩，讚嘆道：「嫂嫂，妳會的可真多！」

竺珂笑著看了旁邊的小豆芽一眼，這還得歸功於她那本《香譜》。

《香譜》上記錄的方子眾多，花油還是最簡單的一種。茶花香氣淡雅，不似玫瑰、牡丹的雍容富貴，更不像桂花、梔子的濃郁，勝在有自己的特點。

上火溜了三遍，雖然竺珂很期待成品，但此時還不能打開，至少要等到明日。

瞧了瞧天色，謝紹應該快回來了，竺珂清理了灶臺一番，準備做晚飯。

「哥哥！」院子裡傳來了謝靈的一聲大喊。

竺珂擦了擦手，小跑著出了廚房問道：「怎麼了?!」

謝紹和元寶正在院門口張羅，只見元寶牽著一頭中等大小的成年驢，而謝紹手中則牽了一頭牛。

只是……白色的身體、黑色的斑塊？竺珂也忍不住叫出聲。「哪裡來的乳牛?!」

那頭乳牛此刻正乖順地被謝紹牽著，兩顆眼珠黑漆漆的，似乎對面前的一切充滿了好奇。

竺珂驚喜地走上前望向謝紹，他眼底閃過一絲笑意道：「本來定的是下月初，沒想到提前到了。」

想買乳牛可不是一件容易的事，竺珂只聽說過距離這裡一百多里以外有個牧場有養乳牛，沒想到謝紹竟真的為她尋了一頭回來。

「先進去吧，把牠倆安置下來。」

謝家院子裡就一棵桂花樹還算粗壯，謝紹前兩日用幾根木頭搭了一個簡單的驢棚，他顯然沒想到乳牛會這麼快就來了，只好先用繩子將牠拴在桂花樹上。

謝靈和小豆芽顯然對家裡的「新夥伴」充滿了好奇，尤其是她們沒見過乳牛，兩人圍著桂花樹不住地跑來跑去，想靠近又不敢。

「還是別讓她們靠太近。」竺珂有些擔心地看著那頭乳牛。聽說牛會踢人，她生怕會傷著兩個孩子。

謝紹抬頭看了一眼道：「沒關係，乳牛一般性情溫和。暫時先這樣吧，我會盡快搭牛棚的，先喊她們進來。」

竺珂點點頭，喊道：「靈靈、小豆芽，來吃飯了！」

晚飯竺珂攤了軟餅，又圓又薄的餅在她的巧手下一張張地摞了起來。馬鈴薯絲、青椒肉絲、清炒白菜絲都是非常適合捲餅的菜。

笁珂端著菜和捲餅出來，謝靈拿碗筷、小豆芽端菜，鍋裡還熬著一鍋香噴噴的小米粥。平凡又樸實的一頓晚飯，讓人掃去了一天的疲憊。

「哥，乳牛要怎麼養？」謝靈看了看屋外那兩個新夥伴，問道。

這話問到了點子上，笁珂也看向謝紹。她從來沒養過驢或牛，肉牛倒罷了，聽說給夠了草就行，可乳牛應該金貴得多，若是養不好不下奶就麻煩了。

「我明天去趟方家，村長也有經驗。」謝紹道。

笁珂想起方家也有驢，而村長則是養殖大戶，經驗豐富自然不在話下。

「今晚先將就一下，明天下了工，元寶就會過來幫忙搭牛棚和驢棚，兩個要分開一些。」

原本的驢棚並不完善，只夠頂著用，接下來有元寶幫忙，就要做得到位了。

笁珂點點頭，心裡微微有些難受。謝紹一天上工就夠累了，回家還要幹活……她這麼想著，又為謝紹捲好了一個餅，放進他盤子裡。

晚上洗漱完，笁珂進了新屋，謝紹已經歇下了，她便放輕腳步慢慢走到炕邊。

男人睡得很熟，卻蹙著眉頭，輕微的呼聲暴露了他的倦意。先前蓋新屋的時候，那種勞動強度都沒讓謝紹打過呼呢……

笁珂眸中閃過了一絲心疼。她輕輕掀開他的衣襟，想看看他的肩膀，只是還未瞧清楚，躺著的人已經醒了，他猛地把人一扯，她瞬間倒在他胸膛上。

「偷看我？」男人的聲音有點沙啞，富有磁性。

「美得你！」竺珂不輕不重地捶了他的胸膛一下。「我就是看看你的肩膀。」

謝紹語氣帶著一絲笑意。「沒事，不用擔心，嗯？」

竺珂特別迷戀有他在身邊的安全感，輕輕「嗯」了一聲，就想撐著他的胸膛坐起來，可謝紹不讓她走，摟著人翻了個身道：「乖，陪我睡一會兒。」

謝紹的聲音裡透露出濃濃的疲憊，竺珂不忍心再亂動，只好順著他的胳膊窩在他懷裡，沒多久，她也睡著了……

次日謝紹醒來的時候，發現竺珂已經起床了，正在廚房忙活早飯。竺珂見他每日都這麼辛苦，下定決心要在飯菜上多添些油水，不然哪來的力氣幹活！

「醒啦？」竺珂笑著看向面前的男人。

此刻整個廚房裡飄著一股奇特的肉香，謝紹湊過去問道：「做什麼呢？」

「紅燒豬蹄，你帶到碼頭中午吃。」

掀開鍋蓋，只見紅色的豬蹄表面泛著油光、湯汁濃稠，竺珂拿筷子一戳就戳出洞，說明豬蹄已經軟爛，她為謝紹整整裝了兩隻豬蹄，蓋在雪白的米飯上，又澆了一勺肉汁，才闔上了蓋子。

「這盒是飯和肉，還有一盒是菜，記得吃啊。」

謝紹靜靜看著竺珂打理好這一切，內心漾滿柔情，接過飯盒，他忍不住在她臉上用力親了一口道：「過陣子村裡要殺豬，除了那些，我會再多買點肉回來。」

竺珂笑道：「好，知道啦。今年我來做臘肉，絕對好吃。」

村裡在過年之前會殺十幾頭豬，到時候謝紹肯定要去幫忙，也許不用花太多錢，家裡過年要用的肉就有了著落。

第三十二章 牛棚完工

謝紹出門後，竺珂用小火溫著剩下的豬蹄，拿出昨天做的那罐茶花油，一打開罐口，便聞到一股幽幽的茶花香味。

竺珂取來幾個新的小瓷瓶，然後小心傾斜放著罐子。原本花瓣裡面就有水，這麼一蒸，水分便浮到了油上，這些水已經入了香味，比普通水多了些油潤，這就是花露，倒出這些花露，剩下的才是純正的花油。花露當然也是好東西，用來潤臉、搽身體都很好，花油則可以潤髮。

花露分裝成三個小瓷瓶，花油則分成五個。竺珂仔細地聞了聞，雖然只用了兩樣材料，可有了泉液，這花油不是上品也是中品。

竺珂自己留了一小瓶花油和花露，然後便將完成的繡品、花油跟花露帶到金嬸家，順便送了一瓶花油給金嬸。

「這啥呀，這麼香！」金嬸打開聞了聞，面露驚喜。

「是我自己做的花油，送給您一罐，剩下的就送給蘇家小姐跟另外幾位小姐，當作她們照顧我生意的回贈吧。」

原本竺珂想等做出香粉再送人，不過既然有了花露跟花油，自然能提前為香粉鋪子打基礎。

「唉呀妳太客氣啦，不過這真好聞，我看啊，不比那香粉鋪子裡賣的差！」金嬸雖平日不用這些東西，卻也聞得出竺珂做的這瓶花油沒有刺鼻的氣味，沾手即香，若拿出去賣，至少能得半兩銀子。

竺珂笑道：「您就收下吧，我閒來沒事瞎做的。」

金嬸仔細地收好，說道：「行，妳放心，我一定完好送到。」

「好，那就麻煩您了。」

「客氣啥！對了，我聽元寶說了，他這沒出息的老是蹭他謝紹哥的飯，真是！」

竺珂笑道：「碼頭伙食差，沒事的。」

「過陣子就要過年了，家裡有啥要幫忙的，就直接跟嬸子開口，別客氣啊。」

「好，謝謝嬸子。」

謝紹去碼頭前將乳牛和驢的飼料提前備好了一天的分，繩子也加固了好幾遍，就是擔心竺珂一個人在家時遇到突發情況會處理不來。不過那乳牛看起來似乎並不怎麼挑食，很習慣地吃著謝紹準備的草料，那驢更是來者不拒，竺珂回家後削了好幾根白蘿蔔扔到料槽裡，牠也吃得開心極了。

搭建牛棚跟驢棚需要不小的地，幸好謝家後院山洞前的空地多，謝紹便決定在那裡各為乳牛跟驢搭棚，每日下了工，謝紹和元寶便忙著蓋棚子。最近天黑得早，考慮到有人住在山上，碼頭那邊下午就休息了。

村長和方家公過來關心狀況，方家公仔細看了看那頭乳牛，連連道好。「不錯，這乳牛看起來健康，應該是個好下奶的。」

「就是說！謝紹啊，你好好養，說不定以後三陸壩村頭一個養殖乳牛的就是你家了！」村長摸了摸那乳牛，笑著說道。

竺珂在廚房忙活，聽著外面的動靜，心裡默默盤算起來。謝家位處半山腰，後面是一片連綿的山坡，若要放養乳牛……倒也不是沒有條件。不過謝紹既然選擇買乳牛，自然已經考慮過這些事，竺珂對自家男人有信心，便不再多想，勾了勾唇，專心忙自己的事。

本要打算留村長和方家公吃晚飯的，可是他們婉拒，謝紹也不強求，臨走前又問了問兩人的養殖經驗，一一記下。

竺珂用來做豬蹄的那條腿還剩下大半條肥瘦相間的肉，切成拇指大小的厚度，放在碗裡醃製，碗底是蒸得半熟的紅薯，裹滿米粉的肉片和紅薯碼放整齊後，再用冷水上鍋蒸，待紅薯熟透、肉質軟爛即可出鍋，最後撒上蔥花——一道香糯可口、肥而不膩的粉蒸肉完成了。

豬腿肥碩，竺珂直接端了籠屜上桌，冒著熱氣的粉蒸肉，香味勾起了每個人肚子裡的饞蟲，就連竺珂這個不愛吃肥肉的人，都忍不住連吃了兩片。

「太幸福了，謝紹哥，我來你家當長工吧，一分錢不要，管飯就行。」元寶放下筷子，眼神透露出渴望，認真說道。

這話把一桌子的人都逗笑了，謝紹拍了拍他肩膀道：「沒問題，等我開起養殖場，你隨時都能過來。」

元寶睜大了眼道：「謝紹哥，你真要開養殖場？」

竺珂也有些吃驚，看向了謝紹。

卻見謝紹雲淡風輕，又挾了一筷子肉道：「還不一定，走一步算一步吧。」

謝紹幹活的工夫的確麻利得很，說要蓋牛棚，果真迅速地起了，活兒還幹得漂亮。牛棚比驢棚大，多留了兩個槽口，看來是為往後打算的。

村裡有人蓋牛棚的事自然引來不少人關注，村裡那些長舌婦又有了新話題。

「謝家真的不得了了，還搞了頭乳牛回來，聽說那玩意兒對女子好，莫非又是謝娘子哄的？」

「人家就是好福氣，我從來沒喝過牛乳哩。」

這些風言風語傳到薛寡婦的耳朵裡，嫉妒得她眼睛都紅了。不過眼紅歸眼紅，謝家的牛棚還是如期完工了。

竺珂向滿頭大汗的謝紹遞了水和帕子，心疼地問道：「碼頭上的活兒什麼時候能完啊？你最近都瘦了。」

謝紹接過水大口喝完又擦了擦汗，心神有些不寧。竺珂身上香噴噴的，直往他跟前湊，讓他胸口火熱得很，只能無奈地說：「估計要到過年前，妳先進去吧，我把牛棚打掃乾淨就去洗澡，渾身都是汗味，怕妳不舒服。」

笁珂一愣。謝紹身上哪有什麼汗味，他愛乾淨，和村裡許多邋遢男人不一樣，況且他做事勤勞又疼人，她怎麼可能嫌棄他……

不明白謝紹內心戲的笁珂又用帕子為他擦了擦汗，笑咪咪地說：「那好吧，我燉了湯，你一會兒洗完澡就進來喝。」

笁珂心疼謝紹，最近基本上頓頓葷腥，今早在琢磨要吃什麼的時候，她看上了一塊風乾挺久的肉。只是笁珂左右聞了聞、看了看，沒認出是什麼肉，便嘗試著燉湯，結果沒想到湯的味道很不錯，正好給謝紹補一補。

謝紹幹完了活，打水痛痛快快地洗了個澡，走到堂屋飯桌前就瞧見了桌上一鍋肉湯，兩個姑娘正興奮地坐在桌前。這些日子以來她們兩人個子躥了一些，尤其是謝靈，眼看著就要是大姑娘了。

想著想著，謝紹多看了那鍋湯一眼，接著微微一怔。這是……

「吃飯啦！」笁珂端著菜從廚房走過來，毫無所覺。「我發現家裡不認識的肉還挺多的，這是什麼肉來著？是你之前上山打獵得的野味嗎？」

謝紹神色有些古怪地說：「嗯，我也忘了。」

「沒事，還挺好喝的，快坐下吧。」她招呼道。

謝紹拉開凳子坐了下來，謝靈早就想嘗嘗這湯了，拿著勺子就想去舀一碗，結果謝紹一反常態地攔住她說：「小孩子不能吃這個肉。」

聞言，謝靈露出疑惑的表情，笁珂也奇怪地看向謝紹，只見他把那鍋湯挪到自己面前說：「這東西是熱性的，上火。」說罷也不再解釋。

幸好竺珂今日炒了四個菜，沒了湯，還有別的菜，謝靈很快便把這事拋到了腦後。

晚飯過後，謝紹幫竺珂打水洗澡，竺珂解了頭髮，正準備去堂屋，卻見謝紹把浴桶搬到了新屋裡。

「堂屋冷，浴間搭好之前，妳就在屋裡洗吧。」

堂屋裡明明有火盆啊……雖然覺得奇怪，但竺珂沒再多想，點點頭就答應了。只是當她解了外衣時，卻不見謝紹有半點出去的意思，他的眼神緊緊黏在她身上，比往常還多上幾分炙熱。

「怎麼了？」竺珂好笑地看著他，總覺得他從晚飯起就怪怪的。

謝紹也不說話，逕自走過去從背後把人一抱，灼熱的呼吸噴在竺珂的脖頸上，瞬間讓人軟了半邊身子。

「依依晚飯做的什麼湯？」

「啊……什麼湯？」竺珂被他緊緊箍著，身體逐漸熱了起來。

謝紹一口含住她的耳垂，竺珂當下忍不住輕哼了一聲。

「鹿肉湯。」他揭曉答案。

竺珂內心直呼冤枉。蒼天在上，她從來沒見過鹿肉，哪裡知道那塊就是！鹿肉湯是最適合男子食用的補物，這點竺珂是曉得的，可是她沒有半分這種意思啊……

「你、你先放開我，我沒洗澡。」竺珂還在試圖掙扎，卻是徒勞無功。

「沒事，妳不嫌棄我，哪有我嫌棄妳的道理。」謝紹此刻有些急了，呼吸粗重地說：「我幫妳。」

竺珂閉著眼，雙頰通紅，這男人什麼都好，就是力氣太大，強硬起來的時候讓人覺得害怕……

屋內熱氣蒸騰，兩人一派胡鬧，這其中繾綣，不足為人道也。

事後，竺珂埋在謝紹懷裡，說什麼都不肯抬起頭來；吃飽喝足的男人像一頭饜足的獸，溫柔地親了親她的額頭，又捏了捏她還在顫抖的小腿。

「太嬌了，多吃點。」

竺珂想捶他，無奈根本抬不起胳膊，只能默默下定決心——以後再不要在新屋裡洗澡了。

時間過得飛快，轉眼間，年關將近。天氣一日比一日冷，謝紹每日下工回來都會想辦法盡可能為牛棚和驢棚添加保暖措施，眼看著一場雪就要到來了。

山裡下雪定會封路，這幾日家家戶戶都忙著囤糧，謝家也不例外。地窖裡的馬鈴薯跟白菜已經足夠，大米和麵粉這幾天都是成袋地往家裡運，粗糧和玉米更是堆成小山，竺珂每日都詳細記帳，糧食上的開支還是占了大部分。

「謝娘子！」

竺珂正在炕桌上撥弄著小算盤，就聽見院子裡響起了王桃桃的聲音。

「來了！」

竺珂打開門，就見王桃桃笑著在院門口等她，手上提了一罐蜂蜜，還有一個袋子。

「快，進來坐。」竺珂將人迎了進來，為她倒了杯熱茶。

「這天可真是冷啊。」王桃桃接過熱茶，忍不住直搓手道。

「是啊，估計過兩天就下雪了，妳咋來了？」

「來給妳送蜂蜜和錢啊。」王桃桃一邊說，一邊把袋子遞給竺珂道：「這是這一陣子賣芝麻糖的錢，妳數數，按照咱們之前說好的，都在這兒了。」

竺珂有些意外，她大致上看了一下袋子裡的錢，應該有三兩，還有兩吊銅錢。她疑惑地對王桃桃說：「芝麻糖賣了這麼多錢嗎？」

「是啊，自從妳教會了我芝麻糖的作法，我沒事就做，我男人最近去集市又去得勤快，賣得可好哩！」

竺珂笑著說：「那可真是太好了，不過妳最近做糖我又沒幫上什麼忙，拿這麼多不太好吧。」

「唉呀謝娘子，妳就別客氣了，要不是妳，我家這些舊蜜就要在倉庫裡堆積落灰了。快收下吧，妳給我的方子早就值這麼多錢了。」

竺珂還是覺得不妥，這段時間她其實沒管芝麻糖這檔子事，沒想到王桃桃只跟著她做了一次就學會了。

「可……我的確沒出什麼力呀。」

「要不是妳教我，我哪學得會！妳就收下吧，要是不收，以後我也不敢來向妳請教別的東西了。」

竺珂聽了這話，又磨不過王桃桃，只好收下這些錢了。

「這就是了！給，這是家裡還剩的一點蜂蜜，拿去喝吧，等下雪封了山，就不去賣芝麻糖了，等過了冬我再來找妳，到時候給妳送新蜜過來！」

竺珂笑著收下，說道：「新蜜不愁賣，妳到時候拿去多賣些錢，我要的話會找妳買的。」

「妳要的話直接說一聲就好了，絕對選品質最好的給妳送來！」

「好。」竺珂應下。

「欸，謝獵戶呢？碼頭的工不是今天就結束了嗎？」

「是啊，應該過一會兒就回來了。」

兩人正說著，謝家院門便發出了「嘎吱」一聲，是謝紹和元寶回來了。

「唉，真是說曹操曹操就到，那我先走了啊，有空去我家玩。」

竺珂送王桃桃出去，幾人在院子裡碰面，互相點頭打了招呼。元寶和謝紹今日剛下工，兩人卻沒有休息的意思，而是一副又要準備出去的模樣。

「咋了這是？碼頭的工不是結束了？」竺珂問道。

「結束了，開春再去，不過村裡要殺豬，得過去幫忙。」謝紹一邊拿自己的刀具，一邊對竺珂道。

「這麼快！我以為還要幾天呢。」

「今年雪估計下得早，得抓緊時間了，妳想要啥肉，我多買點。」

竺珂興致勃勃地說：「豬下水應該都是送的吧？我準備做臘腸，你記得多要些，自己買的話，當然要好肉了，就買排骨和豬腿吧。」

元寶在一旁笑著說：「嫂子別急，明天跟後天還要宰羊、宰牛，到時候有羊排和牛肉能拿呢！」

「多多益善，今年我滷肉，人人有份！」

元寶一聽，精神來了。「有謝紹哥在，一定能搶到好肉！」

謝紹束好腰帶，漫不經心地痞痞一笑。臨走前，他在竺珂耳邊小聲道：「等著。」

竺珂不禁嬌滴滴地瞪了他一眼。「早些回來，我做好晚飯等你們。」

此時謝靈和小豆芽從屋裡走了出來，謝靈問道：「哥哥和元寶哥幹麼去了？」

「村裡過年前會殺豬分肉，進屋去吧，估計一會兒鬼哭狼嚎的。」

竺珂想到晚上就有新鮮的肉，心情跟著愉快了起來。她早就想好過年怎麼處理這些肉了，一些適合滷的肉要在臘月二十三左右全部做好，年夜飯直接當作涼菜上桌，臘腸是一定要灌的，剩下的雞、鴨、魚和豬腿，還是得風乾煙燻製成臘肉才行。

果然，過沒多久，村頭便傳來了淒厲的豬嚎聲，還有不少人過去圍觀。每逢過年，村裡都會大量屠宰牲畜，全村的屠戶都在，好肉還得靠搶，也算是一年一度的大場面了。

「嫂嫂，咱們家能得多少肉？」謝靈好奇地問道。

竺珂翻炒著香料，笑著說：「這我可不知道，得看妳哥的本事。」

「哥哥肯定沒問題！」

「晚上就知道了，妳倆一會兒幫我把炒好的香料碾成粉末，就和之前一樣。」

謝靈和小豆芽乖巧地點了點頭，幫竺珂準備起了醃肉的香料。

第三十三章　意外訪客

做臘肉，第一步要醃，足夠的香料粉末跟鹽按照比例混合均勻，裡裡外外塗抹在肉上，這個過程就要耗費幾天。等肉全部醃製入味，再用竹竿架起來，底下鋪滿松樹枝和柚子皮，點燃之後慢慢燻製個一天一夜，最後再掛到屋簷下風乾，隨吃隨取。

當三人把炒好的香料細細碾成粉末時，太陽已經落山，村頭的嚎叫聲終於漸漸轉小。那些看熱鬧的人也慢慢散了，家家戶戶多少提著幾條肉開心地往回走，謝靈和小豆芽來回往院門口跑了三次，才終於看見了謝紹的身影。

「哥哥回來了！」

竺珂從屋裡迎了出去，還沒走到院門口，已經有村裡的人隔著院子笑著跟竺珂說話了。「謝娘子，妳家有口福了，謝獵戶可真厲害！」

一時之間，竺珂還不明所以，待探頭一看，差點沒站住腳——他們兩人除了背上一竹筐，謝紹肩膀上竟然還直接扛著半頭豬！

謝紹跟元寶飛快地朝院子走來了，對上竺珂吃驚的眼神，謝紹咧嘴笑道：「夠不夠？」

竺珂突然很想上去扯扯他的耳朵。還問夠不夠？這麼多，是要累死她嗎?!

元寶也笑著說：「謝紹哥真厲害，殺豬殺得最快，搶肉沒誰搶得過他，直接要了半頭豬給扛回來了！」

竺珂好氣又好笑，來來往往的村民全都在看熱鬧，她連忙扯著謝紹的袖子說：「先進院子吧。」

進了院子，謝紹找來竺珂剛開始拿來洗澡的那個木桶，將半頭豬放了進去。竺珂出來看見那個木桶時怔了怔，自然是認了出來。

謝紹和元寶身上全都是血跡和臭味，竺珂端了盆水過來讓他們洗手洗臉。

元寶簡單地洗了洗就急著說：「我先回去了啊，我娘在家等我！」

「路上慢些。」

元寶離開之後，竺珂有些好笑地走近謝紹說道：「你心眼太實了吧，讓你多買些回來，不是買這麼多呀！這麼大的半頭豬，要吃到什麼時候？」

謝紹擦了把臉，有些意氣風發地說：「醃起來，能吃半年！」

竺珂瞪了謝紹一眼，不想管他了。謝靈和小豆芽跑到那個木桶旁邊看，禁不住捏著鼻子，害怕那腥味。

「靈靈、小豆芽過來，那邊髒死了。」竺珂招呼她們離木桶遠些。

剛殺的豬肉，肯定是帶著血的，謝紹不換衣裳，直接搬著那木桶去了經常處理活物的地方，引了井水開始清洗。

竺珂看了自家男人忙碌的背影一眼，暗暗笑道：「真是個傻子。」

至於那一竹筐裡放的，就是竺珂心心念念的豬下水和內臟。除了大腸，還有一副豬腰和豬肝，這些都放不了太久，晚上乾脆就把豬肝炒來吃了！

笁珂簡單地洗了洗大腸就放在一旁，重點是要先處理這副豬肝，新鮮的豬肝血多，要在流水下沖洗好一陣子，再放入盆裡，滴少許的醋，浸泡半個時辰以上。

浸泡的過程中，笁珂蒸上米飯，準備配菜。

用醃好的酸泡菜和泡椒炒豬肝最具風味，笁珂切了好些酸蘿蔔絲和紅泡椒，前一陣子醃好的芹菜也入了味，正好派上用場。浸泡好的豬肝切片，用黃酒和生粉醃製抓勻，大火熱鍋，蔥、薑、蒜、作料下鍋熗炒，豬肝下鍋翻炒幾下，待稍稍變色便盛出來備用。

這樣回鍋再炒，是為了避免豬肝在鍋裡待得太久，失去鮮嫩的口感，等重新起油熱鍋加入作料和菜，再將半熟的豬肝下鍋繼續翻炒。炒豬肝不麻煩，最重要的是控制好火候，太老會失了口感，炒不熟也不行，會吃壞肚子。笁珂掌控火候的功力極好，一道酸辣爆炒豬肝香氣四溢，口感絕妙。

謝紹那邊也將半頭豬全部清理妥當，劈成大小合適的肉塊放在木盆裡，他剛站起身，就聽見笁珂喊他吃飯的聲音。

笁珂將飯菜端上桌，還不見謝紹進來，有些好奇地走到後院去，想看看他到底在幹麼，結果她剛剛繞過牛棚，就看見謝紹光著膀子，直接從腳邊的一桶水裡舀了一瓢直接從頭上淋下去。

謝紹聽到動靜，回頭就瞧見笁珂表情呆愣地看著他。

「我洗個澡，馬上就去。」

笁珂回過神來，隨即怒氣沖沖地走上前，拉住他的胳膊道：「大冬天的，你怎麼站在院子裡洗澡？想著涼是不是?!」她邊說邊摸了摸桶子裡的水，竟是溫涼的！

謝紹有些窘迫地說：「難受，太臭了。」

「那也不能這樣啊！你進屋去，用浴桶洗。」

謝紹驚訝地朝屋子的方向看。竺珂的浴桶總是香噴噴的，他現在一身腥臭味，她竟要自己用她的浴桶洗澡？

「快點呀，我去燒水。」

看出竺珂確實有些生氣了，謝紹只好默默收拾進了屋子。竺珂要小豆芽和謝靈去新屋的炕桌上吃飯，堂屋騰出來讓謝紹洗澡。

「你要洗澡就叫我呀，真是的，大冬天的這麼冷，光著膀子在院子裡，虧你想得出來！」

謝紹躺在浴桶裡，渾身的臭味連自己都嫌棄，而竺珂就像沒聞到似的往他跟前湊。「往後靠，我給你洗頭。」

這個舉動讓謝紹受寵若驚。

竺珂將自己用的香胰子和澡豆全拿了出來，細細在掌心搓出泡沫，便開始替謝紹洗頭髮。「這個力度可以嗎？水溫呢？」

謝紹猶如身在雲端，自然樣樣道好，竺珂手指的動作細膩又溫柔，一下一下替他按摩著頭皮。

「要是著了風寒，還不是我得照顧你，下次不許這樣了！」竺珂心疼他，但也是真生氣。

謝紹享受著自家嬌妻的服務，內心柔情似水，連忙保證。「再也不了，不過這浴桶這麼香，妳不怕我弄臭了？」

竺珂像隻小貓一樣嗅了嗅，說道：「什麼臭味？我沒聞到。再說了，我這兒有這麼多香噴噴的東西呢，還怕洗不乾淨你了？」

謝紹胸中一陣火熱，抓住她的手，狠狠地親了一口。

堂屋這邊清理乾淨之後，兩個姑娘已經從新屋那邊走了出來，謝靈說道：「哥哥、嫂嫂，我們吃完了，先回屋了。」

「去吧。」

天氣冷，也懶得挪動一桌菜了，謝紹和竺珂回到新屋，上了炕。

「我重新去熱熱吧。」竺珂說道。

「不用。」謝紹讓竺珂坐下，兩人面對面坐在炕上的桌子前吃起了飯。

「豬肝補氣血，妳多吃些。」謝紹給竺珂挾了一筷子，竺珂笑咪咪地接下了。

「明天還要宰羊、宰牛？你會去嗎？」

「去，他們沒經驗。」謝紹一邊大口吃飯，一邊有些自豪地說道：「妳還想要什麼肉，我都買回來。」

竺珂嗔他一眼道：「就買點羊腿和排骨吧，牛骨頭也要點，回來可以燉湯，千萬別買多了！」她實在很怕謝紹扛回來半頭牛。

「聽妳的。」謝紹眼裡閃過笑意。

這一年的初雪來得比往年都早，雪花如絨毛一般輕輕墜地，四周的山林染成白茫茫的一片。謝紹按照竺珂的要求尋來好些松樹枝擺在自家後院，又搭起一個架子，挖了一個坑。

一家人都換上棉襖，竺珂將棉襖的樣式改得極好看，不知不覺間，三陸壩村有婦人悄悄模仿了起來。

兩個姑娘正在拚命地剝柚子，柚子皮一會兒要和松樹枝一起點燃，這樣燻出來的肉會帶著柑橘類的清香，比以往謝紹自己做的燻肉講究多了。

村裡來人催謝紹去宰牛場那邊了，謝紹收拾了一下就拿著刀具出門，竺珂忙著在院子裡醃肉，謝靈跟小豆芽則在一旁打下手。

所有的肉兩面均勻塗抹上香料和鹽，肥瘦相間的五花肉剁成肉餡，用辣椒麵和香料粉末拌勻，再灌入洗好的腸衣裡面，這不是一項小工程，至少要花費大半日的工夫。

幾個人在院子裡忙著，過了一會兒，金嬸便提著兩隻雞上門了。「小珂，妳在醃肉啊，這是昨日我家剛殺的雞，給你們送兩隻來。」

竺珂忙起身迎過去道：「您也太客氣了，怎麼還送雞來？」

「快過年了，自然要給你們送來，昨天謝紹也幫元寶分到不少好肉，就別客氣了，收下吧。」

金嬸提過來的兩隻雞都殺好洗淨了，一隻正好和竺珂這些肉一起風乾醃製，另一隻過兩天燉了。

竺珂道過謝，便將雞拎進了廚房。

「對了小珂，妳上次送出去的花油跟花露可是好東西，什麼時候再做？那邊要訂上一些。」

這才是金嬸今日過來的主要目的，竺珂做的花油跟花露反應非常好，有好幾個富家小姐已經指明要買了。

竺珂喜出望外道：「真的？」

「當然，我也覺得那是好東西，妳報個價，到時候我傳達過去。」

竺珂心下一喜，應道：「行，謝謝嬸子。要不是有您牽線，我哪有機會賺些本錢？」

「妳也太客氣了，這算多大的事……不過小珂啊，妳那花油的確不錯，這兩天我終於捨得拿出來用了，結果這才多久啊，我都覺得這張老臉的皮膚改善了，妳就沒有把這個手藝做大的想法？」

「現在八字還沒一撇呢，您喜歡我以後就多送您一些，城裡的富家小姐那邊，也多虧了您幫忙。」竺珂道。

金嬸笑得更開心了。「沒問題，其實我也沒幫什麼忙，是我那表姪女認識的人多，不過那些小姐們也是很挑剔的，若不是妳的東西好，她們還看不上眼呢。」

這點竺珂當然明白，她做的花油，不說別家，至少比她買的玫瑰花油要好得多，只是冬天的花種類本來就少，如今還不到時候，待到春天，再張羅鋪子的事也不遲。

送走了金嬸之後，竺珂一邊盤算著春天開鋪子的事，一邊回到院中繼續醃製那些肉，此時院門突然響起了。

竺珂回過頭，以為是金嬸落了什麼東西，結果卻看見一個男人，正背著一麻布袋的東西，朝謝家院子裡張望。

這讓竺珂警戒心大起，她沒見過這人，不知他有什麼目的，可那男人一見到她，便認出來了。

「謝嫂子是吧？我叫曹貴，妳別怕，我是謝哥的朋友。」

一聽是謝紹的朋友，竺珂稍稍安心了一些，打量了一下，那人看起來也的確不像是什麼歹人，但她還是沒開門，而是問道：「你有什麼事嗎？謝紹他去宰牛場幫忙了，不在家。」

曹貴一聽，立刻笑道：「沒什麼事，這不是馬上過年了嗎，我想著給謝哥送點東西來，他以前可是在山裡救過我的命，理應來打個招呼。」

竺珂鬆了口氣，左右看了看，現在是白天，村裡的路來來回回都是人，便開了院門道：「那你進來坐，謝紹估計過一陣子才會回來，我忙著醃肉呢，坐一下，我去給你倒杯茶。」

曹貴放下袋子說道：「嫂子別忙，我就是送點物品過來。妳在醃肉啊，那正好，看看這袋東西能不能幫上妳的忙。」

竺珂有些疑惑地走了過去，打開那麻布袋看了一眼，裡面是雪白的鹽粒，細膩如砂糖，整整一大袋，白得直晃人眼。

她大吃一驚，不敢置信地望向曹貴。

曹貴笑了笑，說：「嫂子別擔心，我家就是做這行的，妳放心用！」

「你家是做這行的？」竺珂蹙了蹙眉頭。現在朝廷對鹽商管理極為嚴格，可以說一兩一斤都要上報朝廷，謝紹的朋友竟有這樣的本事？

就在竺珂左右為難的時候，謝紹回來了。看見院子裡的人，他瞬間變了臉色。

曹貴卻像什麼事都沒有一樣，笑著跟謝紹打招呼。「謝哥。」

謝紹看了那麻布袋一眼，心裡已經有數，他上前把刀具一擱，問道：「你怎麼來了？」

「這不是快過年了嗎，當然要來走動一下。謝哥，這是一點心意，你可別跟我客氣。」

「嗯。」謝紹看了看竺珂，面上不表。

曹貴此人非常識趣，當下便說：「那行，我鋪子裡還有事，就不打擾你們了。」

竺珂剛要說話，謝紹先開了口。「行，我送你。」

兩人走到院門口，剛剛離開竺珂的視線，謝紹便把曹貴衣領一扯道：「誰讓你來的。」

「欸，謝哥，誤會啊。我就是想著過年了來拜訪一下，沒別的意思。」

「那袋鹽是怎麼回事？」謝紹的聲音壓抑著怒意。

曹貴知道謝紹的想法，拍了拍他的手道：「聽我說嘛，我知道你的顧慮，那袋鹽是我去正經官鋪買的，和自家生意沒半點關係，非要說有什麼牽扯，那就是用自己生意賺的錢去官鋪換了鹽，每斤兩都登記過的，放心了吧？」

謝紹皺起眉，似乎對曹貴此舉無法理解。

曹貴又道：「你不願意進來幹，我就不會把哥兒們拉下水，快過年了，嫂子又在醃肉，就當是我的回報吧。」

謝紹這才鬆開他道：「下次別來了，我不需要你的報答。」

曹貴整了整衣袖，嘆了口氣說：「得，那我走了。」

謝紹一直看著曹貴的背影從眼前消失，才回到自家院子裡。

第三十四章　新年將至

「他是誰呀？」竺珂見謝紹回來，好奇地問道。

謝紹過去把那袋鹽扛進廚房，放在角落裡，回道：「一個朋友，之前無意間在山中救過他。」

竺珂點點頭，跟著他進了廚房道：「他說他家是鹽商，現在朝廷管得這麼緊，可以給這麼多鹽嗎？」

謝紹放鹽的手一頓，說道：「這是官鹽，麻布袋上蓋過章了，和私鹽沒關係。」他剛才就看見了，看來曹貴沒騙他。

竺珂放下心道：「那就好，我這幾天醃肉正要用鹽呢！不過話說回來，官鹽實在太貴了，他一送就給了這麼多，改日我們也回份禮吧。」

「嗯，好。」

「現在朝廷鹽稅收得太高，這種家家戶戶都需要的東西，也不知道什麼時候才能開放買賣，要是能那樣就好了。」竺珂一邊收拾一邊道，沒有注意到謝紹因為她這話眼底產生了一絲波動。

「可能會，聽說京城那邊有動靜了。」他在碼頭暗中打探了不少消息。

其實竺珂也就是隨口說說，並沒把這件事放在心上，她更關心謝紹剛才帶回來的「戰利品」，問道：「是羊排和牛骨嗎？」

謝紹把東西取進來遞給她道：「嗯，按照妳說的，沒買多少，羊腿已經訂了，晚點才會送過來。」

「太好了，今晚就用這牛骨吊個湯，給你們煮麵吃！」

肉抹好香料和鹽粒，用麻繩從頂部穿過，再掛在搭好的架子上，就可以開始燻肉了。架子底下的坑裡放了新鮮的松樹枝跟柚子皮，用松樹枝燻肉的好處是不會起大火，因為葉子常青。小火微醺，產生的煙霧混合了柚子皮的香氣緩緩升起，接下來要醺個一天一夜才算完工。

一家四口在這坑邊看了一會兒，確保火勢合適，謝靈深深吸了口氣道：「這柚子皮好香啊。」

竺珂笑道：「多虧了妳和小豆芽剝好的柚子皮，不然哪來的香味。」

「嫂嫂，還有什麼活兒需要我們幹的嗎？」小豆芽特別喜歡幫竺珂幹活，懂事得讓人心疼。

「沒有了，進屋去吧，今晚吃麵，一會兒就好。」

竺珂揉麵的時候總是喜歡磕上一個雞蛋，雖然這樣有些奢侈，但做出來的麵卻比不加雞蛋要爽口彈牙許多。發好的白麵在她手上聽話得很，揉搓按扁，拉成細長的形狀，再在案板上抻打兩下，來回一摺，一根扯麵就做好了。新鮮的麵條煮起來很快，熬了一下午的牛骨湯小火微沸，麵七、八分熟的時候，往鍋裡燙一些青菜，再撈到碗裡。香濃的牛骨湯澆在麵上，再放上一勺提前滷好的牛肉，青菜鋪在上面，窩上一個荷包蛋，最後撒上一些醃好的雪菜粒、蔥花，一碗熱氣騰騰的牛骨湯麵就做好了。

四人圍著堂屋的火爐愉快地品嘗著這碗麵，湯汁濃郁鮮美，麵條爽滑脆彈，滷肉帶著韌勁，愈嚼愈有味，雪菜添加酸爽的口感，滿口餘味無窮。

竺珂將自己碗裡的麵撥給謝紹一小半，說道：「還有麵，不夠再給你下。」

屋外雪花紛飛，屋內紅泥火爐，家人團聚一起，吃著麵喝著牛骨湯，渾身暖融融，這樣平凡溫馨的日子，在他們心中烙下了不可磨滅的回憶。

轉眼進了臘月，即將過年，枝頭的紅梅，悄無聲息地在三陸壩村後山坡靜靜綻放了。

竺珂早在一個多月前就開始準備一家人的新衣了，兩個姑娘的新衣都是石榴紅色，新年換上，喜慶又活潑，最合適不過。

三人在房裡試新衣，謝紹一推開院子的小門就聽見屋裡傳來的笑聲，他走進去說道：「笑什麼呢，這麼開心。」

「哥哥！」謝靈喊道。

「嫂嫂給我們做新衣了！」小豆芽興奮地說。

竺珂笑著把針線活放下道：「她倆在試新衣服呢，開心得不得了。」

謝紹點點頭，將路上買的糖炒栗子給了兩個丫頭道：「吃去吧。」

有新衣服還有炒栗子，兩人樂瘋了，忙接過來就跑回自己屋裡去，竺珂看著她們的背影，微笑道：「有沒有覺得這兩個姑娘開朗了很多？」

謝紹將懷裡另一袋栗子遞給竺珂道：「嗯，是啊。」

「我也有呀？」竺珂開心地接了過來。

謝紹看了她一眼，這本就是特地為她買的栗子，結果這小沒良心的，還要說這話氣他。

「妳給她們都做了新衣，我有嗎？」

竺珂嗔了他一眼道：「還能忘了你呀？」說著她拿出了一套月白色的長袍遞給謝紹。

謝紹沒穿過這麼淺的顏色，是竺珂特地替他選的。「穿上試試。」

「這淺色我怕會弄髒。」

「讓你穿就穿嘛，大過年的，又不需要你去幹活，快試試。」

謝紹拗不過她，只好換上了。

竺珂呆呆地看著謝紹，他的身材高大，比例極好，這套淺色的衣服將他深邃的眉眼趁得更加英俊，她沒想到他會這麼適合淺色。

「怎麼樣？」

竺珂眼波如水地說：「我做的衣裳，還用問嗎？」

她忍不住下炕上前環住他的腰道：「你穿淺色好看，以後我給你多做幾套。」接著，像是料到他會說什麼一樣，立刻補充道：「不許拒絕！哪怕是只穿給我看也好。」

謝紹被她的話逗樂了，他眉眼間淌過笑意，應了下來。

「對了，後天就是除夕了，小豆芽的事，你有什麼想法？」謝紹換下新衣道：「改個名，以後就是靈靈的妹妹，她家人能尋見就尋，尋不見，以後就是謝家人了。」

竺珂也是這麼想的，小豆芽命苦，這種事謝家自然不可能不管。「那就快定下來吧，年後改名。」

「已經想好了，就叫謝緲。」謝紹倒了杯茶，說道。

「謝緲，緲緲……」竺珂念了三遍，點點頭道：「也好，以後就叫緲緲了，是我們謝家的一分子。」

「嗯。」謝紹定睛看了看她道：「要過年了，妳沒給自己添置新衣嗎？」

竺珂一愣，這陣子她都忙著為他和兩個丫頭製衣，還真把自己的給忘了。「沒事，我衣裳多，開春了再做新的也是一樣。」

謝紹沒說什麼，兩人在屋內坐了一會兒，就見窗外的雪下得更大了。

「除夕那天，我幫妳打掃。」謝紹道。

竺珂正低頭繡著繡活，聞言說道：「好啊，那你可得起早些，那天我會忙死。」

「活兒我都幫妳幹，妳讓我幹啥我就幹啥。」

竺珂紅唇輕輕一勾，揚起了好看的弧度。日子過得真快，她嫁到謝家的第一個新年，就要來了。

爆竹聲中一歲除，春風送暖入屠蘇。

這一日，天還未亮，山裡就隱隱約約傳來了爆竹聲，這是老祖宗留下的習俗，年夜飯之前響一聲炮竹，除夕子夜時再響一聲炮竹，而那些響得特別早的，多半是早上在這裡團一次年，下午再趕回另一個家去團年。

前兩日下了一場大雪，謝紹一大早便開始清理院子和門口的積雪了。

「好多雪啊！」

「靈靈姊，我們來堆雪人吧！」

小豆芽和謝靈在院子裡用剩下的積雪滾雪球、堆雪人，至於竺珂，自然是在廚房裡忙活。

年夜飯可是個大工程，從臘月二十八起竺珂就為了這頓飯花足了心思。先前留下的一部分新鮮肉類和豬蹄、雞爪這些，必然要用老滷水去滷，不同種類的肉要分批滷，直到今天，一大鍋浸了味的滷肉早已色香味俱全，只等著人去品嘗了。

家裡的食材太過豐富，那半頭豬就夠竺珂忙活好一陣子，後來拿到的羊排也沒法醃製，只能設法保存，留到今天燉。金嬸送了雞來，周家人也送來幾隻肥碩的鴨，謝紹昨兒個起早進了趟城，又提回兩條新鮮的活魚，一條送到金嬸家，另一條還在院子裡的木盆裡養著。

「謝紹哥。」竺珂從廚房裡走出來朝院門口甜甜地喊了一聲。

謝紹正在院門口掃雪，聽見竺珂喊他，二話不說放下掃帚，大步走了過去。

「別掃雪了，去把魚殺了吧，還有鴨，今天可有得忙了。」

謝紹自然聽她的話，轉身就去井邊撈出木盆裡的魚殺了，開始刮魚鱗、清內臟。

「嫂嫂！快看！」

「這是我倆堆的雪人，妳來看呀！」

小豆芽和謝靈飛快地朝竺珂跑過來，竺珂被拉著走到她們堆的雪人旁邊，只見碩大的兩顆雪球堆出雪人圓滾滾的身子，兩根樹枝充當手臂，就是頭部還光禿禿的，沒有鼻子也沒有眼睛。

竺珂笑道：「廚房裡有胡蘿蔔，妳倆給它做個鼻子吧，還有黑豆，就當眼睛。」

兩人一聽，興奮地大叫一聲，朝廚房跑去了。

魚和鴨很快就宰殺處理乾淨了，謝紹端著木盆過來，走到竺珂身後輕聲問道：「還有沒有我能幫忙的？」

「你晚上幫忙吃就行了。」竺珂回頭笑他，一邊說一邊把人往外推。他個頭太大了，在廚房晃悠反倒礙手礙腳的。

謝紹無奈，只好回屋子取出老早就備下的紅燈籠和對聯，開始布置家裡。

以往他並不在意這些節日，在三陸壩村這些年，除夕不過就是自己草草煮兩塊肉，加上金嬸送來的幾道菜，這年就算過了。

可今年卻大不相同，他站在梯子上，瞇著眼環顧家裡四周——竺珂嬌小的身影正在廚房忙前忙後，院子裡傳來兩個妹妹的歡聲笑語，謝家正充滿了以往從來沒有過的活力。

笁珂毫無所覺，她所有的注意力都集中在面前這隻鴨子上，鴨骨在笁珂靈活的動作和刀工下被一根根去除，沒多久，只留下開膛破肚的完整一隻鴨。臘肉取一小塊，還有提前泡好的糯米，將這些食材填進開了肚的鴨子裡，再放入新鮮的菌菇和一些作料，用繩線將鴨的開口處紮好，這道菜叫八寶鴨。

八寶鴨和豬肚雞的作法類似，但不用燉湯，填好料的鴨子只需澆上些許雞湯，隔水蒸半個時辰，待裡外食材和鴨肉全部熟透，便可出鍋了。

一鴨多吃，笁珂很是滿意。

金嬸送來的那隻雞正在鍋裡慢慢熬湯，雞肉是一種非常省心的食材，只要熬得夠久，無須添加過多食材和調味料，雞肉原本的鮮美滋味便會隨著時間慢慢滲出。曬乾的香菇吸收了雞的鮮味，再撒上幾顆鮮紅的枸杞，便能期待一鍋食材滋補、滋味濃郁的金黃色雞湯了。

費時間的菜要提前準備，外頭不斷響起炮竹聲，來來往往的人都會在這一天笑著說聲「過年好」。

謝紹張羅完了紅燈籠和對聯，便把大圓桌搬出來擺在堂屋。桌下生了一盆火，屋裡沒多久就暖和了起來。

「靈靈、小豆芽，進屋了。」

謝紹在門口一喊，兩個丫頭就放下手中的雪球，乖乖進去了。兩人玩雪玩得手心通紅，此刻坐在火爐旁不斷地烘烤搓手。

「把櫃子裡那些瓜果、點心都擺上桌吧。」

謝紹買了不少零嘴之類的要在過年期間吃，謝靈跟小豆芽一聽，開心地跑到櫃子旁，拿出果盤，仔細將東西碼放整齊。

廚房裡炊煙裊裊，忙到了一個段落，竺珂走到謝紹身邊，小聲問道：「給家裡長輩上香祭祀的事怎麼辦？」

聞言，謝紹頓了頓。他的父母早已在兵荒馬亂的年代死去，由奶奶撫養他和謝靈，可她在謝紹十多歲的時候也去世了。當時的謝紹沒錢辦喪事，只好將她埋在大青山上，現在大雪封山，只能在後院的祭祀臺對著神位祭拜了。

至於竺珂，想起自己的情況，也是暗暗苦笑一聲。當年她生活的鄉村，如今只怕物是人非，況且那邊離這裡很遠，她哪有辦法返鄉祭拜父母。

「就在後院的祭祀臺燒香祭拜吧。」謝紹道。

「好，那我去準備一下。」

小豆芽認認真真地認了牌位、上了香，謝紹蹲在她面前道：「從今天起，妳就是謝家二姑娘，靈靈的妹妹，叫謝緲，可以嗎？」

謝緲眼含淚光地點點頭，說道：「謝謝哥哥、嫂嫂。」

祭祀過後，爆竹聲響得愈來愈頻繁，就要到吃年夜飯的時間了，竺珂進了廚房，準備端菜上桌。

滷好的豬肘子直接切片擺盤，澆上醋汁，一道水晶肘子美味又有排面；滷好的醬牛肉和雞爪、豬耳朵依次調上醋汁，涼菜中的幾個肉菜便能上桌了。

濃郁鮮香的雞湯用文火慢燉，軟糯可口的八寶鴨上鍋去蒸，趁著這個空檔，竺珂將醃好的魚兩面劃花刀，魚頭則是單獨剁下來兩面剖開，將剁椒均勻鋪在魚頭表面，再放入薑、鹽跟作料一起上鍋用大火蒸熟，出鍋的時候淋上一勺醬汁，一道剁椒魚頭，象徵「紅紅火火」。

魚身從魚腹處朝魚背均勻分割成拇指厚塊，魚腹處不要斷開，沿著圓盤碼放一圈，魚片上放一個紅椒點綴，用大火蒸熟，再放上蔥跟薑絲，出鍋後燒熱油澆在蔥與薑絲上，一道孔雀開屏魚就做好了。魚是過年時的必備料理，謂之「年年有餘」。

竺珂這兩道魚精緻美味，寓意又好，剛上桌就吸引了眾人的目光。謝靈不停地朝她豎起大拇指，還說想進廚房學習一下。

第三十五章　瑞雪豐年

雞、鴨、魚都全了，最後一道壓軸的大菜，是昨天讓竺珂忙活了大半晚的清燉羊排。羊肉必須提前準備，竺珂處理羊肉時十足的耐心和認真，做不好的話，羊肉會有膻味。現在端出來的這鍋羊肉湯，用鮮嫩的白蘿蔔清燉，撒上一把蒜苗跟蔥花，油脂恰到好處，沒有一點羊肉的怪味，肉質鮮嫩可口、滋補養胃。

竺珂為每人都盛了一碗湯，說道：「先喝個湯暖身開胃，還有幾道小炒，我炒完就來。」

「還有菜？這些夠多了吧。」謝靈驚訝地說。

「光吃肉也不行啊，就幾個簡單的小炒，很快。謝紹哥，把家裡的果酒拿出來吧。」

聽到有小炒，兩個姑娘嚥了嚥口水，謝紹起身走到角落裡拿出一罈酒，一掀開蓋子，一股梅香飄了出來。梅子黃酒，熱飲最美，謝紹用小火溫酒，過沒一會兒，酒香便充滿了謝家屋子。

竺珂怕肉多吃膩，小炒做了清爽可口的芹菜炒豆干、醋溜白菜、拍黃瓜，還為謝紹準備油炸花生米下酒，再把紅薯和八寶飯拿去蒸，飯後甜點也齊全了。

滿滿一桌菜，竺珂笑道：「今晚都敞開了吃啊，吃不撐的話，可不許下桌！」

謝紹起身將她拉到自己身邊道：「好，妳辛苦了，坐下休息，我去拿炮竹。」

一聽到要放炮竹了，謝緲和謝靈同時朝外張望，就見謝紹走到院中擺好炮竹，點火後迅速撤遠，震耳欲聾的噼哩啪啦聲就在謝家小院裡響了起來。

「可以吃飯嘍！」謝緲開心地說。

「等等！吃飯前，應該做什麼呀？」竺珂笑道。

謝靈和謝緲對視一眼，起身走到竺珂和謝紹面前，恭恭敬敬作揖行禮，同時道：「給哥哥、嫂嫂拜年，新年好！」

「好，新年好。」竺珂笑得兩眼彎彎，和謝紹對視一眼，便把提前準備好的紅包拿了出來。「給，新的一年，希望靈靈和緲緲開開心心，咱們一家平平安安。」

「謝謝嫂嫂、謝謝哥哥！」

兩人接過紅包後，眾人上了桌，這才開始真正品嘗美食。

「嫂嫂，真好吃……這魚好辣！」謝緲邊吃邊說。

「這鴨子裡的糯米好香，正好解辣！」謝靈吃得頗有心得。

「好吃就多吃些，這道菜叫八寶鴨，是宮裡流行的吃食呢！」

聽說是皇宮裡流行的，兩個姑娘的筷子便繼續朝鴨子進攻，謝紹雖然話不多，卻也默默地為竺珂卸了隻雞腿，擱在她碗裡。

「謝啦。」竺珂俏皮地對他眨了眨眼，兩人各自斟了一杯溫著的梅子黃酒，杯子輕輕一碰。

「依依，新年好。」

「謝紹哥，新年好。」

一頓酒足飯飽，沒多久，謝靈和謝緲已經捧著肚子在凳子上走不動了。

「不行了，我好撐……」

「我也是……」

謝紹忙著收拾碗筷，笁珂則是燒水洗漱。除夕夜要守歲，她坐在梳妝檯前往手上搽花露，瞧了瞧窗外，似乎又飄起了雪花。謝紹從屋外走了進來，笁珂起身去迎接他，兩人自然而然地交換了一個擁抱。

笁珂問道：「她們睡了？」

謝紹挑了挑眉，淡淡笑道：「哪能啊，都吵著要守歲，在屋裡玩呢。」

「我可守不動……晚睡要長皺紋的。」笁珂抱著謝紹的腰，不自覺地撒起嬌來。

謝紹心念一動，將人抱回了炕上。

「幹麼？」笁珂杏眼泛光，笑咪咪地問道。

謝紹也不說話，只是從懷裡取出了一個木盒，遞到她面前。

「這是？」

「是新年禮物。」

笁珂有些驚訝地接了過來，木盒上的花紋十分精緻，打開一看——一對紅玉髓耳鐺靜靜地躺在裡面。

「新年妳為我們都做了新衣，自己卻沒有，我當然要送妳新年禮物，喜歡嗎？」

笁珂眼裡浮起了水霧，連連點頭。喜歡，她太喜歡了……

「以後再賺錢給妳買更好的。」

笁珂馬上取出耳鐺戴到了耳朵上，紅玉髓襯得她肌膚如雪、晶瑩透亮。她揚起笑臉問謝紹。「好看嗎？」

謝紹看著笁珂的雙眸，恨不得把全天下最好的東西都送到她面前，一個衝動，忍不住緊緊將她擁入懷中。「很美。」

笁珂的雙頰慢慢紅了，她輕聲道：「我不需要更好的，你的心意，比貴重的寶石都要珍貴。」

謝紹胸中似有一把火在燃燒，卻未再開口多說，兩人在屋裡靜靜地相擁了一會兒，就見窗外的雪似乎更大了。

「瑞雪兆豐年，明年應該是個好年頭，對吧，謝紹哥？」笁珂走到窗前看了看，回頭朝謝紹一笑，那笑容勝過屋內插著的一瓶紅梅，絕美而觸動人心。

「嗯，一定是個好年頭。」

新年頭一天，陽光突破了雲層，灑滿大地，驅散了多日來的寒冷，帶來了久違的溫暖。

「謝紹哥、嫂子！新年好！」第一個登門拜年的人是元寶。

笁珂走出去道：「來得這麼早，吃過早飯了嗎？」

元寶提著一個食盒，裡面裝著福祿壽喜點心，這是拜年的傳統。「沒呢，今天有好幾家要走動的。」

「進來坐一會兒，我去下餃子。」竺珂笑著招呼道。

新年第一天，一碗餃子少不了。餃子是謝靈和謝緲包的，完成度比上次的更好，一碗熱騰騰的餃子，開啟了新年最美好的期望。

「元寶哥，你快嘗嘗，這是我包的。」謝靈笑著遞上一碗餃子，那餃子個個形似元寶，圓滾滾的。

元寶連忙接過，一注意到餃子的形狀，他便有些傻乎乎地笑著說：「這餃子包得不錯……不錯。」

謝靈沒忍住，笑出了聲，元寶和她對視一眼，才發現她今日穿了件石榴紅的新衣，個頭也長高了點，模樣甚是好看。

「既然覺得包得好看，那你就多吃幾個！」謝靈嗓音脆生生的，笑得像隻百靈鳥。

元寶不好意思地低下頭，一口一個餃子，吃得飛快。

待元寶離開後，謝紹一家人也要出發去金嬸家拜年。拜年禮竺珂老早就打點好了，除了必備的福祿壽喜點心，她還備了幾樣精心製作的糕點，一同帶去了金嬸家。

「太客氣啦，你們快進來坐！」

這還是謝家人第一次一同到金嬸家，金嬸趕緊招呼他們坐下。

「我倆是老了，懶得去走家串門，讓元寶去，我還樂得清閒呢！」金嬸笑著端出四杯熱茶，還有一碟雞蛋糕。

兩個姑娘禮貌地向金嬸跟金叔拜了年，得了兩條小銀魚兒，這是村裡拜年時專門送給孩子們的禮物，相當於紅包。銀魚兒用銀和銅製成，樣子活靈活現的，謝靈和謝緲歡喜得不得了。

從金嬸家出來，竺珂瞧後山的梅花開得好，便拉著謝紹過去折了一些，發現有晚開的茶花，也一道採了回來。有了驢和磨石之後，碾花汁的事簡單了許多，謝紹還為她尋來許多香草木，做香膏正好用得上。

院子裡的雞圈因為大雪有些鬆動，謝紹去修補了，謝靈和謝緲忙著往牛槽和驢槽加飼料，竺珂則在廚房裡準備晚飯，忽然間，就聽見謝緲在牛棚附近大叫了一聲。

「啊！」

竺珂和謝紹幾乎同時趕了過去，就見謝緲正僵硬地站在牛棚邊上，神色慌亂，一動也不敢動。

「牠、牠……」她顫悠悠地指著一個角落，顯然有些手足無措。

謝紹上前拉住她道：「別怕。」

眾人朝她指的那個角落看去，是一堆乾草，底下似乎有什麼東西，毛茸茸的，正在動。

謝紹臉色一沈。山上經常有黃鼠狼出沒，冬天缺少糧食，說不定會下山偷雞，他讓竺珂帶著兩個姑娘往後退，自己則拿起放在不遠處的一根叉子，慢慢走了過去。

「喵嗚……」

突如其來的一道叫聲讓所有人都僵在原地，竺珂睜大了眼，不可思議地瞪著那個草堆，謝紹最先反應過來，他大步上前，掀開乾草堆就蹲了下去。

一隻橘色跟白色相間、巴掌大的毛團子被謝紹撈了起來，毛團子渾身髒兮兮的，也不知在這乾草堆底下藏了多久，此刻牠正慌亂地揮著肉爪子，「喵喵喵」亂叫。

竺珂走上前，驚訝地跟謝紹對視了一眼，謝紹道：「估計大貓出了什麼意外，小貓餓狠了，又冷，才躲到這裡。」

外面冰天雪地的，竺珂看著這可憐的小傢伙，立刻心軟道：「先帶回屋子裡吧，外頭太冷了。」

謝紹點點頭，朝屋子裡走去，毛團子在他懷裡鬧騰了幾下後，察覺到似乎沒有危險，便安分了下來，甚至還往謝紹懷裡鑽，自動尋找熱源。

進了屋，謝紹將毛團子放在火盆旁邊卻又不讓牠離火太近，舒適的溫度讓貓崽忍不住伸展身體，甚至放鬆警戒，好奇地打量起了四周。

謝靈和謝緲蹲在一旁，既緊張又新奇地看著面前這個小傢伙，竺珂則走到謝紹身邊小聲道：「這貓兒看起來挺乖的，我去給牠弄點吃的吧，不過這麼大的貓兒一般吃啥？」

謝紹想了想，回道：「一般喝奶，牛奶不行，羊奶應該可以……」

竺珂眼神一亮道：「昨天王桃桃剛送來一些羊奶，我去熱吧。」

見謝紹點點頭，笁珂就飛快地跑到廚房去取羊奶了。

謝靈和謝緲開心地圍著這小傢伙，嘰嘰喳喳地朝謝紹問道：「哥哥，牠是不是要洗個澡？感覺身上髒兮兮的。」

「貓兒能洗澡嗎？」

「嗯，一會兒再燒盆火來，這麼小的貓洗澡，容易凍出病。」謝紹答道。

「也不知道牠在乾草堆下待了多久，太可憐了。」

「就是啊……」

笁珂簡單熱過羊奶，用瓷碗端了過來。謝紹隨手扯了一塊棉布包著那毛團子，將牠送到碗邊。

許是聞到了香味，根本不用人幫忙，毛團子自己就朝瓷碗爬了過去，小舌頭嘗試般地舔了舔，隨後一發不可收拾，迅速舔喝起來，把圍觀的人都逗笑了。

「慢點喝慢點喝，小心嗆著。」笁珂輕輕一笑。

貓崽喝得嘖嘖有聲，很快的，牠的肚皮就鼓了起來，笁珂連忙把剩下的羊奶端走。這麼大的貓崽還不知道什麼叫「飽」，萬一撐壞了可就麻煩了。

吃飽的毛團子不鬧了，牠似乎格外喜歡謝紹，謝紹一蹲下去，牠就撲過去黏在他胸前不肯離開，讓屋裡三個女子頻頻發笑。

謝紹有些侷促，將貓崽拎著遞給笁珂道：「妳抱抱。」

笁珂笑著往旁邊一躲。「這貓兒認你，不肯讓我抱！」

其實方才她就想抱，結果貓崽「喵喵」直叫，還排斥地揮了揮肉爪子，讓竺珂有些傷心。

「是哥哥抱牠回來的，估計有些認人。」謝靈笑著說。

貓崽果然只肯待在謝紹懷裡，其他誰來抱都不肯，謝紹將牠包在棉布裡，牠也要揮著肉爪子去抓謝紹的袖子。

「要不送人吧？」謝紹說道。

「才不要！」竺珂立刻叫了起來。「我要養！」

謝緲和謝靈也連連點頭。

「就是，牠多可憐啊！」

「留下來吧，以後我們負責餵！」

低頭看向還在扒拉他袖子的貓崽子，謝紹突然有些無奈。「好吧，那我去編個籃子，當作貓窩。」

謝紹好不容易脫身，屋內三個女子馬上圍了上去，嘰嘰喳喳討論了起來。

「好可愛啊，妳看牠的屁股，圓滾滾的，好想摸一摸。」

「這麼小……太軟了，讓我也摸摸……」

從那個「令人害怕」的環境裡逃了出來，謝紹不禁按了按額頭。那麼小的東西，非要黏著他，他真是擔心自己稍稍用點力氣，貓崽就要沒命了。

謝紹開始做貓窩的時候，屋子裡傳來陣陣的笑聲，那三人已經和貓崽混熟了，竺珂準備好另一個火盆，就打來熱水為牠洗澡。

「乖，馬上就好了……靈靈，快拿乾的帕子包住牠！」

謝緲溫柔地替貓崽擦拭毛髮，在兩個火盆包圍下，剛洗完澡的貓崽一點都不冷，開始有一下沒一下地犯睏。

「讓牠睡吧，可憐的……估計一直都沒怎麼睡好。」竺珂憐惜地說道。

貓崽真的特別喜歡謝紹，乾淨的帕子不要，偏偏要窩到謝紹換下來的衣裳上面，隨後哼唧兩聲，趴過去睡著了。

三人一出屋都忍不住掩嘴朝謝紹笑，謝紹被她們看得不自在，不禁問道：「笑什麼？」

謝靈擺擺手道：「沒什麼沒什麼，只是可能要辛苦嫂嫂多給哥哥做幾件衣裳了。」

竺珂忍著笑走向廚房，謝靈和謝緲還在竊竊私語，謝紹不明所以，只好收回目光，專心編起貓窩。

正月裡的日頭都還不錯，全家人為貓崽取了個大名，叫糯米。糯米有了自己的新窩，經常除了喝奶就是睡覺，醒來之後就在人的懷裡各種撒潑打滾，貓生愉快。

第三十六章 元宵探鋪

竺珂運用那日採回來的茶花重新做了一批花油，至於梅花，則按照《香譜》上的法子製成了香膏。除了那「綠中一點紅」因為手藝要求較高，做出來的模樣沒那麼漂亮以外，氣味和光澤都能和上品香膏媲美了。

謝紹為她向一個瓷窯訂了一批專門裝香膏和胭脂等物的瓷瓶、瓷盒，竺珂的香粉生意總算有了個起頭。

金嬸和王桃桃成了第一批客人，竺珂原本要送她們，兩人卻堅持不肯，非要用買的，最後竺珂只好收了個友情價，一盒一百文，不過她決定對外將報價提到一盒三百文。

「嫂嫂，能賣三百文嗎？這麼一小盒?!」謝靈驚愕不已，謝緲也是驚訝地張大了嘴。

竺珂卻是淡淡一笑，三百文還只是開拓市場的價格，那些貴家小姐識貨，以後她的香膏一盒賣到一、二兩，甚至五兩都有可能。

謝紹也不知是和哪個瓷窯談好了，沒多久，一批按照竺珂要求的瓷瓶與瓷盒全送了過來，個個小巧玲瓏、精緻好看。

「瓷窯一般趁著過年燒窯，這家掌櫃之前跟我訂過很多獵物，跟我比較熟，他說以後如果要得更多，還可以跟他訂花樣。」

「真的？」竺珂有些驚喜。她本來就打算好了，若是能將這門生意做起來，日後盤了鋪子，定要自己描樣子燒製瓷瓶跟瓷盒的，聽見這個消息，自然高興。

「嗯，妳想要什麼樣的？」

「我還沒想好呢，等以後開了鋪子再說。」

說起開鋪子，謝紹正好想起一事。「過兩日就是元宵燈會了，妳若是有看中的鋪子，可以先盤下來。」

竺珂驚訝地看了謝紹一眼道：「現在盤下來？會不會太早了？」

謝紹笑著拉過她的手，解釋道：「聽說因為難民多，衙門要新建一些安置點，到時候地契可能會變貴，早點盤下來也不虧。」

一聽這話，竺珂立刻盤算了起來。「盤一間鋪子，直接買的話估計得五、六十兩左右，還得看地段和大小……」她看向謝紹，眼神發亮。「什麼時候去看看？」

「不急，燈會那天去城裡，順帶觀察一下人流分布，就知道哪裡的鋪子最興旺了。」

元宵燈會是青山城一年一度的大事，不同於除夕，到了上元節，家家戶戶都會出門遊玩、賞燈猜謎，而且小青山山上還有間寺廟，香火鼎盛，節日當天更是熱鬧。

上元節那天，為了避開人潮，謝家眾人起了個大早，一家子坐著驢車朝青山城出發了。

謝紹的木工活極好，驢車做得既寬敞又漂亮，謝靈和謝緲在車裡玩著翻花繩，竺珂則慢悠悠地挪到謝紹背後靠著他，看他趕車。

「怎麼這麼黏人？」謝紹笑道。

竺珂鼓起臉頰，嬌嗔道：「才沒有！我只是好奇你怎麼趕車罷了。」

拉車的驢這段日子被餵養得不錯，壯了一圈，又是第一次出來拉車，難免有些興奮而控制不好力道，但謝紹掌控得很好，車子平穩又快速，沒多久就趕上了金嬸家的牛車。

元寶老遠就在車上跟他們揮手，金嬸回頭瞧見了，笑道：「你謝紹哥家的驢車真不錯！」

「是啊，謝紹哥不做牛車做驢車，說是考慮到嫂子和兩個孩子的方便。」

「你謝紹哥一向是個疼人又心細的。」驢車的高度比牛車低得多，自然方便女子上下。

很快的，謝家的驢車就到了金嬸家的牛車附近，兩家笑著打了招呼，竺珂好奇地問道：「怎麼一路不見方娘子？」

王桃桃很早之前就期待元宵燈會了，今日卻不見她的身影。

「那個方娘子啊，真是鑽到錢眼裡啦，她半夜就進城了，說是今日燈會，一定要搶到好的攤位，狠狠撈上一筆！」

金嬸說這話的時候故意學王桃桃的語氣，兩家人聽完都笑了起來。

一路上歡聲笑語，很快就到了青山城，謝紹和元寶分別把車拴在老地方，一眼看去，城裡的人已經多了起來，大部分都是朝著寺廟那個方向去的。

「先去吃早飯吧。」謝紹說道。

兩家一起去了謝紹帶竺珂去過的賣餛飩的飯鋪，一碗熱氣騰騰的餛飩下肚，全身都暖和了起來。

「多吃點，中午可能顧不上吃飯。」謝紹又點了兩籠包子，幫竺珂挾了一個。

中午那個時間他們應該正在寺廟上香，上完香就直接返回城裡參加燈會，的確顧不上吃午飯。

「沒事，等晚上回去了，我給你們煮元宵吃。」竺珂眨了眨眼道。上元節吃元宵也是傳統，她早早就備下了酒釀。

「真的?!」兩個姑娘異口同聲道，眼中多了幾分期待。

「當然是真的，晚上燈會妳們猜中的燈謎要是多，還有點心可以吃！」

謝靈跟謝緲一聽，頓時躍躍欲試。

今日太陽挺大，上山的路有些遠，竺珂沒多久就微微喘起了氣。

「累了？」謝紹走在她身邊，低聲問道。

「有一點。」竺珂穿的棉襖厚了些，出門的時候還披了件小斗篷，這會兒身上不僅有點重，還熱得很。

謝紹幫她解下斗篷拿在自己手上，問道：「要不要我背妳？」

竺珂嗔了他一眼道：「才不要，這麼多人，我能走，讓我歇歇就好。」

謝紹陪著她放慢了腳步，又拿出水壺遞給她，竺珂喝了點水，站在樹蔭底下歇息了一會兒，又繼續朝山上走去了。

慢悠悠地行至中午，終於到了寺廟門口，這間廟叫「光正寺」，香火頗為興旺。

金嬸笑著解釋道：「這寺廟求子最靈驗，所以香火好。」又打趣竺珂。「小珂一會兒要不要也去求求？」

謝紹眼神一亮，望向竺珂，竺珂雙頰飛上紅暈道：「稍後……看看吧，看看。」

進了寺廟，最前面是一個大香爐，來往的人都要在此處先上香，這是祈求來年風調雨順的香火。

謝紹給了香火錢，虔誠地和竺珂一起上了香。過了第一個香爐再往裡走，兩邊的樹上密密麻麻地掛著祈福的木籤和紅綢，寄託著人們的美好期望。

在寺廟裡逛了一個多時辰，該上的香都上了遍，出來時竺珂還為全家人求了平安符、掛上祈願的木籤，只是當謝紹問她許了什麼願望時，竺珂卻愣是不告訴他。

「說出來就不靈了。」她笑咪咪地說道。

竺珂都這麼說了，謝紹只好作罷。

下山的路從寺廟後方走，能瞧見不一樣的風景，此時已是未時，大家的肚子都有些餓，正好瞧見路邊搭了個粥棚，眾人便坐下點了些菜。

本以為只是簡單的清粥跟小菜，料理端上來時，竺珂卻驚喜地發現小菜有好幾樣，包括白蘿蔔、黃瓜跟紫薑，還有一碟自製的豆腐泡菜，非常講究。豆腐和白菜一起醃製，豆腐滑嫩、白菜清脆，口感酸辣中還帶著一絲甜味，實在爽口。

不知不覺間，竺珂喝完了一碗白粥，甚至有種吃了一道宴席的感覺，當下就決定記下這豆腐泡菜，回去慢慢研究。

她看了看其他幾人的表情，也和她一樣。說實在的，也是正月裡吃肉吃得有些膩味了，突然換成清爽的料理，倒讓人腸胃舒服了不少。

「回去下酸湯麵得了，我瞧啊，可不能繼續吃肉了。」

竺珂這話引起了一桌人的共鳴，雞鴨魚肉吃多了，是有些想念樸實的食物。

離開了粥棚，竺珂一路上都在琢磨那道豆腐泡菜，不知不覺就下了山，返回青山城內。

「還能逛嗎？」謝紹體貼地問她。

竺珂這會兒的狀況比上山時好多了，她點頭答道：「能！」

今日雖說是出來看花燈，但更要琢磨盤鋪子的事，她就是再累，也會咬牙堅持住。

金嬸聽到竺珂打算盤鋪子的事，當下就拍著胸脯說：「妳早說啊！我那表姪女家就是倒置鋪子的，她那裡好多空餘的閒鋪子呢，要不去瞧瞧？」

竺珂一愣。金嬸家的表姪女，就是那位蘇家小姐，雖然兩人到現在都沒見過面，對方卻幫了她不少忙，如今她又要麻煩人家……

金嬸笑道：「不麻煩不麻煩，她家就是幹這個的嘛，妳去了，那就是主顧，怎麼能叫麻煩呢？」

竺珂猶豫地看向謝紹，只見他點了點頭。

「那好吧，只是蘇家小姐現在嫁了人，她婆家那邊……」

「才巧呢！她婆家就隔了兩條巷子而已，走吧，很快就到。」

笁珂路上跟金嬸聊了幾句，這才知道蘇小姐本名叫蘇蓉，如今嫁到蕭家，丈夫去年中了秀才，也算是書香門第。蕭家宅院不大，卻是安靜雅致，金嬸上前叩了叩門，沒多久門就開了。

蘇蓉聽說是金嬸帶著笁珂來了，當下就理了理衣裳親自迎出去道：「表姑母，好久不見了。」

金嬸引著雙方行見面禮，蘇蓉早就想見見這位傳說中的謝娘子了，自然喜不自勝。「快請進，春柳，看茶。」

蘇蓉領著人去見客堂，蕭家郎也在，他打聲招呼便回了書房，笁珂等人隨即坐下喝茶。

聽笁珂說明了來意，蘇蓉立刻就笑道：「這真是來得早不如來得巧，這次過年，我娘家正好收回了不少好地段的鋪子，謝娘子若是有打算，可以一間一間地瞧，遇上滿意的，只管說，保證價格合理！」

笁珂和謝紹對視一眼，突然有種踏破鐵鞋無覓處，得來全不費功夫的感覺。

「那……就去瞧瞧附近的幾間吧。」笁珂道。

果然如金嬸所說，蘇家原本就是做這生意的，青山城大部分的鋪子，蘇蓉都知道得一清二楚，趁著今日上元節人潮多，她帶笁珂他們逛了逛附近幾家店面。

「謝娘子，真是多謝妳幫我繡嫁衣，只是當時我正在備嫁，不好親自向妳道謝。」

「您客氣了，我也得謝謝您給我機會。」

兩人互讚了幾句，蘇蓉才說起正經事。「其實要不是這次表姑母帶你們過來，過陣子我也想去拜訪一下。」

聞言，竺珂倒有些驚訝了。

蘇蓉拉近了跟她的距離，道出原委。原來蕭家郎雖是秀才，可是對經商之道一竅不通，目前全靠祖上的積蓄過日子，雖說她娘家是為了找個讀書人當女婿，可若是夫家沒錢，日子一樣難過。蘇蓉原本就打定主意，嫁過來之後讓自家相公繼續讀書考取功名，而她，則是要妥善運用娘家的生意管道生財。

「謝娘子，妳之前做的花油和這次的梅花香膏我都用過了，絕對是青山城數一數二的好貨。妳盤鋪子，是想做香粉生意吧？我可以幫妳呀。」

蘇蓉的話明顯讓竺珂動搖了，她沒想到蘇蓉想得這麼清晰明白，明明她們才剛見面而已……真不愧是商賈之女。

「我考慮考慮。」竺珂沒有馬上應下。

蘇蓉表示理解。「是，自然要考慮清楚了。謝娘子，我家閒置的商鋪還不少，我回頭給妳一份地圖，妳回去可以慢慢看，想好以後我們再商量也不遲。」

就這樣，竺珂這一趟不僅見到蘇小姐，還莫名其妙多了個願意資助她生意的夥伴，不過這事不急，她還要細細跟謝紹討論討論。

跟蘇蓉道別之後，天色漸漸暗了，街市上逐漸熱鬧了起來，燈會即將開始，所有的人都朝著城鎮中心出發，那裡不僅設置了最多花燈，各式各樣的攤販也會聚集在該處。

竺珂興奮地拉著謝紹的手說：「咱們也去！」

謝靈和謝緲兩個更是激動到不行，連糖葫蘆都不要了，順著人群就朝城中心跑去。

「妳們慢些，小心撞著人！」竺珂拿這兩丫頭沒辦法，只好跟著謝紹加快了腳步。

「哥哥！我想要這個！」

謝靈和謝緲走到一處捏泥人的地方就走不動了，那攤鋪的老師傅在青山城捏了幾十年的泥人，是老手了，就算閉著眼睛，他捏出來的泥人也是活靈活現、栩栩如生。

竺珂也來了興趣，只是這攤子上的全是些見慣了的角色，像是牛郎織女、八仙過海跟白蛇許仙之類的，她不禁問道：「可以捏不一樣的嗎？」

老師傅看了竺珂一眼，二話不說，照著她的模樣兩三下就捏了一個新的小泥人出來。白粉色的裙子、石榴色的斗篷，連竺珂頭上的玉蘭花簪都捏得細緻入微，竺珂一眼就看上了。「我喜歡這個！」

謝紹掏出碎銀遞上去道：「那就麻煩您幫我們捏個一家四口吧。」

老師傅的動作很麻利，沒多久，四個活靈活現的小泥人就全部遞到他們手上。每個都形象逼真、表情入微，甚至連服飾處的細節都能一一對應，令人心服口服。

謝靈和謝緲歡喜極了，根本不願撒手，竺珂顯然也很喜歡，還去看謝紹的。「讓我看看……哈哈哈，這個表情簡直和你一模一樣！」

聽到竺珂的話，謝紹蹙著眉頭看了看自己的小泥人，疑惑道：「我有這麼凶？」

「嘖，你都不知道，你剛開始真是嚇死人了，在河邊的時候那副凶巴巴的樣子，我一輩子都忘不了！」

謝紹收起小泥人，直視她的眼睛道：「那現在呢？」

竺珂猝不及防地跌入了一雙深邃的眼眸，裡面蕩漾著無盡溫柔，這段日子以來，謝紹給她的安全感和包容，早已默默侵蝕她一顆心，讓人甘願沈淪。

心跳加速，竺珂忍不住捂住了謝紹的眼。這男人今日穿的是白色衣衫，襯得他玉樹臨風，加上他那般撩人地看著她，簡直讓人受不了。

就在這一刻，長街上的煙花瞬間被點亮，火球直沖天空，在漆黑的夜空中炸開，綻放出五彩繽紛的光芒。

謝紹猛然摟過竺珂，不由分說地在她唇上印下一個吻。

「哥哥、嫂嫂！你們快看！」謝靈興奮地叫道。

這個吻恍若蜻蜓點水，竺珂回過神來的時候，謝紹已經像什麼事都沒發生似的和前面兩個姑娘說起了話。「嗯，看見了，很美。」

竺珂後知後覺地朝他靠了靠，今夜煙火絢爛，兩人同時望向天空，身下卻是十指緊扣，久久不離。

第三十七章　攜手合作

一過了正月，天氣便逐漸暖和了起來。河面上化了凍，波光粼粼，兩岸的樹枝慢慢抽了新芽，小草也全都破土而出，白茫茫的天地，終於添上了點綠意。

下了一場春雨之後，山坡上又冒出一些生命力頑強的野菜。謝緲和謝靈每天都會跑到山上摘野菜，再拿去給養在後院的乳牛吃，要是摘得多，也會交給竺珂料理。

那頭乳牛被餵養得很好，肚子也漸漸大了起來，謝紹接這隻乳牛回來的時候就已經是配過種的，如今顯了懷，倒也不奇怪。

竺珂笑著摸了摸謝靈跟謝緲的頭，就去廚房處理這些野菜。蕨菜和薺菜細細切碎，和豆腐絲、粉絲、少許肉末拌勻成餡料，春捲皮則做了白麵皮和麥麵皮的，用春捲皮將餡料裹成長條狀，再用蛋清封口，便可下鍋去炸。炸好的春捲香脆、多汁、鮮嫩，添加野菜讓春捲多了一絲春季的氣息。

茼蒿性涼、去火，是一種很好的植物。洗淨茼蒿，用紅辣椒段熗炒出來就很好吃，另外還有個作法，就是和麵餅一起製成茼蒿餅。

馬齒莧更是涼拌菜的絕佳材料，焯水之後調上醋汁就能直接吃，做成餡料也不錯，等再過一陣子，就可以多採些回來，和雞蛋一起包成餃子。

薺菜當然要拿來做薺菜餛飩，細細剁碎後混著肉餡包成元寶大小的餛飩，用高湯煮熟，最後撒上紫菜碎屑，一口咬下去，鮮美的湯汁和薺菜的鮮嫩讓人回味無窮。

竺珂動作麻利，很快的，這些用新鮮野菜做的料理就端上桌，為晚飯增添了春天的色彩。

「多虧了靈靈和緲緲摘回來的這些野菜，咱們今日這頓飯就叫『野菜宴』！」

謝紹勾唇一笑，挾了個春捲嘗了嘗，說道：「不錯，是有股春天的味兒了。」

一旁的謝靈和謝緲聽到了，也連忙拿起筷子。

「嫂嫂，剛才我們和哥哥已經商量好了。」吃到一半，謝緲突然抬起頭說。

「商量好了什麼？」

「給驢兒和乳牛取了名字！」

竺珂驚訝地望了望謝紹，卻見他笑而不語，只低著頭喝餛飩湯，謝靈忍不住說：「我取的驢兒名字是小灰，緲緲給乳牛取的名字是小花。」

小灰，小花……竺珂噗哧一聲笑出來。的確，那頭驢灰撲撲的，叫小灰合適，乳牛白色身體上有黑色斑點，叫小花再合適不過。

「甚好甚好，那以後小灰和小花就拜託妳們倆照顧了。」

謝靈和謝緲還沒應聲，桌子下先響起了兩聲。「喵！喵！」

眾人低頭一看，是糯米。

糯米長大了不少，現在除了成天跟在阿旺身後直叫喚，就是窩在桌子底下舔毛。

竺珂笑道：「你答應個什麼！難不成……你要去餵小灰和小花？」

「喵！喵！」糯米的叫聲像是回應。

桌前的人聽了，全都哈哈大笑。

入了春，炕火不需燒得那麼旺，皮膚保養也變得輕鬆一些。竺珂仔細地坐在鏡子前搽好面脂，便上了炕跟謝紹商量。

「你明日又要開始去碼頭了嗎？」

「嗯，朝廷的征丁得到夏天才會結束，那時候咱們的小花估計也該產奶了。如果品質不錯，我就籌辦養殖場，也算第一份家業。」

竺珂躺在他懷裡說道：「那要不過兩日我便定下鋪子的事，若是我的鋪子先開，你中午在城裡也有個歇腳的地方，怎麼樣？」

「妳跟蕭娘子商量好了？」

「差不多了，她有人脈，但鋪子還是以我的名義開，我製作要在鋪子裡賣的東西，她負責明面生意，到時候再分成算。蘇家的口碑在青山城很不錯，想必為人誠信，你覺得呢？」

謝紹一向尊重她的想法，只道：「妳覺得好便去做，我支持妳。」

竺珂最喜歡他這一點，她換了個姿勢，躺在他的臂彎說道：「你後面要辦養殖場的話也需要銀子嘛，我的鋪子若能賺錢，之後就能投入資金到養殖場裡，你說呢？」

謝紹捏了捏她的耳垂，笑道：「妳賺的銀子當然歸妳自己，我一個男人，怎麼能花妳賺來的錢？」

「這有什麼關係，我們是一家人嘛。」竺珂不以為然地說。

「放心，我自有辦法，妳安心去做，等這段日子忙完碼頭的事，一定能把養殖場開起來。」

因為謝紹要去碼頭，竺珂早早就準備好了餐點。今日是蘇蓉跟她約好的日子，只不過這次蘇蓉堅持要親自上門來談，竺珂只好在家等她。

早飯是蔥油餅和蛋花湯，蔥油餅裡加了些昨日的野菜，味美鮮嫩，謝紹吃得滿足，站起身準備出發。

「等會兒，午飯帶著呀。」竺珂塞給他兩個飯盒，裡面是蔥油餅和春捲，還有簡單的蛋炒飯。

謝紹接過飯盒，又撫了撫竺珂的臉，這才轉身走向院門口，跟早就在外面等著的元寶會合。

目送謝紹出門後，竺珂裡裡外外將家裡打掃、整理了一遍，一是因為蘇蓉一會兒就要來了，二是因為春季日頭暖和起來，正好將一些衣服棉被拿出來晾曬，去除冬日陰冷潮濕的氣味。

午飯過後，蘇蓉終於登門了。竺珂提前做了一些點心當作下午茶，用來招待她。

「蕭娘子，妳來啦。」竺珂笑著出門迎接客人。

蘇蓉也微笑地跟她打了招呼。「謝娘子，妳家真是格外不同，瞧著舒適極了。」

駐足在謝家小院中，蘇蓉這番讚嘆倒是發自內心。山裡的日子雖比不得城裡的繁華，可勝在隨心所欲、溫馨寧靜。自從竺珂到來，謝家這小半年來充滿了有別於以往的氣息，院子裡有雞圈、牛棚、驢棚，屋簷下掛著串串臘肉，阿旺和糯米在院子裡玩鬧，謝靈和謝緲的皮筋還在樹下綳著，聽見蘇蓉的聲音，兩個姑娘還從後院跑來打了招呼——這一切，竟讓蘇蓉內心生出幾分羡慕。

「謝娘子，看得出來，妳一定是個熱愛生活的人。」蘇蓉笑著坐在石凳上說道。

「哪裡，我只是有些閒工夫罷了。」竺珂拿出備好的點心和茶，邀請她一起品嘗。

蘇蓉點頭答謝，兩人品了品茶之後，這才進入今日的主題。

「謝娘子想得如何了？鋪子就在最興旺的長街上，以妳的手藝，不出半年，鋪子的本金就回來了。妳若是不方便常去鋪子裡瞧著，我方便呀，若妳日後想將工坊開到城裡，也沒問題。利潤妳收大，我收小，前期的人脈和名頭全由我蘇家負責，也保管不會有其他同行來為難妳，如何？」

這些條件夠誘人，竺珂之前也跟蘇蓉商量過開業種種，她早已下定決心。「成，那我們今日便把此事定下。」

蘇蓉一聽，喜不自勝地說：「如此甚好，春柳，快，拿地契。」

原本之前蘇蓉打算免費租給竺珂鋪子，沒想到竺珂卻說要將鋪子買下來，這讓蘇蓉有些意外。不過人家願意買鋪子做生意，想必不缺那點本金，她只好打消一開始由蘇家名義開鋪子的想法，轉而從人脈方面說通竺珂，沒想到竟合作成了。

蘇家的女人向來強過男人，這一代也不例外，蘇蓉那不成器的哥哥成日花天酒地，只曉得問父母要錢，倒是她這個已出閣的閨女，生意頭腦相當不錯。這次和竺珂合作，她也是一片真心，青山城長街上的好鋪子，直接給了個大折扣給竺珂，倒讓竺珂記了一份人情。

地契到手，竺珂的心情真是前所未有的輕鬆和愉快，她送了蘇蓉一整包點心和糕點，目送蘇蓉的馬車離去。

長街那鋪子竺珂之前就去看過了，雖不是最中心顯眼的地段，卻是幽靜雅致，令她很是滿意。

蘇蓉回去之後，竺珂仔細地收好地契，這算是她第一份小產業，裡面也有謝紹的功勞。謝紹回來之後，她便興奮地拉著他看地契。

「就這麼開心？」謝紹稍微看了一下地契，囑咐竺珂收好，順帶捏了捏她的鼻尖。

「當然了！最遲三月三上巳節的時候，我的鋪子就能開張了！快，你也幫我想想，叫什麼名字好？」

既然要開鋪子，名字自然非常重要，一個別致又獨特的名字，能讓人一聽就印象深刻。

謝紹想了想，說道：「一時想不出來，妳可以慢慢思考，不過鋪子裡面要怎麼布置，妳想好了嗎？」

提起這茬，竺珂突然像洩了氣的皮球一樣說：「我想過了，可是很麻煩……蘇蓉說她能幫我找人去做，可我不想，我想自己親手弄，但這樣的話我又怕時間來不及。」

謝紹笑著摸了摸她的頭說：「妳儘管想，有我幫妳。」

笁珂眼睛一亮。對啊，謝紹的木工活極其漂亮，她怎麼忘了呢？不過……

她搖了搖謝紹的胳膊道：「真的？可是你每日都要去碼頭，會不會太累了？」

「不累，反正都在城裡，碼頭下工後我就去鋪子，妳只需要告訴我妳想怎麼布置就行，剩下的交給我。」

笁珂這下是真高興了，拉著謝紹嘰嘰喳喳地說了起來。

就這樣，笁珂的香粉鋪子如火如荼地開始籌備了。雖然鋪子的名字暫時還沒有定下，可是裡面的裝潢卻在謝紹的幫助下，一日日地完善。謝紹每天都去碼頭上工，收工以後就去鋪子裡敲敲打打，笁珂有時候會跟在他身邊，兩人一同駕著驢車回去，有時候她也會在家裡等他。

笁珂和蘇蓉愈來愈熟悉，兩人還一同定下開張之日，就是三月初三，上巳節。屆時人們會在春日的陽光下結伴去水邊玩耍，祭祀宴飲、曲水流觴、郊外遊春，是個適合開業的好日子。

兩人還討論了鋪子內要賣的東西。春日桃花爛漫，第一批貨就以桃花為原料，製作桃花香膏和香露；上巳節還有用蘭草沐浴的傳統，再採摘些蘭草來製造商品，想必也能賣得不錯。

山寺桃花始盛開，春光和煦，笁珂脫下厚重的棉衣，換上粉色的春衫，今日她便要和謝靈、謝緲一起上山採摘桃花。

春耕已經開始，人們走出房屋，下地勞作。春雨貴如油，被春雨滋潤後的田地，孕育無限的生機，牛車耕地、水田插秧，田間一派忙碌，朝氣勃勃。

爬上山，放眼望去，粉色的桃花朵朵嬌俏，綴在枝頭，整個山頭一片嫩粉，美得猶如畫卷一般。

「太好看啦！」謝靈興奮地摘下背上的竹筐，朝桃林深處跑去。

桃花的確美，用途也多，可以釀成桃花酒、製成桃花糕、做成桃花蜜。

「記得多採一些呀，回去給妳們做桃花宴。」竺珂笑著朝那兩個姑娘喊道。

「沒問題，嫂嫂妳就等著吧！」謝紗揮了揮手，跟謝靈分頭採花去了。

摘回的桃花細細挑選，適合做花油、花露和香膏的分開放置，還有一些是適合食用的。

洗淨的酒罈裡倒入白酒、白芷、桃花，然後密封，在陰涼處等待一個月，便是桃花白芷酒了。桃花同白芷一起入酒，可使黯淡粗糙的臉部肌膚恢復白嫩細緻，乃美膚養顏的藥酒。

砂鍋裡放入白米熬成粥，山藥上鍋去蒸。白粥熬好之後放入桃花花瓣，就成了桃花粥，桃花粥清淡解膩、味美甘甜；蒸熟的山藥則碾成山藥泥，搓成丸子狀，再綴上一朵桃花，喜歡甜口的，可以澆上一勺蜂蜜，這山藥桃花丸便完成了。

荸薺粉用糖水化開，倒入小碗裡上鍋去蒸，用荸薺粉做出來的是荸薺糕，又叫馬蹄糕，晶瑩剔透、口感彈嫩。竺珂花了小心思，在倒入荸薺糖水一半的時候放入一朵完整的桃花，再繼續倒入，這樣蒸出來的馬蹄糕中間就會有一朵完整的桃花，名喚桃花馬蹄糕。

糯米糕蒸到一半的時候，竺珂用刀將其分成三層，第一、二層中間鋪上紅豆泥，第二、三層之間蓋上桃花花汁，平凡無奇的糯米糕頓時搖身一變成了紅粉相間的夾心糕，這樣入口既有紅豆的甜，也有桃花的清香。

謝紹背著一個竹筐趕在日落前回來了，竺珂端著盤子朝堂屋走，說道：「你回來啦？正好吃飯。」

「嗯，我來。」謝紹放下竹筐，大步走過去接走竺珂手中的盤子，看了一眼便道：「今日採桃花去了？」

「嗯，桃花都開了，而且開得很好。你背回來的是什麼呀？」

「是蘭草。上巳節會用蘭草沐浴，我回來的路上看見了，便順手摘下來。」

謝紹走到井邊打水洗手，還去後院裡看了看小花和小灰。小花的肚子一日日大了起來，孕相不錯，謝紹眼中不禁閃過了一絲笑意。

除了桃花粥和利用桃花做出來的各式糕點，竺珂還留了好些桃花花苞，直接曬乾，再用沸水煎茶沖泡花苞，這便是桃花茶了。等之後玫瑰、芍藥開了，還能製成不一樣的花草茶，美容養顏、開胃健脾。

吃飯的時候，竺珂發現謝紹還帶回了一包種子，但她不知道是哪種植物的。

謝紹喝了口桃花粥，說道：「回頭把菜園翻一翻，搭個架子種點菜，還有門口附近那片地也可以開出來，種一些妳喜歡的花。」

竺珂驚訝地朝門外看了看，一個冬天過去，她差點忘記那塊菜園的存在，還是謝紹想得周到。

「那改日我可要去集市多選一些花的種子回來了。」

竺珂眉眼彎了彎，謝紹也跟著笑了笑。

第三十八章 香鋪開張

再過兩日便是上巳節了，竺珂製作的商品進入了最後的衝刺階段。

瓷罐跟瓷盒是在之前那家瓷窯訂做的，白中帶了一些淡粉，映出了桃花的顏色，唯一可惜的是上面並無桃花的圖案，不過竺珂並不是太在意，將心思全然投在裡面裝的東西上。

桃花，是能襯出肌膚好顏色的原料，為了增加商品內容，竺珂花了好些工夫將《香譜》中的桃花蜜方子琢磨個透，又拜託蘇蓉採買一些必需的原料，這才終於趕在上巳節前將桃花蜜製作出來。

至於這一批桃花香膏，竺珂費盡心思，總算成功仿照梅花香膏的「綠中一點紅」效果，白色的香膏中完整保存了一片桃花花瓣，中心點顏色最濃，由內往外逐漸變淡，形成粉白漸層，甚是好看。

竺珂還試著做了水粉胭脂，水粉是用一種白米磨製而成，不需要什麼技術，愈白愈細就愈好，如此一來細薄貼膚、不易脫落，和花粉一起研磨的話就會帶著天然花香；胭脂則是用花泥細細研磨製成膏脂，塗在臉上輕輕用指尖暈開，便能使氣色變好。

製造桃花蜜和桃花香膏相當耗費工夫與心力，竺珂做出來的量非常少，蘇蓉便大膽定價為一盒三兩，物以稀為貴，自有富家小姐肯消費。

張羅到此時，竺珂的香粉鋪子，終於要開業了。

依芍苑，是竺珂為香粉鋪子定的名字。「依」取自她的小名，至於芍，是取自「芍藥」。芍藥與牡丹並稱「花中二絕」，比起牡丹，竺珂更喜歡芍藥一些，取「芍」也是因為跟謝紹的名字音近。這間鋪子的名字包含了她的私心，依芍，就是她與謝紹。

謝紹親自做了匾額，請城裡的書法大師賜字，趕在上巳節前一日掛上了。

三月初三上巳節，女兒家們都換上春衫，要在這一日結伴出門踏青郊遊，青山城裡人潮眾多，熱鬧不已。

依芍苑開門當天，竺珂和蘇蓉坐鎮在鋪子裡，金嬸和王桃桃送來喜錢，蘇蓉好些朋友也來恭賀。門外花籃叢叢，門裡笑聲喧鬧，加上裡外的布置皆是竺珂一手設計，一時之間話題不斷，氣氛很快就被炒熱了起來。

路過的女兒家們紛紛起了興趣，一同朝鋪子裡走去。說到春日的花朵，最先想到的就是開得燦爛的桃花，桃花製品瞬間就吸引了姑娘家的目光，各類香膏與花蜜都擺了樣品，可隨意試用，若是滿意，再購買新品結帳就是。

桃花蜜算是獨家商品，竺珂悄悄將其在《香譜》中記載的效用告知蘇蓉。

「妳是說此物對女子那處……」蘇蓉顯然相當吃驚。

兩人低語了許久，蘇蓉的神色愈來愈興奮，說道：「小珂，妳可真是厲害，這事交給我了，妳放心。」

只見蘇蓉專挑梳了婦人髮髻的幾個人上前搭訕，幾句話就將她們說得面色微紅，心動異常。

蘇蓉做生意很有一套，不到午時，桃花蜜已經售罄，教竺珂佩服。桃花香膏的行情也是好極了，除了春日的緣故，還有個原因。上巳節又喚女兒節，在郊區踏青時，很多女子會以桃花簪髮，若配上桃花香膏，那麼偶遇心上人時，髮上既有桃花，身上也有宜人幽香，相得益彰，說不定能成就良緣呢！

就這樣，開業這天沒多久，青山城大部分姑娘家都曉得長街上開了一家香粉鋪子，那裡以桃花為主題，東西的品質也好。可惜竺珂做的量不大，加上自己身邊的朋友們也預定了好些商品，因此還未到未時，便已全部售罄了。

稍微晚些知道消息的女子，只能在店內試用樣品，皆扼腕嘆息。

「小娘子何時出貨？」有姑娘十分喜歡，願意留下銀錢預訂。

竺珂笑道：「春日桃花爛漫，自然還會再做一批，直到桃花開罷，後面還會有新品，小姐喜歡的話，可隨時來店裡逛逛。」

那姑娘笑著應下，竺珂親自送人出了鋪子。

東西賣完，蘇蓉跟竺珂便上了二樓，兩人在案前坐下算了算今日的收益，是超出預期的五十多兩，這讓竺珂有些吃驚。

蘇蓉笑道：「這算什麼，我想日後的收益定能翻上十倍不止。」

竺珂收起算盤道：「借妳吉言啦。」

雖然鋪子裡已經沒商品可賣，可蘇蓉下半日還要照看鋪子，方便招待進來試用樣品或預訂新品的客人。竺珂還有別的事要做，開業第一天生意就這麼好，後面要打鐵趁熱，量得跟上才行。

「那就拜託妳了。」竺珂向蘇蓉道別，簡單收拾一下便往碼頭的方向去了。她的心情很好，腳步都輕快了起來，迫不及待地想見到謝紹，告訴他這個好消息。

碼頭上人來人往，謝紹今日已經超額完成自己的任務，正走到碼頭邊的石墩上，準備喝水歇息一下。曹貴的人走了過來，謝紹只裝作沒看見。

「謝哥，過兩日還會再來一批貨，到時候可能還得麻煩你。」那人走到謝紹跟前，看似漫不經心地說道。

謝紹喝了一口水，水珠沿著他下巴銳利的線條滴到胸前，打濕了褂子。他擰緊水壺，淡淡地說了句。「老規矩。」

「那是自然，不過謝哥，你咋就不考慮自己幹呢？偏偏要在這破碼頭……」

那人話還沒說完，謝紹就用眼神制止他，因為元寶正急匆匆地往這裡跑，氣喘吁吁地喊著。「謝紹哥，那邊——」

謝紹順著元寶手指的方向一看，立刻愣在原地。

不遠處的碼頭岸邊，竺珂穿著一件杏桃色的春衫，挎著一個小籃子，正笑盈盈地看著他，宛如一枝二月春杏，她那麼美，吸引了一堆人的眼光，可她眼裡只有自己……謝紹頓時心中火熱，二話不說就大步走了過去。

「怎麼過來了？」謝紹接過竺珂胳膊上的挎籃。「不是說等我去找妳嗎？走過來累不累？」

「才多遠的路啊，怎麼就累了？」竺珂笑著嗔他。「你碼頭的活兒幹完了沒，可以提前走嗎？」

謝紹連連點頭，他早就幹完了活，沒立刻走，是想留在碼頭多觀察一下，這會兒和總工打過招呼，便可提前離開了。

臨走前，碼頭的夥計們不忘調侃兩句。

「謝紹啊，真是好福氣，你娘子來找你？」

「嫂子可真好看，謝紹哥的確好福氣！」

這些話語大多帶著羨慕，並無惡意，謝紹笑著跟他們招呼了兩句，便快步帶著竺珂走了。

「怎麼出了這麼多汗？碼頭的活兒很累嗎？」竺珂見他褂子都濕了，有些心疼。

謝紹低頭一看，回道：「沒事，不是汗，是剛喝水打濕的。我不累，很早就幹完活了。」

天氣暖和，幹活的好處就是比天冷時速度快上許多。

「那你怎麼不來找我？」竺珂嗔道。

謝紹笑了笑，說道：「我想著鋪子至少會忙到集市結束，怎麼這麼快就過來了？」

竺珂眼珠一轉，回道：「生意不好唄，自然提前關門。」

謝紹留心她的表情，見這小嬌嬌分明唇角上揚、心情愉悅的模樣，便刻意道：「那怎麼辦，要不妳還是回家給我專心生孩子，鋪子關了算了。」

竺珂果然上當，當下變了臉色捶了他一拳道：「想得美！生意可好著呢！我提前過來是因為東西早就賣完了，而且下半日也不是關門，有蘇蓉看店。」

謝紹以拳掩唇壓住笑意道：「這樣啊。」

竺珂終於看出來他是故意的，狠狠又撓了他一爪子才作罷。

回去的路上，謝紹帶著竺珂去了一處山谷，那裡有條剛剛破冰不久的小溪，時不時還冒出幾條被憋了一整個冬天的魚兒。小溪兩岸開滿了鮮花，除了桃樹，還有杏樹、梨樹，甚至瞧見了迎春花的影子。

兩人摘花戲水，在山野間穿梭，笑聲和花瓣灑滿了鄉間小路。

慢悠悠地回到謝家小院，竺珂去準備晚飯，謝紹則在院子裡翻著菜園的土，只見他又尋來了好些竹竿，不知要做什麼。

春日時分，一家人更喜歡在院中的石桌前吃飯，看著晚霞與雲朵的變化，春風溫和拂面，十分愜意。

原來謝紹是準備在菜園那邊加高黃瓜架，若得了閒地方，還能搭一個葡萄架。竺珂順著他的視線瞧過去，過去一直沒發現，現在才知道門口那片菜園能開發的地方還多著呢。

「若是葡萄能種成，等到秋天，便可以在院中乘涼、採葡萄吃了，若是有多的，還可以釀成葡萄酒呢。」喝著鮮美的魚湯，竺珂憧憬著未來的美好生活。

飯後，謝紹走到後院，神神秘秘地搬出一個用布遮著的物品，竺珂和謝靈、謝緲都好奇地圍了過去。

布一掀開，映入眼簾的，就是上元節那日，謝紹許諾過的小院木雕。竺珂很喜歡那些泥人，便要求謝紹雕出謝家小院來擺放它們。

那四個泥人正如現在這個情景一般，靜靜地站在院中的石桌旁，當真是大世界中的小世界，惹得竺珂她們情不自禁地驚呼了一聲。

「你什麼時候做的呀？」竺珂驚訝極了，她日日和謝紹在一起，竟完全不知他何時完成了這項巨大的工程。

謝紹勾唇一笑道：「每日抽空便做出來了。」

「嫂嫂妳快看！連小花和小灰都在呢！」謝靈叫道。

竺珂仔細一瞧，可不是嗎？這木雕簡直是謝家小院的縮小版，院中的水井、石桌、雞圈、牛棚跟驢棚全都在，細節處令人咋舌。

「你這手藝完全可以出去開店了。」竺珂發自內心誇讚道。謝紹身上有太多她不知道的潛能，總是能給她出其不意的驚喜。

木雕被竺珂放在謝紹為她做的櫃子上，她還特地騰出一個格子，將它安置得妥妥當當。

謝紹笑她。「這麼喜歡？」

「那是當然！你回頭再雕幾個小人吧，我瞅著這泥人還是沒有木頭的好。」

「雖小人的話，只怕做出來沒有這泥人這麼活靈活現。」

「試試嘛，你做什麼我都喜歡。」

兩人在屋裡親熱了一陣子，竺珂便盤腿坐在炕上，拿出帳本和算盤，將今日的收益細細說給謝紹聽。

「要是每日都能如此就好了，說不定過不了多久，鋪子還得請人來幫忙呢。」

「自然需要請人了，之後妳若是想在城裡開工坊，再去瞧地方。」

竺珂沒想到謝紹連之後的事情都有打算了，不禁莞爾一笑道：「慢慢來，不著急。」

依芍苑一開，竺珂比以往忙了不少，桃花蜜和桃花香膏已經有回頭客上門預訂，得加緊趕製出來。此外，春日的杏花和梨花也招人喜愛，可以製成花露和香膏。幸虧她有那泉液，緊趕慢趕著，依芍苑的招牌逐漸響亮了起來。

竺珂一般會在店裡待到下半日，未時左右再和謝紹一道上山採花返家，只是光靠山中的材料不是長久之計，還得拓展原料來源才行。城郊有專門培育花田的地方，最近竺珂也在留心打聽。

青山城地域本就不大，長街上新開了一家香粉鋪子的消息自然也傳到陳氏耳朵裡。女人天性愛美，陳氏這日從李家出發，打算前去香粉鋪子瞧瞧，兜兜轉轉到了依芍苑門口附近的一條巷子，碰巧撞上竺珂在店門口送走客人的一幕。

竺珂成親後沒回過李全家，陳氏這會兒瞧見她，立刻躲閃到一旁，心想：這鋪子，是她開的？

從依芍苑出來的一個女子正巧經過，陳氏連忙拉住她問：「請問，前面那家香粉鋪子門口的女子，可是掌櫃？」

那女子回頭看了一眼，笑道：「是呢，這家鋪子是剛開的，掌櫃人美手藝好，生意紅火得不得了！」

陳氏一聽，當下心裡就有些不是滋味了。之前聽說謝家男人受了傷，怕是再也不能進山打獵了，沒想到那丫頭竟能在長街上盤下鋪子，而且她什麼時候學會製香的手藝了？

她在巷口觀察了好一陣子，進出鋪子的人的確不少，且每個人或多或少都會買點東西，只見笠珂將客人送到門口，臉上全是笑意。

不知不覺間，陳氏攥緊了帕子。李家日子本就過得一般，入冬後李全又生了場病，家裡的銀子眼瞅著就要花盡了，這讓她怎麼嚥得下這口氣?!

轉身快速回到家，李全不在，只有自家兒子沒吃午飯餓得嗷嗷叫喚，陳氏恨鐵不成鋼地捏了捏兒子的肚子怒道：「吃吃吃，你整日就知道吃！」

不明白自家娘親為何突然發起了脾氣，那孩子委屈地說道：「我餓……」

這動靜引來了住在斜對面的大花嬸，她問道：「這是咋了？」

陳氏沒好氣地將自己在長街看到的情景說給她聽。「從前真是小瞧她了，本以為她嫁到那窮鄉僻壤以後就八竿子打不著關係了，誰知道竟然在長街開起了鋪子！那鋪子的店面錢，怕都有幾十兩！」

大花嬸當然記得竺珂，一聽到長街上那個最近很火紅的香粉鋪子是她開的，也跟著陰陽怪氣道：「那小蹄子從前就瞧著不安分，也不知這手藝是從哪裡學的，莫不是在凝玉樓待了一陣子，跟那些窯姐兒還是老鴇學的？」

這話提醒了陳氏，她眼神賊溜溜地一亮，說道：「是啊，我差點把這茬給忘記了……」

第三十九章　登門找碴

竺珂這日正在鋪子裡清點帳務，卻見門口閃過一個身影，她下意識以為是客人上門，正滿面笑意地準備起身，就瞧見陳氏提著一個木桶，神色古怪地站在那邊。見到她的一瞬間，竺珂的神色變了一變。

正是用午膳的時候，鋪子裡的人不多，陳氏笑得不懷好意，上前拉住竺珂的手道：「我的好外甥女，這麼久不見，在長街盤了鋪子這樣大的喜事，怎麼也不跟我這個當舅母的說說，我也好在開業當天給妳添分喜氣不是？」

竺珂冷冷抽回手道：「有什麼事嗎？」

陳氏一聽，換了副臉色，假惺惺地哭了起來。「這段日子妳一直沒回過家，不知道妳舅舅冬日裡病了一場，家裡馬上就要揭不開鍋了，如今妳日子瞧著好了，可不可以……」

竺珂看她這個樣子就想吐，不過也算是把陳氏的目的聽懂了。

「沒錢，家裡的積蓄在盤鋪子時已經花光了。」她神色疏離，毫不在意陳氏的目光。

陳氏微微一愣，繼續哭訴道：「珂兒啊，妳就是不顧念跟我這個舅母的情誼，也得看在妳舅舅的面子上不是？那可是妳親舅舅啊！」

竺珂聽了，默默打量起了陳氏，正巧蘇蓉過來換班，竺珂便用眼神朝她示意了一下。

蘇蓉一瞧便懂了，她靜靜走到貨架那邊開始跟客人閒聊，竺珂則趁隙將陳氏引到一處角落。

「舅舅病了？哪家藥鋪開的藥方，一日需花幾錢？妳把藥方拿來我瞧瞧。」

這話問得陳氏一時沒反應過來，竺珂繼續質問。「妳身上這緞子是布莊今年過年的新樣兒，還有妳這步搖也是首飾鋪剛上不久的花式，妳說家裡要揭不開鍋了，就是這般揭不開鍋的嗎？」

一番話將陳氏說得臉紅一陣白一陣，兩人僵持了一會兒，陳氏突然跑到門口，放下手中的木桶。

「父老鄉親們都來看看啊！這香鋪的掌櫃是我家那口子的外甥女，如今外甥女有錢盤鋪子了，卻不管病倒的舅舅，這人是什麼心腸啊！」陳氏像個潑婦一般扠腰大喊。

竺珂皺起了眉頭，走過去扯住她的胳膊道：「妳這是什麼意思？臉面都不要了嗎！」

「哼，臉面？妳若不要，我當然也可以不要！」陳氏掙脫竺珂，轉身就掀開木桶的蓋子，還拿起一根木瓢舀了些桶裡的東西。

一股臭味飄了出來，竺珂表情大變，跟看瘋子一樣地看著她。

「我這水裡摻了糞水，若是往妳這鋪子裡一潑，妳說會是怎樣？」

「妳瘋了！」

周圍的人聞言瞬間倒退三步，香粉鋪子裡的人也是一頭霧水。

「什麼情況？」

「這是怎麼了呀？」

蘇蓉倒是處變不驚，她笑著將客人全都引到二樓，要春柳給大家添茶，自己則不慌不忙地下樓走到竺珂身邊，三言兩語弄清了情況，就讓身邊一個下人從側門出去報官。

「這位大娘，您想要銀子是吧，好說好說，我姓蘇，蘇家您知道吧，我什麼都缺就是不缺銀子，您放下那木瓢，我今日給您十兩，如何？」蘇蓉好聲好氣地勸道。

「我不信妳！讓竺珂給錢！」

竺珂一開始很是憤怒，現在卻覺得有些好笑，她往前走兩步，神色悲憫地說：「瞧瞧妳自己的模樣，陳氏，妳不覺得可悲嗎？」

「別在這兒裝了，妳這製香的法子是從哪裡學的？旁人不知，妳以為我不知曉？若是不要臉面，便將妳在那凝玉──」陳氏話還沒說完就驚呼一聲，她的手腕被狠狠遏制住，動彈不得。

謝紹就站在她身後，面容緊繃，神色嚴肅。「我從不對女人動手，自己把東西放下！」

蘇蓉見狀，忙讓跟著自己的小廝上前，小廝心領神會，馬上過去提起陳氏腳邊那桶東西，飛快地走遠了。

陳氏被嚇懵了，手中的木瓢啪嗒一聲掉在地上，大花嬸趕了過來，瞧見此情景，還火上添油地大喊：「打人啦！依芍苑的掌櫃動手打人啦！」

竺珂怒極反笑，她上前不由分說地扯住大花嬸的袖子道：「妳來得正好，新仇舊怨一起算。妳說我打人是吧，今日就讓妳見識一下什麼叫打人！」

還沒等到官府的人來，不遠處忽然冒出了好些人來，開始配合著唱戲。

「吵吵鬧鬧做什麼啊！喲，這不是大花嬸嗎？前兩天妳男人在賭場欠的錢還沒給呢，今日正好把帳結了吧！」

大花嬸臉色一變就要閃人，竺珂卻不讓了，非要拉著她說個明白。

另一頭則有人放聲高喊。「李家娘子貪圖富貴，連自己親外甥女都能賣出去，這等心腸歹毒的人，如今還敢拿著污穢東西攪人生意，當真是世風日下啊！」

那些圍觀的百姓們一聽，紛紛對陳氏指指點點起來。

「就是啊，聽說李全前一陣子病了，可卻有人瞧見陳氏同城西口那楊三混在一起，還有人見過他們出雙入對呢，也不知道是不是真的？」

「楊三？那個混混？我聽說他本來就是陳家的表親，這勾搭上了也不足為奇吧。」

情勢逆轉，陳氏和大花嬸此刻臉色蒼白，不住地想從現場逃離，無奈官府的人已經趕了過來。

那些引導風向的男人們瞬間一哄而散，留下了看戲的百姓們，縣衙裡的捕頭問道：「接到報案，何人在此滋事挑釁？」

眾人的手全指向陳氏，捕頭便走到她面前道：「跟我們走一趟！」

陳氏和大花嬸同時被捕快們帶走，竺珂緩了緩氣，謝紹走到她身邊，握住她還有些發抖的手，安慰道：「沒事了。」

蘇蓉也說道：「沒事了，都過去了。」

「今日真是抱歉啊……」竺珂飽含歉疚地對蘇蓉說道。

「這有什麼關係呢，太見外了。」

竺珂回握住謝紹的手，杏眸裡除了慌亂，還有一絲擔憂。謝紹則是不住地保證自己會處理好這件事，要她不必擔心。

下半日，依芍苑關門歇業，蘇蓉派了小廝和丫鬟將店門口徹底清掃了一遍，還焚香在那裡繞個幾圈，去除晦氣。

雖說早就沒什麼怪味了，可竺珂心中就是有個疙瘩，回家的路上也一直懨懨的，心情不太好的樣子。

謝紹看在眼裡，眸中閃過一絲怒火，但他很快便恢復過來，拉著竺珂的手放在唇邊吻了一下說：「都過去了，我保證，妳不會再見到她。」

竺珂驚訝地抬眼看向他，不明白這話的意思。

謝紹抿了抿唇，解釋道：「自然是令她不敢再上門找妳的麻煩，官府傳話了，那邊我會去打個招呼，至少讓她長點記性。」

「今日那群人是怎麼回事？」竺珂問道。若說是巧合，她怎麼也不信。

「看出來了？」謝紹眼底閃過一絲笑意道：「碼頭上的兄弟，聽說妳那邊出事了，就拜託了他們一下。」

陳氏跟大花嬸的事不算秘密，這附近的人都知情，他不過是請人幫忙「宣揚」而已。

竺珂輕輕抿唇笑了。「幸好有你。」

接下來兩日鋪子裡有蘇蓉照看，竺珂則專心研究起了《香譜》。

書中記載，有一味方子叫「飛樟腦」。取樟腦一兩，研磨細膩，篩過，折壓少許薄荷汁，用乾淨的細壁土相合，蒸之，龍腦香盡飛到碗底，成作冰片。此香可吸附異味，還對飛蟲有效。

竺珂對陳氏那日的行為膈應非常，煉製出此香後，她終是舒坦了不少。

謝紹單獨去了一趟李家，李全的確是病了，身子瞧著虛弱了不少。當謝紹將陳氏的所作所為告訴他時，他的神色流露出了一絲絕望。

面對李全，謝紹也沒有廢話，而是取出十五兩銀子擺到他面前說：「我知道你一直想進京趕考，無奈這些年來夙願難以實現，這是盤纏，去吧。」

李全瞪大眼睛看著謝紹，表情不可置信。

「去了那邊若能安家便待著，我希望日後不要再有人打擾依依，她日子已經夠苦了。」

謝紹說完這話，便轉身準備離去。

李全囁嚅了兩下嘴唇，想趕出去留住謝紹，卻又無話可說。夕陽餘暉照在這可悲男人的側臉上，他終究是愧疚地低下了頭……

又過了兩日，飛樟腦在依芍苑裡掛牌銷售。

蘇蓉心生一計，刻意將飛樟腦掛在陳氏當時弄髒了的門口，讓那些個依然在背後說閒話的人好好瞧瞧。沒想到這一招倒讓飛樟腦賣出了好價錢，兩三下，依芍苑又恢復了往昔的光景。

不光有謝紹在官府那邊使法子、打招呼，蘇家似乎也動用了些人脈，大花嬸在衙門裡關的時間短些倒還罷了，陳氏足足被關押了五日，出來的時候蓬頭垢面、神情恍惚。

謝紹去李全家的事，竺珂也是後來才知曉，那時李全早已留下一紙休書，帶著自家兒子和謝紹給的盤纏，從青山城這地方消失了。

說到夏季的花，可不能落下梔子花。梔子花香氣迷人，幾乎每個女子都喜歡，在梔子花上下工夫，定能將店鋪的口碑再打得響一些。

「城郊的花田我已經打聽清楚了，不過他們家長期和紅葭閣合作，未必肯提供給我們梔子花。山中梔子花雖然好，但是量畢竟少，且初夏天人人上山踏青，能採摘的怕是不多。」竺珂有些擔憂地說。

紅葭閣就是竺珂光顧過的那家香粉鋪子，雖說那家價格喊得高且貨品也不如依芍苑，但她們畢竟剛剛起步，而紅葭閣卻已是青山城的老鋪了，就怕那邊花田不肯合作。

蘇蓉笑道：「這妳不用操心，我去談，妳只管想想要用梔子花做些什麼。」

「花露跟香膏自然要做，只是初夏了，用花油的人少，我琢磨著拿梔子花和茉莉的花籽一起磨成粉，再做出一種香粉來。夏天容易出汗，身上撲些香粉挺好的。」

蘇蓉掩唇笑道：「這我就不懂了，妳只管做，缺什麼就告訴我。對了，那香粉若真能成，記得讓我嘗嘗鮮。」

「到時候一定讓妳第一個試用！」

兩人說笑一番後，蘇蓉拿出這一個多月的帳本給竺珂看，短短時間，純利潤已經超過五十兩。竺珂沒想到鋪子的本錢這麼快就回來了，越發感嘆自己找了個十分有頭腦的合作夥伴。

下半日要從城裡回三陸壩村，路過集市的時候竺珂又買了兩斤新鮮的排骨和牛大骨。金叔最近摔傷了，得慢慢養著，竺珂便日日熬骨頭湯送去，剩下的骨頭則拿去讓阿旺啃。

鍋裡的牛骨頭湯咕嚕咕嚕微沸，竺珂將排骨剁成小塊，準備做一道糖醋小排。

排骨稍微香煎至兩面焦黃後，和蔥、薑、蒜下鍋用中火燉煮，過程中加入調味料和香料。等待排骨燉好的期間，竺珂開始做手擀麵，她每日都用牛骨頭湯下麵，鮮美滋補。

排骨燉煮得差不多以後就用大火收汁，出鍋前再撒上少許芝麻，色澤紅潤鮮亮，肉輕輕一挾就從骨頭上脫離，汁多味美。至於牛骨湯麵，謝靈和謝緲喜歡吃酸菜牛肉麵，竺珂便加入酸菜臊子，謝紹喜歡吃辣，她便單獨做了麻辣湯頭，最後在麵上放一勺油雞樅。

雞樅是前一段時間謝紹上山挖的，鮮美無比，竺珂用它熬湯，還做了油雞樅。

「這個油雞樅好香啊！」謝緲讚嘆道。

竺珂笑道：「雞樅本來就鮮美，何況還加了香料，等過幾天，嫂嫂給妳們做涼麵，再用油雞樅一拌，那才叫香呢！」

兩個姑娘聽了都忍不住憧憬起來，一旁的謝紹悶著頭吃飯，吃完之後又默默起身，竺珂見狀，心領神會笑道：「給我，我去盛。」

這陣子謝紹為了籌備養殖場的事疲累得很，竺珂心疼他，每日的伙食都加大了分量。見謝紹吃得香，竺珂自己也開心，幾人在院子裡吃完晚飯，謝紹又拿之前做竹架時剩下的竹子鋸了起來。

「要做什麼？」

「快仲夏了，用竹子做幾把竹椅，夏天放在院子裡乘涼。」

竺珂一聽，雙眼發亮道：「那你再做幾張躺椅吧，我想躺在上面。」

謝紹抬頭笑道：「要不要做成可以擺動的，妳能坐在上面搖。」

「可以嗎?!」

「當然可以，等著。」

那種能前後搖搖晃晃的躺椅竺珂見過，夏天躺在院子裡乘涼，簡直再舒服不過，她興奮地跑上前往謝紹臉頰上親了一口道：「你真厲害！」

兩人已經好幾天沒親熱了，這一親，謝紹頓時渾身燥熱了起來，他見謝靈和謝緲沒注意，狠狠地將竺珂往懷裡一攬，捏了捏她的臉蛋道：「等晚上再疼妳。」

竺珂嗔了他一眼道：「想得美。」

還不等謝紹反應，她飛快地跑到謝靈和謝緲身邊，一起看小花的肚子去了。

謝紹無奈又寵溺地搖了搖頭，專心幹起了活兒。

第四十章 神秘老者

梔子花的花期很快到來，潔白花苞在欲開未開時採摘，在水中就能慢慢吐露芬芳。謝靈和謝緲也喜歡梔子花，每日都會採摘好多回來，裡屋、堂屋和新屋裡都放上了一簇簇梔子花，當然，最主要的還是交給竺珂製作香露跟香膏。

如今竺珂製作起花露和香膏已是駕輕就熟，她的目標現在放在梔子香粉上。一般水粉是將一種白米碾磨得足夠細膩，但茉莉的花籽能用來代替，這樣製作出來的香粉帶著天然花香，質地細膩，即使撲了很多層，也不會顯得厚重。

竺珂研究了好幾種比例，終於趕在花期最盛時做出梔子香粉，一上市便大受歡迎。那些女子在鋪子裡試過梔子香粉後幾乎人手一盒，原先那家瓷窯也提供了帶著梔子花紋的瓷盒，既應景又能和梔子香粉互相襯托，也算是夏日時依芍苑的特色了。

紅葭閣那邊推出了梔子香膏，竺珂聽說之後只是微微一笑。過去在那邊買的梅花香膏現在還在她的櫃子裡睡覺，被那女掌櫃獅子大開口要的銀子倒是不虧，至少自己現在研製出來的香膏，品質就比那邊的更純正。

依芍苑的鋒頭眼看著就要蓋過紅葭閣了，蘇蓉跟竺珂這幾日忙得腳不沾地，五月是農家最忙的時候，青山城每日人潮湧動，生意極好。

這幾日，謝紹寸步不離地守在牛棚旁邊，終於，在一個傍晚時分，小花的肚子有了動靜，要下崽兒了。

小花羊水破了，謝紹從容不迫地拿出之前備下的物品，倒是笁珂，緊張到不行，謝靈和謝緲也是擔憂地不停朝牛棚張望。

村長和方家公聞訊過來幫忙，很快的，幾人就做好接生的事前準備了。

王桃桃也來了，這段日子她忙著養蜂採蜜，聽說謝家的乳牛要產崽了，連忙趕了過來。

「謝娘子，我聽說牛乳可是好東西，等妳家乳牛產了奶，我想訂一些，行不？」

「妳客氣啥，我送妳就是了。」

「那就提前謝謝妳嘍。」王桃桃笑道。

笁珂擺了擺手道：「牛乳裡面加蜂蜜，想必味道不錯。夏天用牛乳做冰酪漿，一定很有滋味！」

去年謝紹說過要去採野蜂蜜給笁珂，不過如今他實在忙不過來，笁珂心疼他，自然不介意。

王桃桃知道笁珂在吃食上有研究，便笑著回道：「等你們家把養殖場辦起來，我必定會長期訂牛乳，聽說可美容養顏哩！」

兩人在說笑的時候，牛棚那邊傳來了動靜。接生需要大量熱水，笁珂趕到廚房提來備好的熱水，接著燒下一鍋，王桃桃也在一旁幫忙。

一直從傍晚忙到快子時，在幾人合力協助下，小花終於順利生產。頭胎一般較艱難，但小花沒吃太多苦就成功地產下一頭小母牛，大夥兒全發自內心地感到愉悅。

「今日多謝各位，來日必定登門送禮道謝。」謝紹說道。

方家公和村長擺擺手道：「客氣啥，大家互相幫助嘛！」

「小花很好，小牛也不錯，好好養，後面再添幾頭來！」

謝紹應下，分別將兩人送了回去，竺珂忙著清掃，謝緲和謝靈則在一旁好奇地看個不停。

「小牛好小喔！給牠取個名字吧！」

「妳快看，牠在動！牠是不是餓了？」

竺珂也看了過去，這小牛生得和小花很像，小花正不停地湊過去舔小牛。

「妳們快給小牛取個名字，有小花在呢，牠餓不了的！」

「要不就叫小小花吧。」

「換一個吧，別叫這個了。」

兩個丫頭開始妳一言我一語地討論起小牛的名字。

謝紹將人送回去以後打著燈籠返回院子，他走到牛欄前接過竺珂的掃帚和抹布道：「去歇著吧，我來。」

「不累，你去休息，馬上就好。」

爭執了半天，夫妻乾脆一塊兒收拾了起來，雖然辛苦，但到底有了成果，兩人內心充滿喜悅。一直忙到三更，竺珂睏得眼睛都睜不開了，洗漱完鑽進被窩就要睡，謝紹上了炕以後就從後面抱住她。

「明天多睡一會兒，別操心了，一切有我呢。」

「嗯……」竺珂迷迷糊糊地應了一聲。

謝紹又吻了吻她的髮，心中火熱。他這段日子的籌備，很快就要有所回報了。

次日竺珂醒來的時候謝紹已經出門了，院子裡的事情全打理得井井有條，一看就是謝紹出門前做完的。

今天，是謝紹是在碼頭上工的最後一日，幹完了活兒和總工交代，他就在碼頭等自己的東西。謝紹從專門飼養乳牛的地方訂了催乳和擠乳的一套什物，走的是水運。

曹貴抵達碼頭，老遠就瞧見了謝紹，便跟他招了招手，跑過來道：「謝哥，在呢。」

謝紹朝他淡淡道：「你來得正好，今日碼頭結工，後面我就不來了。」

曹貴十分惋惜地嘆了口氣道：「唉，雖然我早料到是這樣的結果，但還是不死心地想問問你。罷了，兄弟一場，你不想幹我也不勉強。」

「嗯。碼頭這邊都幫你盯過了，問題不大。」

曹貴拍拍謝紹的肩膀道：「聽說你打算籌辦養殖場？」

「還在打算。」

「行，要是有用得上兄弟的地方，儘管開口。」

謝紹點了點頭，兩人正在說話之際，碼頭上突然傳來了一陣喧囂。只見幾個夥計正圍著一個人，不知發生了什麼衝突，那為首的一個漢子，正是曹貴底下的人。

「臭老頭！你到底想幹什麼?!」

曹貴表情一變，立刻朝那邊走去，謝紹也跟了過去。

幾個夥計圍著一個五十歲左右的老人，那老人手指著曹貴手下的麻袋，似乎正打算說什麼。那漢子急了，上前就要捂他的嘴，麻袋裡裝的是什麼不必多說，他當然害怕這來路不明的人壞了他們的事。

曹貴的臉色也不好看，他指派了幾個人在周圍掩護，然後在那老人面前蹲下來問道：「你想說什麼？」

那老人手指著麻袋，哆哆嗦嗦地吐出一個字。「鹽……」

話音還沒結束，曹貴的拳頭就招呼了上去。「閉嘴！臭老頭，你是誰?!」

謝紹蹙起了眉頭，有些看不下去，他上前拍了拍曹貴的肩膀道：「行了，他一個老人家，能對你有什麼威脅，捂了嘴帶走就是。」

曹貴扭頭看了謝紹一眼，示意身邊的兄弟捂住老人的嘴，就要將人帶走。

碼頭的總工似乎察覺到了異狀，大喝道：「欸！那邊！幹什麼呢?!」

曹貴心中直想罵人，覺得今天真是倒楣透了！

卻見謝紹小聲朝他說道：「信得過我的話，這個人交給我處置，你去那邊應付一下。」

現下的情況讓曹貴別無選擇，他只好忍下氣道：「麻煩你了。」

「小事。」

謝紹扶起那老人，趁著人群移動走出了碼頭。「要是不想被抓走，就別說話。」

那老人似乎很討厭官府的人，連連點頭，無比配合。

謝紹對附近的路很熟悉，帶著人七彎八拐地就進了暗巷，接連穿過幾條小巷後，抵達一處僻靜之地。

「行了，你走吧，別出現在剛才你看見的那群人面前，還有碼頭的事，你也別管了。」

那老人有些驚訝地瞧了謝紹一眼，終於說出了一個完整的句子。「你不是跟他們一夥的？」

謝紹不想回答他的問題，指了指遠處的方向道：「從那裡走，人少。」

說完謝紹就準備返回碼頭，可那老人一把抓住他的胳膊，倚老賣老了起來。「小夥子，我看你也不像壞人，實話跟你說吧……我是從京城來的，走了這麼長時間，餓得很，你請老身吃頓飯，老身就告訴你一個秘密。」

謝紹蹙起眉頭，顯然將這老人當成了騙子，但仔細一想，他的穿著和口音的確不像本地人，倒是有幾分京城那邊的樣子，況且他的確像是餓了很久……謝紹不禁動了惻隱之心，便帶人就近進入一家飯鋪，點了一碗麵。

也不知是多久沒吃到熱的食物了，那老人對著一碗湯麵竟快流下眼淚。餓歸餓，他的動作還是很斯文，慢條斯理地吃完麵、喝完湯，這才恢復了七、八分精神。

「美！早就聽說蜀中秀麗，真沒想到吃食也這麼美味！」老人說道。

謝紹見他吃完，準備結銀走人，那老人卻是笑咪咪地捋了捋鬍子道：「你這後生不錯，幫了人也不求回報，但老身還是要履行諾言。你可知我是怎麼看出那痲袋裡的東西的？」

謝紹聞言看了他一眼道：「不知道。」

老人笑了笑，說道：「我和鹽打了一輩子的交道，那東西怎能瞞過老身的眼睛？倒賣私鹽並不可怕，老百姓要吃飯、要生存，老身能理解，可是你那幫朋友的鹽……有問題啊。」

謝紹皺起了眉頭，問道：「什麼問題？」

「官鹽貴有貴的道理，私鹽提純不到位，技術不夠火候，品質自然差些，這世上的鹽只要過了老身的眼睛，就能立判高下。」

「您究竟是誰？」謝紹看出了一點門道，有些懷疑地問他。

老人的表情慢慢變得落寞，只道：「唉，往事不提也罷，如今孤家寡人一個，無名無姓，流浪世間罷了。」

謝紹沈默了，那老人準備起身離去，對他說道：「後生，今日多謝，後會有期。」

「等等。」謝紹將人喊住，從懷裡取出幾兩銀子遞給那老人。

「路上用，至少能保您十天半個月的飯錢。」說完，謝紹將東西一揣，往碼頭去了。

那老人看著謝紹離去的背影，良久，長嘆了一口氣。

小牛生下沒多久之後，小花就產奶了。謝紹訂回來的東西剛好派上用場，他和竺珂都是第一次擠牛乳，剛開始還有些手忙腳亂，適應了幾天之後，終於能夠順利又熟練地擠奶了。

小花前頭的乳汁品質還不算好，到第二、三天時狀況才穩定。竺珂用大鍋熬牛乳，沒多久，牛乳的香甜便煮出來了。

比起羊奶，牛乳的腥味少了很多，竺珂又加了一些糖進去，很快的，甜甜的一碗牛乳就煮好了。除了糖，竺珂那碗還加了蜂蜜，她喜歡蜂蜜味的，謝緲和謝靈則喜歡只加糖的。

牛乳的營養價值高，又能美容、養顏、安神，是睡前的上好飲品，一家人每人都喝了一碗，謝緲和謝靈是第一次喝，最後一滴不剩，還回味無窮。

竺珂笑道：「別著急，牛乳的喝法很多，以後有的是機會。」

謝緲有些擔心地說：「嫂嫂，我們喝了小牛的奶，牠還有得喝嗎？」

這話把竺珂和謝紹都逗笑了，謝紹解釋道：「乳牛的產奶期很長，放心吧，管夠。」

謝緲這才開心地笑了。

臨睡前，謝紹走到廚房，遞給了竺珂一個紙包。

「這什麼呀，這麼神秘。」

謝紹但笑不語，竺珂打開紙包，裡面靜靜躺著幾盞瑩白色的東西。

「燕窩！」竺珂驚訝地叫出聲來。

「今天去內場尋的，心想妳一定喜歡。」

竺珂的確很喜歡，燕窩可是好東西，是富貴人家才能享用的珍貴食材，她拿起這幾盞燕窩，忍不住綻開一個甜甜的笑問道：「花了多少銀子？」

「不貴，找了熟人，比市價便宜些。」
竺珂笑盈盈地收好，說道：「這幾盞得分開燉，燉好的燕窩澆上牛乳，定是美味極了。」
「嗯。」謝紹看著她的笑，內心充滿了愉悅。「以後給妳買更多、更好的。」
竺珂嬌滴滴地看了謝紹一眼，心中一動，想湊上去親親他的臉頰，只是謝紹的動作更快，一把將她摟住，火熱的唇堵了上去，親的可不止臉頰。
過了好一會兒，竺珂不禁拍了拍他的胸膛，表示小小的抗議，謝紹這才戀戀不捨地鬆開她，看向新屋的方向。
「我活兒還沒幹完呢！」竺珂笑著轉身，就是不讓他得逞。
謝紹一聽就急了。「我幫妳幹！」
他手長腳長的，沒一會兒就收拾完了廚房，竺珂忍不住偷笑道：「我想洗澡。」
謝紹依著她燒水、提浴桶，好不容易等竺珂洗完、擦乾了頭髮，她又打了個呵欠道：「我有些睏了。」
這會兒謝紹可不依她了，眼裡的慾望早已按捺不住，哪裡還容得她推託，他直接上前將人打橫一抱，朝炕邊走去……
次日，竺珂用牛乳做了兩道不一樣的點心。燕窩要小火慢燉，這個過程不能急，後面還要加入紅棗、枸杞等材料。燉好的燕窩澆上煮開的牛乳，喜歡甜口的可加少許糖，牛乳燕窩，是女子皆愛的上好補品。

除了燕窩這樣昂貴的食材，牛乳蒸蛋也是一道家常點心。將平時做雞蛋羹的水換成牛乳，隔水上鍋蒸，蒸出來的雞蛋羹既有雞蛋的香味，也有牛乳的香甜，當作早餐和點心，都是極為不錯的選擇。

其餘像是乳酪、牛奶茯苓霜、冰酪漿都是運用牛乳的經典料理，竺珂在心裡默默盤算，準備日後試試。

三陸壩村有乳牛產奶的消息很快就傳了出去，別說是村裡了，就是青山城這樣的地方也很難尋到新鮮的牛乳，一時之間上門訂牛乳的人絡繹不絕，根本不愁銷路。

謝紹預估了一下小花的奶量，留了小牛的和自家的分，剩下的先到先得，量到了便不再接單，有的人來晚了，只能嘆息著離開。

訂牛乳的大多是富貴人家，有窮人家的小孩時常在謝家小院門口張望，饞得眼巴巴的，謝紹也會讓他們嘗嘗鮮。這些孩子們個個笑開了花，仔細地品嘗這得來不易的牛乳。

瞧見牛乳的市場，謝紹又親自去了一趟上回那牧場，這回他直接訂了五頭乳牛，加上小花跟牠的崽兒，謝家一下子就有了七頭乳牛。

這些乳牛如何安置跟飼養，謝紹心中早有打算。在另外五頭乳牛到來之前，便要擴大牛棚的規模、開墾出後山的荒地，往後，這裡就是專門養乳牛的地方了。

第四十一章　白衣貴客

金叔的傷慢慢好轉，這段時間竺珂也天天往金家送牛乳滋補他的身體，倒教金嬸一家十分不好意思。

謝紹不覺得有什麼，還當著金嬸和金叔的面拍了拍元寶的肩膀，問道：「願不願意跟著我幹？每月開工錢。」

元寶一愣，立刻點頭如搗蒜地說：「我不要工錢，能跟著謝紹哥學就行！」

「一碼歸一碼。」

金嬸夫妻倆也很高興，金叔說道：「你謝紹哥現在養殖場正缺人手，好好跟著他幹，不准偷懶！」

「怎麼可能！」元寶信誓旦旦地拍著胸脯道：「我一定跟著謝紹哥好好學、好好幹！」

就這樣，元寶跟著謝紹，開始如火如荼地準備養殖場的事。

牛棚肯定要再擴大，還好在為小花搭牛棚的時候謝紹就已經有了長遠的打算，如今擴建倒也不算麻煩，只是後院山上那片緩坡，整理起來還要費一番工夫。

竺珂每日都要去一趟依芍苑，謝紹接送她的過程中正好購買擴建牛棚的材料，有時候得了空，他還會在城裡轉轉，神神秘秘的，竺珂也不知道他在做什麼。

聽說竺珂家的乳牛產奶，蘇蓉自然成了長期訂戶之一。

「唉呀，怎麼就沒早點認識妳呢，我現在用了妳做的這些東西，皮膚和頭髮都一日比一日好，再喝上牛乳啊，我瞧我都不知道要年輕幾歲了！」蘇蓉一邊用梔子香粉撲面，一邊跟竺珂開玩笑。

竺珂樂不可支地說：「好好好，蘇大小姐，我定為妳多研製一些新品，別說年輕個幾歲了，永保青春也不是問題！」

「那好，妳做什麼我都要用！對了，妳聽說了嗎？紅葭閣的生意最近不太行了，也不知那女掌櫃會不會在背後使絆子。」

竺珂輕輕一笑，說道：「使絆子也不怕，東西好就是硬道理，我對我自己的手藝有信心。」

蘇蓉朝她豎了個大拇指道：「就是，紅葭閣的東西我也買過，妳做的可比她好多了。」

現在是晌午，店裡人少，竺珂和蘇蓉正說笑著，忽然間，門口傳來了一個細細柔柔的聲音──

「請問，掌櫃的在嗎？」

兩人不約而同地抬眼看去，只見一白衣女子的身影出現在店鋪門口，那女子身材纖細，穿著打扮似乎不像是本地人士，她見到蘇蓉和竺珂，便邁開步子走了進來。

「打擾了，初來貴地，我家夫人想採買一些水粉胭脂，詢問了一圈，貴店的口碑似乎不錯，可否為我搭配一些？」

蘇蓉和竺珂對視了一眼，心裡都有了底。不說這女子的穿著打扮，單是談吐，就知道絕不是一般人，況且她還提到自家夫人，這就表示她很有可能是大戶人家的丫鬟。

「沒問題，您跟我來，我帶您去二樓瞧瞧。」

蘇蓉立刻意識到商機，熱情地招呼客人，白衣女子微微頷首，跟了上去。竺珂在後頭隨行，到了二樓雅閣，蘇蓉便向她一一介紹起了商品。

白衣女子一開始表情淡淡的，但是瞧見了梔子香粉和桃花蜜之後，神色稍稍有了變化。

「敢問這些，可是掌櫃自己製作的？」

竺珂點頭道：「正是。」

白衣女子細細試用了梔子香粉和桃花蜜，神情有些意味深長。「那便把店裡有的都要一份吧。」

一張口便是這樣大的生意，蘇蓉樂壞了，忙連聲道好，仔細地打包起東西。結帳的時候白衣女子眼睛眨都不眨，蘇蓉報多少價便給多少，臨走前還仔細打量了依芍苑的擺設一番，這才轉身離去。

「這可真是大戶人家了，看樣子不是本地人。」

竺珂看著女子的背影，若有所思地說：「是啊，瞧她的穿衣打扮，應該是南方那邊的人，想必是來遊玩的？」

「不知道，不過啊，要是每天都有這樣的主顧，我可要樂壞了。」

「哪有這樣的好事，今日也是咱們運氣好。」

之前謝紹打理好了院子，現在謝家小院慢慢顯出了不同於以往的景色。加高的竹架底下移植了幾株月季和梔子花，此時正是梔子花開的季節，每日清風吹過，都能聞見清幽的梔子花香。

笁珂愈來愈喜歡在院子裡幹活，等天氣再熱些，還能搭一個簡單的遮日棚，四周掛上紗幔，是傍晚歇涼的好去處。

眼下這件事倒不急，更重要的是端午節即將到來，除了包粽子，編製長命縷也是端午節的傳統之一。長命縷多用赤、青、黑、黃、白五色絲線編製而成，繫在手腕上或懸掛於門口、床帳上，有辟邪祈福的功效，因而得名長命縷。

笁珂編製起了長命縷，她拿出一筐絲線，手指靈活地穿梭其中，沒多久的工夫，一條條均勻漂亮的長命縷就編好了，花樣還不重複，謝靈和謝緲瞧得眼睛都直了。

「看清楚了嗎？」笁珂問道。

「沒有……」兩個丫頭同時回道。

笁珂笑著又重新拿起絲線道：「我編得慢一點，妳們從最基礎的樣子學起吧。」

這回兩人仔仔細細地跟著笁珂的動作學了起來，雖然剛開始編得不算熟練，但到底能完整地編出一條來了。

端午過後，天氣熱了起來，謝家小院裡的花草開得好極了，菜園和竹架生機盎然，成了一道亮麗的風景線。

牛棚已經擴建完畢，今日就是接五頭乳牛回來的日子。小花產的那頭小牛取名叫小穀，還未到家的那五頭分別叫小麥、大米、綠豆、紅豆跟黑豆。名字全是謝靈和謝緲起的，內容離不開五穀雜糧，就是希望家裡年年豐收、月月餘糧。

竺珂在院中照料花花草草，月季長勢喜人，估摸著月底就能開花。月季開花分紅色、粉色、白色、黃色，有的月季還混色，是製作胭脂和口脂的上好原料。月季不僅月月能開、花兒賞心悅目，還能應用到生意上，她一顆心不禁雀躍得很，還想叫謝紹再移植幾株過來。

竹架底下的黃瓜已經結了果，果實比正經菜農種的長勢更好——這和竺珂時不時就用摻了泉液的水澆地有關係。

日頭咬人，糯米不住地扒拉竺珂的裙邊，「喵喵喵」直叫喚，阿旺趴在雞圈旁邊有氣無力，謝靈和謝緲也有些蔫蔫的，在屋簷下昏昏欲睡。

竺珂瞧了瞧她們，笑道：「這還沒入伏呢，妳們怎麼就蔫了起來？」

「好熱啊……嫂嫂，不是說山裡涼快嗎？」謝靈說道。

「日落就好了，回頭等妳哥回來，叫他帶妳們進山玩去，大山裡涼快些。」

說到進山，兩人就來了精神。最近這段日子，謝紹時不時就會上山帶一些鮮果子回來，深山裡最早的一批桃子，就入了這兩姑娘的肚子。

金嬸送來了一些梅子，天氣炎熱，正好拿來煮飲品。

「妳們嫌熱得慌，那我今兒就煮點烏梅湯，夏日喝了也開胃。」

一聽有烏梅湯喝，謝靈跟謝緲馬上跑去幫忙了。烏梅熬製的飲品酸甜開胃，竺珂加入少許陳皮和泉液，讓這家常飲品也變得與眾不同，待吊入井裡鎮一鎮，喝了真叫一個舒爽。

日落西山，竺珂在廚房裡忙活晚飯的時候，謝紹和元寶等人牽了五頭乳牛回來。由於這次乳牛數量較多，謝紹叫上村裡其他人去幫忙，這陣仗可是惹了不少人翹首張望。

眾人都在議論謝家如今日子是愈過愈好了，先是在長街盤了鋪子，又是辦起了養殖場，怕是再過不了多久，就該置辦大宅院了！

「回來啦？」竺珂笑著迎了出去。

只見五頭乳牛整整齊齊站開，體型大小和小花剛來時差不多。

「回來了。」謝紹也朝她一笑，有條不紊地和其他人將乳牛牽引到後院的牛棚裡。

一陣忙活後，大夥兒都停下來向謝紹道喜。

「都歇歇，喝些飲品，待會兒留飯。」竺珂端出好幾大鍋烏梅湯放到院中的石桌上，招呼客人前來。

一路上熱得很，大家的確累了，坐下歇息又喝了冰鎮的烏梅湯，頓時爽快至極。

客人離開後，竺珂連忙到牛棚探望家裡的新成員。

謝靈和謝緲正忙著為牠們定身分。

「妳看這隻小，就是小麥，那隻最壯，就叫大米。」

「那隻的花紋最黑，牠就是黑豆了。」

「喵喵！」

「汪汪！」

阿旺和糯米都表示贊同。

竺珂心滿意足地看著這一幕，笑咪咪地對謝紹說：「我都能想到未來的光景了，你啊，往後就是青山城的牛乳大戶，咱們是不是得雇個人給家家戶戶送奶去？」

這話逗笑了謝紹，他回道：「乾脆以後開個鋪子，讓那些人上門來取不行？」

「這個主意好！」

說到這裡，謝紹剛好想到了什麼，拉著竺珂就回新屋，接著拿出一個箱子，當著她的面打開了。

箱子裡整整齊齊放著好幾張紙，竺珂拿起一瞧，竟是地契。

「妳先前說有了閒錢就要置辦鋪子和地契，我把咱們村一片田盤下來了，還有城郊的一處宅子。農田之後可以用來種花，城郊那宅子不大，要做鋪子或蓋院子都行。」

竺珂驚愕地聽他說完這一番話，手裡握著那幾份地契，感到有些不可思議。「你、你什麼時候置辦的？」

他之前明明將錢交給她管了，這麼短的時間，他是哪來的本錢？

似是看出了她的疑惑，謝紹勾了勾唇道：「先前賣人參的錢和這陣子賣牛乳的錢攢了攢，加上最近入山時偶爾會得些藥材和獸皮，湊起來便夠了。」

竺珂暈乎乎地點了頭頭。她真是有些自愧弗如了，這就是傳說中的會過日子加有眼光吧，自己拿著那麼多銀錢，最多盤了個鋪子，倒是沒有他這種魄力。怪不得之前他去城裡的時候總是神神秘秘的，原來是這個緣故。

「等等……你方才說，專門盤下這地，是為了讓我種花？」

「嗯，那裡我去看過了，土質尚可，妳覺得可好？」

好，當然是好極了！竺珂如今最擔心的就是商品的原料，若真的有自己的花田，那香粉鋪子的生意還有啥可愁的？

竺珂笑得見牙不見眼，謝紹見她這般開心，忍不住將她攬到懷裡道：「明日去瞧瞧城郊的宅子，若是不喜歡，後面再置辦更大的，嗯？」

他的嗓音帶著蠱惑人心的力量，竺珂只覺得一顆心被填得滿滿的，甜滋滋地回道：「你看中的，自然好。」

這幾日，竺珂在依芍苑盤算日後的投資，蘇蓉對這方面很感興趣，兩人討論得熱火朝天之際，鋪子門口又來了客人，定睛一瞧，不是別人，竟是上回那個「大主顧」。

只見那白衣女子款款而來，瞧見竺珂，便開門見山道：「小娘子鋪子裡的東西，我家夫人極為喜歡，這回差我再來置辦一些。」

竺珂和蘇蓉互看了一眼，內心都有些驚訝，原本以為對方當時不過是路過而已，誰知過了好些日子，竟還在青山城內。

蘇蓉到底見慣了世面，笑著迎上去道：「沒問題，不知您家夫人這回需要些什麼？」

白衣女子看了竺珂一眼，笑道：「請小娘子介紹介紹新品。」
竺珂朝人禮貌地一福，說道：「請跟我來。」
「茉莉花季到了，小店在梔子香粉之後又做了茉莉香粉和香膏，您不妨試試。」
白衣女子拿起一盒茉莉香粉樣品，仔細聞了聞，說道：「除了茉莉……似乎還有玉蘭花和燕尾草？」
竺珂微微一驚，忍不住盯著她瞧。
白衣女子收起香粉，笑了笑，又道：「我家夫人對香粉略有研究，能聞出來不足為奇。」
竺珂被噎得一時無法回答，這話……怎麼那麼像當初自己在紅葭閣說的。
「敢問您家夫人是？」她好不容易才擠出這句話。
白衣女子似乎看出了竺珂的心思，笑意更深了。「小娘子莫擔心，我家夫人只是來此處遊玩幾日罷了。」
遊玩……青山城這名不見經傳之地，竟能讓這尊大佛在此停留了十日有餘，越發讓蘇蓉好奇了。
「我們這種小地方，倒是沒什麼可以招待的。」蘇蓉說道。
白衣女子微微一笑，也不辯駁。「只是尋一位故人罷了。」
尋人？這倒是有意思了……竺珂細細思索著這句話，只見白衣女子又將最近剛上市不久的新品全要了個遍，臨走時依舊沒有討價還價之意，留下銀錢就離去了。

「我怎麼感覺還有機會再見到她？」蘇蓉瞧著她的背影，輕聲說道。

竺珂朝白衣女子離開的方向凝神注視了一番，這才說道：「方才我細細瞧過她的衣裳了，那是蘇繡，應是南地人無疑，大老遠跑到我們這兒尋人……」

不知為何，竺珂竟想到了謝紗帶來的小包袱，當時那緞面上所繡的，也是蘇繡。

「我今日得提前離開，這裡麻煩妳了。」竺珂心中有個疑影，整個人定不下來。

「行，交給我，妳去忙吧。」

回到謝家，竺珂將依芍苑發生的事情告訴了謝紹，他聽完之後蹙了蹙眉，但也安慰她或許是想多了，這世上富貴人家多的是，可能只是湊巧。

竺珂喃喃道：「也對……不管怎麼樣，走一步算一步吧。」

第四十二章　溪邊偷歡

今日元寶家裡有事臨時不能來，謝紹便一個人整理後山坡的地，幹完活，他渾身大汗，像從水裡撈起來一樣，走到井水旁，狠狠喝了一瓢水。

「喝茶！」竺珂著急地端來一杯早就涼好的涼茶。

見謝紹接過去後一飲而盡，竺珂心疼極了，說道：「幹麼這麼拚？」

喝完了涼茶，謝紹終於覺得好受一些，他脫下外面的褂子，露出堅硬結實的胳膊，上面雖然淌著汗珠，但他的神情卻是輕鬆的。

「夏天了，再不開出來，後面會愈幹愈累、愈拖愈久。」

這話說得有理，夏天幹活本就磨人，何況是整地這樣的累活。

不過竺珂還是心疼他，說道：「沖個涼，歇歇吧。」

謝紹提了兩桶水去沖涼，入夏他就已經不用熱水了，但竺珂還是堅持一定要加，哪怕用溫涼的水也好，就是不讓他用井水洗澡。

沖完身體，謝紹神清氣爽，換上乾淨的衣裳，終於在院子裡坐下歇息了片刻。

兩個姑娘早已回房歇下，竺珂到廚房簡單地為他煮了一碗雞蛋麵，端了出來。「餓了吧，快吃。」

普通一碗雞蛋麵，謝紹卻吃得格外香，沒幾口就吃完了，連湯也喝了個乾淨。

「還吃嗎？不夠的話再下一碗。」

「夠了，晚上吃太多不好。」

謝紹擦了擦嘴，搶著要收拾碗筷，竺珂無奈地看了他的背影一眼，隨他去了。

一天的辛勞終於結束，謝紹緩緩上了炕。目前炕上鋪的還是褥子，這兩天睡起來稍稍有些熱了。

「是我疏忽了，明日我採些蒲草回來編草蓆。」

蒲草柔韌又光潔，竺珂皮膚那麼嫩，用蒲草編的草蓆夠軟，不怕刮傷她。

「好啦，你快休息了，明早再說。」

竺珂坐在桌前搽面脂，從鏡子裡對謝紹吐了吐舌頭，正好被他抓了個正著。謝紹心中一動，突然起身將手伸進竺珂腋下將她抱了起來。

偏偏竺珂怕癢，她不禁笑著扭動，喊道：「癢……」

謝紹用下巴去碰竺珂的臉，有些刺刺的鬍碴弄得人更癢，她一面扭，一面笑，鬧著鬧著，兩人的呼吸漸漸重了起來。

輕輕一提，謝紹將竺珂放到梳妝檯上，她緊張地摟著他的脖子，喘著氣小聲道：「不……不是要在這兒吧？」

男人不說話，動作倒是說明了一切，竺珂一顆心提到嗓子眼，但推他的力度卻是軟綿綿的。她坐在鏡子前，突然感到身下一涼，整個人不禁微微一僵，正要低下頭去，謝紹火熱的唇已落了下來。

謝紹的木工活一向好，梳妝檯雖然不停晃動，卻站得很穩。過程中，竺珂的胳膊不小心揮翻了幾個小盒子，當她歪過頭去瞧時，被狠狠地懲罰了一下——只因她分心了。

竺珂累到渾身無力被抱回炕上，一直到後半夜，謝紹溫柔地提水過來為她擦拭時，她的眼角還掛著淚，委屈地看著他。

真是想不通，明明幹了一整天活兒的人是他，怎麼精力這麼充沛的也是他……竺珂有些忿忿不平。

謝紹倒是滿足得很，他唇角掛著笑，仔細地替竺珂清洗，又疼惜地親了親她的額頭。

「乖，睡吧。」

竺珂睏得連回話的力氣都沒有，閉上眼就沈沈地睡過去了……

早飯是謝紹做的雞蛋餅、小米粥和馬鈴薯絲，竺珂起床的時候東西都備好了，她不禁嬌嗔地睨了他一眼——還知道幫她做早飯，也不是沒良心嘛。

元寶準時過來了，竺珂為他盛了碗粥。天氣好，謝紹和元寶今日頭一次帶乳牛去外面吃草。

謝靈和謝紗一聽也要鬧著去，謝紹提醒她們。「早上還不熱，到了中午日頭就毒了，可不比春天。」

「沒事沒事，中午熱了就進林子裡乘涼嘛！」謝靈說道。

兩個姑娘非要跟去，謝紹也拗不過她們。

笁珂心念一動道：「你們都不在，我不要一個人待在家裡，我也要去，就帶些糕點，當作去踏青吧？」

謝紹笑著搖搖頭，無奈得緊，五月多的天，誰會在這時候去踏青？

可笁珂已經打定了主意，開開心心地去準備了。

謝紹看了看天，也罷，今年以來他和笁珂一直都很忙，一家人好久沒有一起出門了。他走到後院取來幾個斗笠，打算一會兒讓三個囡囡都戴上。

將之前做的花糕裝在食盒裡，想到井裡還冰鎮著烏梅湯，笁珂便拿出來一併帶上，方便大家解渴消暑。

就這樣，笁珂帶著兩個姑娘，謝紹和元寶牽著乳牛，一同朝謝家後院不遠處的那片緩坡走去。因為乳牛走得慢，一路上幾人也是走走停停，遇到有鮮草的地方，就讓乳牛停下來吃一會兒。

這片原本滿是雜草的山坡，被謝紹跟元寶用兩個月不到的時間修整成工整又乾淨的草地，不僅如此，周圍還加了一道籬笆，這被圈起來的一塊地，就屬於這幾頭乳牛的常駐地了。

元寶看著乳牛在此處自由活動，時不時地上前注意一下，笁珂則選好一棵樹，拿出一塊小碎花布鋪在樹下的草地上。

「先喝點烏梅湯，解解熱。」

笁珂拿出竹筒將烏梅湯分給大家，大晴天走了一段路，的確有些口渴，冰涼的烏梅湯甘甜爽口、沁人心脾，再解熱不過。

謝靈和謝緲喝完就跑到元寶身邊看放牛去了，也不知謝紹從哪兒變出一堆乾草垛，放在竺珂身後與那棵樹中間。

「累了可以靠著歇會兒。」謝紹在她身邊坐下。

「我沒這麼嬌氣，再說今天好像還好，不是很熱。」

「從那條小路下去，有一條小溪和泉眼，要是熱，我們就過去踩水。」

聽說有小溪，竺珂倒來了興趣，問道：「是我第一次跟你上山時的那條小溪嗎？」

「不是。」謝紹搖了搖頭，語氣有些無奈。「那是西邊，我們現在在東邊。」

「哦……我走山路被繞暈了嘛。」竺珂抬了抬下巴，不承認自己東西不分的事實。

「好，一會兒熱了我帶妳過去。」謝紹寵溺地揉了揉她的頭髮，這才起身看看乳牛去了。

竺珂笑咪咪地看著他們，她左瞧右看，發現這片草地真是不錯，她背靠的這棵大樹正好遮蔭蔽日，越過籬笆還有好些果樹，只是還沒結果。

謝靈和謝緲在草地上瘋跑了一陣子才回到樹底下，兩人摘了幾片大葉子不停搧風。

「好熱……」

「真熱！」

「妳們倆到處跑了嘛，肯定熱。」竺珂挪了挪位置，示意她們坐下歇會兒。

兩個姑娘坐下來吃了幾塊糕點、喝了些烏梅湯，這才好一點。

「嫂嫂，妳怎麼不去玩？」謝靈問道。

竺珂朝謝紹的方向看了看，說道：「那邊全是草，太曬了，一會兒讓妳哥帶我們去小溪邊，那裡好玩。」

「好呀！」

一聽說要去小溪踩水，兩人都乖乖地坐在樹下保存體力了。

乳牛不宜在太陽底下待太久，見牠們吃夠了草，謝紹和元寶就把牠們牽來樹下乘涼，將繩子固定在樹幹上後，他們兩人也坐下來歇息。

「現在還好，到了六月，怕是不能來了。」元寶擦了擦汗說道。

「也能，但是得早上或是傍晚來。」謝紹說完便看向竺珂，只見她一雙杏眼亮晶晶的，明顯寫滿了期待。

謝紹眼中閃過一絲笑意，他站起身對元寶道：「我帶你嫂子去小溪邊洗把臉，一會兒就換你。」他一邊說一邊朝竺珂伸出手。

元寶咧嘴笑道：「沒問題，你們去，這兒交給我！」

謝紹拉著竺珂站起來，低頭對兩個姑娘說道：「妳們要跟我走，還是一會兒跟元寶哥去？」

「跟元寶哥！」謝靈和謝緲機靈得很，異口同聲道。

「好，聽妳們元寶哥的話。」謝紹叮嚀道。

竺珂和謝紹手拉手離開，她笑道：「你信不信，我們一走，靈靈和緲緲肯定癱在那堆乾草朵上了。」

謝紹抿唇笑道：「女孩兒家，都嬌些。」

竺珂看了他一眼，說道：「我也是？」

「妳不是？」謝紹反問，明明她是最大的嬌氣包。

「哼。」竺珂鬆開他的手，扭過頭不理他，加快了腳步。

謝紹跟上去重新握住她的手道：「依依，別走太快，這附近的路妳不熟悉。」

「熱死了，不要拉我……」竺珂又掙脫開謝紹的手，就是不讓他拉。

流水潺潺，清風陣陣，兩人走沒多久，就到了一條小溪附近，此處還有一座廢舊的石橋，橋下已經長滿花草，一汪泉水隱藏其中，不仔細看就發現不了。

竺珂瞬間喜歡上了這裡，她摘下斗笠跑到小溪邊，掬了溪水就往臉上拍了拍。「這水好涼！」

謝紹走到竺珂身邊四處看了看，確保沒有毒蛇或蟲子之類的，這才蹲了下來。他握住竺珂的手，往她手上抹了抹一把揉爛的葉子，把她嚇了一跳。

「這是野薄荷，防止蚊蟲咬妳。」

竺珂才放下心來說道：「那我腿上和胳膊上也要抹，你幫我。」

說著她就把袖子掀了起來，露出玉藕似的肌膚，十分自然地朝謝紹面前一橫，一副等著享受的模樣。

謝紹有些無奈地看了她一眼，只見那潔白細嫩的肌膚吹彈可破，手腕處卻有淡淡的紅痕……

那是他昨晚留下的。看著屬於自己的印記，謝紹的呼吸粗重了起來。

竺珂遲遲沒等到謝紹的「伺候」，扭頭看著他道：「你幹麼呢？」

謝紹身體微微僵硬，竺珂順著他的視線看過去，這才發現那處紅痕，不禁羞臊地叫道：「你！」

她猛然收回胳膊，男人的反應卻比她快，大掌一把抓住她的手，接著就把人扯進自己懷裡。

竺珂又急又羞，這可是大白天啊！他怎麼能這樣?!「放開我！」

謝紹強壓住腹下燥熱，只是不斷低聲誘哄。「讓我抱一會兒就好，抱一會兒……」

小溪水質清澈，水底的鵝卵石光滑圓潤，水草搖動之間，隱隱能看見魚兒在其中玩耍的身影。

蟲鳴鳥叫中，偶爾傳來陣陣風聲，風聲中夾雜著女子的細弱嚶嚶聲，還有衣物摩擦和粗重的喘息聲。

不知過了多久，竺珂雙頰緋紅，被謝紹拉著到河邊踩水，她卻不肯再露出胳膊和腿，極其戒備地盯著他，表情憤怒卻又十分可愛。

謝紹自知理虧，一直跟在竺珂身邊，問道：「還要採野薄荷嗎？」

不問還好，竺珂一聽這話便炸了毛，謝紹馬上岔開話題，扭頭看向不遠處的一棵櫻桃樹道：「依依快看，那邊的野櫻桃熟了！」

竺珂順著他指的方向看過去，果然有一棵樹結滿野櫻桃，樹枝已經垂下，野櫻桃顆顆飽滿，誘人得很。

這招奏效了，只見竺珂氣嘟嘟地說道：「我要吃櫻桃。」

謝紹等的就是這句話，他二話不說就邁開步子，打算越過小溪。「妳在這兒等我。」

「我跟你一起去摘。」

謝紹看了她的鞋一眼，道：「要過溪，妳行嗎？」

「我當然可以！」竺珂朝謝紹伸出手。

謝紹只好牽過她，叮囑道：「妳慢點下來，小心青苔。」

竺珂一邊提著裙襬，一邊抓著他的手，緩緩地踏踩溪水，挪動步子。

「有魚！」被小魚輕碰到腳踝，竺珂不禁激動地喊道。

謝紹眼角帶笑地說：「要抓嗎？」

「不抓不抓！這麼小，讓牠長大！」

竺珂好奇地看著溪裡的一切，在謝紹小心翼翼引導下，終於穿過了小溪，她開心極了，像是完成一件了不起的事一樣。

謝紹無限寵溺地看著她，接著走向那棵櫻桃樹，兩三下就爬了上去。

「你慢點，少摘一些，吃不了太多。」

謝紹從身上掏出一條帕子，用帕子包著野櫻桃，摘了十幾顆才下來。竺珂立刻湊過去看，只見這些野櫻桃鮮嫩欲滴，入口之後酸甜適中，她吃得眉眼都彎了。

「好吃！你也嘗嘗。」

謝紹嘗了幾顆，的確新鮮可口。

「再摘一點，給靈靈他們帶回去吧。」

「好。」

謝紹爬起樹來靈活極了，但竺珂在下面看著，還是忍不住心驚道：「好了好了，別爬太高了，能構著就行了嘛。」

謝紹在樹上轉頭朝她一笑，幾個來回就順利地摘了一包野櫻桃，返回地面。

「從小爬，早就熟練了。」謝紹擦了擦汗，把野櫻桃遞給她。

竺珂滿心歡喜道：「夠了夠了，一會兒他們說不定也要來摘呢！」

謝紹點了點頭，元寶也是山裡長大的孩子，爬樹這類事情習以為常。

竺珂雖然喜歡這個地方，但是覺得時間差不多了。「咱們回去吧，也讓他們過來涼快涼快。」

謝紹回道：「好。」

第四十三章　身世揭曉

元寶和兩個姑娘在樹蔭底下玩抓石子，不亦樂乎。謝緲不太會玩，謝靈就手把手地教她。

「熱壞了吧！」遠處傳來竺珂的聲音。

聞聲，三人一起抬頭，謝緲笑了，元寶跟謝靈則喊道——

「嫂子！」

「你們可回來了！」

竺珂臉蛋微紅，有些嗔怪地看了謝紹一眼。「你們快去，那邊景色很漂亮，我們在這兒等你們。」

謝靈和謝緲高興地拉拽著元寶，齊聲喊道：「走了！」

竺珂在樹下坐下，看著幾個孩子留下的石子，她眼神一亮道：「這個我也會！你會嗎？」

謝紹搖搖頭說：「不會。」

「你還真笨，這都不會呀，哈哈哈，我教你！」

竺珂真的以為謝紹不會，暗自得意她一定能贏。但事實證明她想多了。

當她終於意識到自己被他忽悠了，石子一丟，也不玩了，立刻撓起人來。「你還騙我你不會！」

謝紹邊求饒邊說道：「真不會，小時候玩過，早忘了。」

竺珂停下了手，氣鼓鼓地坐在一旁，當真不高興了。

「生氣了？」謝紹小心地湊過去，捏了捏她的臉。

「你！」竺珂瞪大了眼，就要反擊。

謝紹馬上說道：「我錯了，今晚我做飯，妳休息，可以嗎？」

這算是什麼條件啊？竺珂撇了撇嘴，她才不上當呢！

卻見謝紹神秘地一笑，說道：「我會用槐花做飯，妳不想嘗嘗看嗎？」

用槐花做飯？竺珂眼睛頓時一亮。聽說槐花可以炒蛋、做槐花飯，可是她家鄉沒有這種作法，她也沒吃過。「你行嗎？」

謝紹失笑，點了點她的鼻子道：「問一個男人這種話可是很危險的，走吧，帶妳採槐花去。」

竺珂這回乖順地跟上去了。

那廂，元寶和兩個姑娘在溪水邊瘋玩了好一陣子，頭髮都打濕了，又採了野櫻桃來吃，這才嘰嘰喳喳地回到草地。

謝紹採好整整一布袋的槐花，太陽已經快下山，也到了回家的時候了。

牽著乳牛，踩著夕陽，幾人從半山腰回到謝家小院。糯米從屋頂上跳下來迎接，阿旺也不停搖著尾巴。

「乖乖，餓了吧！等著，馬上餵飯給你們！」謝緲把東西一放，就去準備阿旺和糯米的吃食。

元寶和謝紹將乳牛牽進牛棚，元寶擦了擦汗就要回去，謝紹留他。「我摘了槐花，吃完飯再走。」

槐花香嫩，是三陸壩村人喜歡的吃食，元寶咧嘴笑道：「好。」

「元寶哥！」謝靈在喊人。「過來喝茶了，還有哥哥！」

她拿出出門前涼好的茶端了過去，元寶接過茶時，不小心碰到她的手，耳朵竟泛起一絲薄紅。

「謝謝……」元寶有些扭捏地說道。

謝靈奇怪地看了元寶一眼，總覺得他在別人面前都大喇喇的，唯獨對她客氣得緊。

竺珂惦記著謝紹的槐花飯，一直在他身邊轉悠。「你打算怎麼做？」

「上鍋蒸成槐花飯。」

竺珂好奇地看著謝紹，其實他做飯很麻利，只是不像她這麼講究。

新鮮的槐花洗淨，和麵粉加水混合均勻，可以加蛋也可以不加，攪拌後放在籠屜上蒸熟，蒸熟的槐花飯蘸一點醋配著吃，作法簡單又美味。

竺珂嘗了一口，瞬間睜大眼道：「好吃！很香！」

謝紹一直小心觀察著她的表情，聽見稱讚才放下心來。

「我端出去讓大家嘗嘗。」

待謝紹離開廚房，竺珂又吃了一口，越發覺得槐花是好東西。見摘回來的槐花還剩下不少，她心念一動，挽起了袖子。

謝紹進來叫竺珂的時候就看見她捲起袖子正在和麵，不知道要做什麼。

「我覺得用槐花包餃子不錯，還能攤餅、做丸子，再炒個雞蛋！」

謝紹笑著上前說：「真厲害，都能舉一反三了。」

「哼，那當然嘍！你幫我包餃子，把肉餡和槐花拌一拌。」

事實證明竺珂在廚藝上的確有天賦，這頓槐花宴獲得了一致好評。當然，謝紹做的傳統槐花飯也是被掃得一乾二淨，大家吃得開心滿足，紛紛發表起感想。

「槐花餃子很不錯，這作法新鮮，我回頭讓我娘學著做。」元寶說道。

「這餅也不錯，嫂嫂做什麼都好吃！」謝靈道。

元寶看了謝靈一眼，突然抿了抿嘴，想說什麼，話到嘴邊又嚥了回去。

「元寶哥，你再吃呀，還有餃子呢。」謝靈見元寶不動，挾了一個餃子給他。

「謝謝……」元寶低下了頭。

這聲「謝謝」看來再正常不過，卻讓謝靈有些無語。這才多久的時間，已經聽到他說兩次「謝謝」了，難道他對她沒別的可說了嗎？

天氣愈來愈熱，竺珂的胃口也愈來愈不好，每次吃飯都像隻貓兒一樣叼兩口就算飽了——這個形容似乎不太恰當，因為糯米的飯量驚人，當初那隻奶貓，早已變成圓滾滾的毛球了。

竺珂食慾不振，喝了烏梅湯也沒用，謝紹看在眼裡急在心裡，一直想辦法尋些新鮮玩意兒回來讓竺珂換換口味。

「想不想喝鴨肉湯？我去周家買幾隻回來。」謝紹試探性地問道。

竺珂蔫蔫地搖了搖頭，她不想吃肉，只是提到鴨肉，她就想到那次去周家做的酸蘿蔔老鴨湯，鴨肉就算了，酸蘿蔔倒還有點念想。

謝紹一聽，立刻轉身去幫她撈酸蘿蔔。除了酸蘿蔔，還有酸黃瓜、醃豇豆，這些開胃的小菜配上白粥，竺珂才有了動筷子的念頭。

雖然自己胃口不好，竺珂卻還是會琢磨一些不一樣的時令菜出來，涼粉，便是當季的美味。

用豌豆做涼粉雖然稍稍麻煩一些，但是口感細膩、爽滑可口，只是要提前磨粉、熬煮，再沈澱。竺珂昨日便開始準備了，到了今日，涼粉已經成形，吊到井裡鎮涼，吃之前拿出來，切成長條擺在碗裡，再調個醋汁，一道酸辣可口的涼粉便做好了。

酸豆角切細，和肉末一起下鍋炒，跟米飯、饅頭或麵條一起吃，堪稱絕配。今天剛好蒸了窩窩頭，舀一勺酸豆角肉末進去，便是謝靈和謝緲的最愛。

謝家小院的菜園中，茄子和辣椒都長得極好，黃瓜也是結實纍纍，竺珂琢磨著明天摘了黃瓜，拿來做幾道小菜。

知了猴很受大夥兒歡迎，謝紗剛開始還有些不敢吃，見謝靈吃得歡快，這才猶豫地挾了一個嘗嘗，後面便不用人勸了。

竺珂的食慾好了許多，豌豆涼粉爽口酸辣，酸豆角肉末填在窩窩頭裡，她比平日還多吃了一些，讓謝紹原本緊皺的眉心終於舒展開了。

「哥哥，我看小麥的肚子也大了，好像比小花上次要快些。」謝靈細心地說道。

「嗯，這次有了經驗，而且買的時候配種也早些。」謝紹解釋道。小花是家裡養的第一隻乳牛，沒有經驗，後面帶回來的五頭乳牛想必很快就能下崽產奶了。

竺珂吃得肚皮有些撐，她把剩下的半個窩窩頭遞給謝紹道：「不吃了，好飽。」

謝紹接過來兩口解決，又盛了一碗湯給她道：「喝點湯。」

新鮮的菌菇湯倒是鮮香，竺珂沒拒絕，小口小口地喝著，夏日的傍晚，這樣的晚餐時光再愜意不過了。

「就是這兒了。」

謝家人原本正在院中乘涼吃晚飯，卻見不遠處的小路上來了人，帶路的不是別人，正是薛寡婦，後面跟著的則是幾個官差模樣的人，當中還有之前去過依芍苑的那個白衣女子。

竺珂警戒心大起，在謝靈耳邊輕言幾句，謝靈點點頭，便帶著謝紗回屋去了。薛寡婦拿了錢，喜孜孜地轉身離開，臨走前還幸災樂禍地看了竺珂一眼，以為謝家攤上了什麼麻煩事。

白衣女子見到竺珂，禮貌地上前打了個招呼。「小娘子，我們先前見過的。」謝紹將竺珂護到身後，開口問道：「可有何事？」

白衣女子打量起了謝紹，跟在她身邊的還有一個男子，似乎不是官差，他舉止溫文儒雅，上前作揖道：「可否借一步說話？」

竺珂一張小臉寫滿了敵意，謝紹回頭拍了拍她的手背，示意她無須擔心。

那男子和謝紹進屋後，竺珂仔細地觀察起了來人，那些官差似乎並無惡意，只是奉命站在謝家小院門口站崗，目不斜視。

白衣女帶著笑意要竺珂一起在院中坐下，先開了口。「小娘子可知道我們的身分？」

竺珂表情有些冷淡，但還是禮貌回道：「想必來自南方，看這架勢，非富即貴。」

白衣女子微微一笑，從袖中取出一塊令牌放到竺珂面前，竺珂眼神一掃，神情頓時震驚不已。

「小娘子別誤會，此番前來並非找您的麻煩。先前在小娘子鋪子裡便覺得一些香粉很是熟悉，敢問小娘子可是得了方子？」

「家父早年做過一些香粉生意罷了。」竺珂別過臉去，顯然聽出對方的試探之意。

「方才那位郎君是我家府裡管事，需要和您家郎君單獨談話，也是因為有隱情，並不是避著小娘子，小娘子聰慧，當已猜到我們此行的目的。」

見竺珂不答腔，白衣女子便繼續道：「那《香譜》是世間獨本，自武帝開始便是我家夫人的傳家寶之一，小娘子製香功夫了得，卻還未能體會到其中奧妙。此番我們前來並不是要討回《香譜》，我家夫人有愧，願將《香譜》贈予小娘子，只求……」

笁珂轉過來直視白衣女子的眼睛，打斷了她的話。「只求什麼？只求人嗎？請問貴府夫人不覺得諷刺嗎？您說方才那位郎君是貴府管事，那您想必地位也不低，難道尋的是身分普通之人嗎？既是從南方跋山涉水一路來到此地，貴府夫人為何不前來？還是覺得所尋之人並不值得她親自走一趟呢？」

她這話說得並不客氣，可白衣女子並不氣惱，聽完之後，她的目光先是閃過一絲詫異，接著生出了些許苦澀。「小娘子果然……」

兩人一時無話可說，謝家小院外有不少看熱鬧的人，時不時地想朝裡面張望，都被院門口的官差用眼神警告了。

白衣女子從懷裡取出一塊玉，放到笁珂面前道：「想必小娘子也看到了這個。」

那是一塊玦，笁珂不看還好，一看便氣不打一處來。想到謝緲初來時那可憐消瘦的模樣，任誰瞧了都只有「心疼」二字，連她的名字都還是謝紹取的！

「玦，自古只會單只出現，可小娘子看看眼下這塊。」

笁珂雖不願意，但還是仔細瞧了起來——這和謝緲包袱裡的是一對的。她一時無語，玨，才會成對出現。

「猜想小娘子有所誤會，可王家之事，婢也一時解釋不清，還請小娘子見諒。」白衣女子在笁珂面前自稱「婢」，稱得上是十分尊敬了。

「您言重了，此事急不得，待我與我家相公商議之後再說吧。」

白衣女子點點頭，此時那男子和謝紹也從堂屋走了出來，兩人不知說了些什麼，男子再次朝謝紹作揖，便朝白衣女子走來。

竺珂走到謝紹旁邊，謝紹握住了她的手，白衣女子跟男子在一旁商議了幾句，決定先行告退。

謝紹並未多說，只是送了他們幾步，待人離開院子，他便關上了大門。

竺珂跟著謝紹進了新屋，門一關上，竺珂便著急地說：「他們是——」

謝紹點了點頭道：「是永州的，過來找緲緲。」

竺珂想起方才看到的令牌，頷首道：「看來沒錯了，他和你說了什麼？」

「只是自報家門，簡單說明了原委，對方知道當初緲緲身邊的張阿娘和隨身包袱的事，但並未解釋當年為何丟棄她，現在又為何尋人。」

「王家之事，向來有些見不得人的內幕。」竺珂氣憤不已。那塊令牌上只刻了一個字——裴。

永州裴姓，就是當今永王了。沒想到謝緲的身世，竟是如此高貴又坎坷。

「這事我們不能替她作主，得讓緲緲知道才行。」

竺珂眼眶有些紅了，輕聲道：「我說不出口。」

謝紹沈默了一會兒才道：「但還是得告訴她，若是回了永州王府，她的命運會完全不一樣。」

「貴為王族有什麼好的……連自己的親生孩子都能這樣對待……」

兩人在屋裡相對無言了好一陣子，直到謝靈帶著謝緲過來詢問發生何事，竺珂才趕緊擦了擦眼淚，讓兩個孩子進來。

「靈靈，妳跟我先去院子裡，妳哥有話跟緲緲說。」

竺珂站起身準備帶著謝靈出去，臨走前回頭看了謝緲一眼，只見她滿臉無措，竺珂實在不忍心，快速關上了門。

整理了一下心情，竺珂便拉著謝靈走到院子裡，小聲將謝緲的身世和方才發生的事都跟她說了。

謝靈愈聽眼睛睜得愈大。「這……他們什麼意思啊，要接緲緲回去嗎?!」

「應該是。」

「就剛才那堆人？還帶著官差，那模樣像是來接人的嗎？倒像是押人的！」

竺珂原本心情有些沈重，卻被謝靈這話給逗笑了。「我也覺得像是來押人的。」

「那……那我們要送緲緲走了？」謝靈有些不知所措。

「畢竟是她的親生父母……但，還是讓緲緲自己決定吧。」

新屋房門緊閉，一直到月兒緩緩升起，門才「嘎吱」一聲打開了。

竺珂和謝靈立刻站起身，只見謝緲眼睛紅紅的，一副傷神的模樣，謝紹則跟在她身後。

謝靈馬上跑了過去，竺珂也走到謝紹身邊。

「讓緲緲好好想想吧，大家暫時都別討論。」謝紹道。

謝靈眼圈也紅了，兩個姑娘對視一眼，謝靈便拉著謝緲回了裡屋，竺珂看見這幕揪心得很，抬起步子就想跟過去，卻被謝紹拉住了手。

「緲緲很懂事，道理我都跟她講了，讓她好好想想吧。」

聞言，竺珂收回腳步，回頭道：「好，那他們呢？還會再來嗎？」

謝紹頓了一頓，才回道：「對方要走的時候我提了條件，七日為期，讓緲緲自己決定，而且這段期間一定要讓緲緲的親生母親和她見上一面，再行商討。」

竺珂點點頭道：「就得這樣，哪有尋自己親生女兒還不露面的道理！」

「歇了吧，明日再說。」

第四十四章 終須一別

這件事在三陸壩村引起了不小的波瀾，尤其昨天是薛寡婦帶的路，不出半日，謝家招惹上官差的事就傳開了。那薛寡婦還編得天花亂墜，說是那官差瞧著不一般，說不定謝家是惹上了大事，這等荒謬的話傳到竺珂耳裡，不過一笑置之罷了。

謝緲的事，謝家只告訴金嬸一家，金嬸聽完後也是感慨不已。「我的乖緲緲唷，真是可憐……」

金家人的嘴自然也緊，絕不向外洩漏半句，元寶每日照常和謝紹忙養殖場的事，而竺珂來往謝家與依芍苑之間，對那些閒言碎語也是置若罔聞。

謝家最近十分安靜，不過飯桌上的菜色卻格外豐富。謝緲最愛竺珂做的紅燒豬蹄，說是來到謝家那天吃的豬腳麵線令她永生難忘，因此這幾日飯桌上總能見到豬蹄的影子。

眾人埋頭吃飯，謝紹為謝緲挾了一塊豬腳，謝緲抬頭看他一眼，忙忍住眼淚低下頭說：「謝謝哥哥。」

這幾天謝家的氣氛一直是如此，饒是一向好胃口的元寶，吃得也少了很多。

飯後，謝緲像是鼓足了勇氣，她四處看看這個家，然後主動敲了敲新屋的房門。是竺珂開的門，謝緲站在門口，揪了揪衣角道：「我想見見那人。」

「那人」說的是誰不言而喻，竺珂回頭看向謝紹，就見謝紹點點頭道：「沒問題，我來安排。」

謝緲說完很快就回自己屋裡，竺珂輕聲對謝紹說：「這幾日孩子心情明顯低落多了。」

「人之常情，先見上一面再說吧。」

謝緲想見那位夫人的消息傳了過去，那邊不出半日便定好了地點和時間。白衣女子再三解釋自家夫人實在是有苦衷，只能在城中客棧相見，謝紹和竺珂最終也接受了這個安排。

這天一早，謝紹便帶著一家人出發了，路上謝靈一直緊緊握著謝緲的手，安慰她不要害怕。到了約定的地方，驢車剛停在客棧門口，便出來一群人上前接待——這整間客棧早已被包了下來。

竺珂牽著謝緲，白衣女子上前福了福，她的眼睛一掃過謝緲，神情頓時微微有些詫異，但很快便恢復正常，引著她們朝裡走去。

一路上，謝緲發現幾乎每個人的眼神都在她身上，不由得朝竺珂身後縮了縮，有些膽怯。竺珂拍了拍她的手，示意她無須擔心，她擋住那些人的視線，帶著謝緲上了二樓。

一位婦人站在樓梯口緊張地等待，她的穿著雖不算華貴，卻有股獨特的氣質，一瞧便知是貴家人士。婦人一見到竺珂，絞著帕子的手便緊了一緊，待目光落到謝緲身上時，她的表情隨之一變。

「這位是永王府的秋夫人。」白衣女子介紹道。

謝紹行禮道：「草民見過夫人。」

「民婦見過夫人。」竺珂輕輕瞄了秋夫人一眼，發現謝緲跟她長得極為相似，看樣子錯不了了……

秋夫人的神情明顯有些激動，擺了擺手，示意他們不必多禮。她上前兩步卻又停住腳步，一時之間竟有些進退兩難。

「都退下。」白衣女子揮了揮手，周圍所有的下人們便全退至客棧一樓了。

「請進。」秋夫人對謝紹跟竺珂很是客氣，請他們到雅閣坐下。

謝紹和竺珂對視一眼，便照之前說好的，讓謝靈和謝緲在外頭稍等，他們夫妻先進去。

竺珂仔細地觀察起了秋夫人，這人不像她想像中那般傲慢，反而極其在乎他們一家的感受，這倒讓她有些無所適從。

「我就開門見山直接說了。」秋夫人方才還有些猶豫，現下只有幾個大人在，反倒沒了顧忌，將事情的前因後果娓娓道來。

「……事情就是如此，我為了尋回她，去了很多地方，若是我一早就知道我的淼淼還活在人世，我便不會——」說到激動之處，秋夫人潸然淚下，無法自已。

「淼淼？」竺珂問了一句。

「是，那是她滿月時我親自取的小字，當時有個道士說她命中缺水，便取了這個名字。」秋夫人拭了拭淚，繼續道。

竺珂和謝紹互看一眼，皆瞧出彼此眼中的驚訝和無奈。世間萬事，有時或許真的逃不過

「命運」和「緣分」——緲緲跟淼淼，讀音完全一樣。

「張阿娘當年和大夫人合謀騙了我，直到前年我父親巡視肅中，才打探到消息，我便懷抱著一絲希望，輾轉探訪肅中地界，之後聽說肅中難民往蜀中而來，才又到了此處……」

「那位張阿娘……」竺珂有些猶豫地說：「我聽緲緲說，張阿娘照顧她了好些年。」

秋夫人神色甚是複雜，她緩了一緩才道：「人心難測，她當年也是拿錢辦事，或許一時動了惻隱之心，也未可知。」

竺珂和謝紹聽完事情的來龍去脈，不禁感到唏噓。

謝紹思索了一下，問道：「敢問夫人，緲緲為女兒身，並不會對爵位造成任何影響，為何當年府上大夫人……」

秋夫人苦笑了一聲，當著兩人的面緩緩掀起左邊的衣袖，只見前臂上有一大片燙傷疤痕，令人觸目驚心。

「說來也不怕二位笑話，這天子皇家的府邸，勾心鬥角之事隨處可見，說不定自己哪天是怎麼死的都不清楚，就算不為了爵位，恩寵、利益，都能是害人的理由，只要起了嫉妒之心，就有人會想方設法奪走你的一切。」

竺珂沈默了，這話倒也在理，她和謝紹交換了一個眼神就站起身來。

「夫人，親情血濃於水，於妳們而言我們終究是外人，此事還是需要您和緲緲談談。」謝紹說道。

秋夫人感激地點點頭道：「多謝……先前聽說肅中難民艱辛異常，是以一路忐忑，可今日瞧她，並非想像中那般瘦小，這才明白這段日子以來二位的恩情有多深厚，請你們務必受我一拜。」

說著，秋夫人對著謝紹和竺珂行了個大禮，兩人連忙上前扶起她。

門開了，謝紹和竺珂走了出來，他走上去摸了摸謝緲的頭，語氣溫和。「進去吧，別怕。」

過了大概三炷香的時間，雅閣的門終於打開了。

秋夫人牽著謝緲一同走了出來，兩人的眼睛都有些紅，但是秋夫人的神色明顯輕鬆了許多，她帶著謝緲走上前，再次對謝紹和竺珂行禮道：「感激之情實在無以言表，還請二位再受我一拜。」

謝緲也跟著向謝紹和竺珂行了禮，語氣哽咽。「謝謝哥哥、嫂嫂。」

竺珂轉過臉稍稍拭去淚水，輕輕道：「好孩子，起來吧。」

秋夫人說什麼都要留他們用膳，謝紹和竺珂婉拒不了，只得應下。宴席上，竺珂總算看出秋夫人為人處世的風格，被惡意施虐、失去孩子之後還能在王府立足，的確不是一般人。

宴畢，謝靈和謝緲兩人紅著眼睛聊了一下，至於謝緲的行李，秋夫人明早會派人去謝家取來，今晚她們母女要留宿客棧。

出門的時候是四個人，回家時只有三個人，謝靈心情沮喪，竺珂便坐在一旁開導她。

「緲緲的娘親也是可憐之人，母女團聚對她們是好事，妳也希望緲緲過得開心，對吧？」

「留在咱們家，她也很開心啊……」

竺珂輕撫著謝靈的頭髮道：「若是他們一輩子不來尋，緲緲自然能長久在我們家快樂地生活下去，可既然尋來了，緲緲也願意回去，咱們就只能做好該做的。」

頓了一下，竺珂又道：「緲緲從小就沒有親人照顧，我想她此去定能平安無虞，富貴一生。」

謝靈聽了竺珂的話，終於點了點頭道：「那我今晚要給她準備一份禮物！」

「好，嫂嫂也要。」

青山城郊，謝靈正和謝緲道別，兩人交換了禮物和信件，謝緲一步三回頭，終是和秋夫人一同登上了永王府的馬車。

謝靈用手背抹了抹眼淚，卻不想教人瞧見，扭過頭喃喃道：「眼裡進沙子了。」

竺珂拍了拍她的肩膀，沒說什麼，望著漸行漸遠的馬車，唯有獻上深深的祝福。

秋夫人許諾要重重向謝家致謝，被謝紹婉拒。倒也不是聖人作派，而是謝家喜歡清閒的日子和自己奮鬥的成果，若被有心之人拿去作文章，以後的日子只怕不得安生。

因為這個緣故，謝緲的真實身分並沒有幾人知曉，永王府的車馬怎麼來的就怎麼離開，對外只道是江南的生意人上門尋親來了。

不相信這個說法的大有人在，可從謝家和金家的嘴裡硬是半個字也撬不出來。漸漸的，一些原本想說長道短的人，也歇了心思。

自從謝緲走後，竺珂私下對謝紹說過要注意一下謝靈的情緒，突然沒了夥伴，想來任誰一時都走不出來。

謝靈每日依然勤勞地照顧乳牛和一狗一貓，表面上似乎沒什麼事，但她偶爾也會在村頭發呆，在山坡上一坐就是半日。

竺珂怕謝靈孤單，常常拉著她去依芍苑裡教她製香、辨香，慢慢的，她臉上的笑容多了起來。

天氣愈來愈熱，每日為乳牛們準備飼料的活兒就落在元寶身上，謝靈要背著竹筐上山，卻被他攔了下來。「太熱了，我去吧。」

「沒事，元寶哥，山上比院子裡還涼快呢！」謝靈個子長高了不少，都能穿上竺珂一些舊衣了，瞧著也是個水靈靈的大姑娘。

元寶抿抿嘴，倔強地將她背上的竹筐給拿了過來。

竺珂端著籠屜從廚房走出來道：「行了，別爭了，元寶你帶她上山，幫我抓兩條魚，順道再摘幾片荷葉回來！」

一聽要抓魚，謝靈立刻應道：「好！嫂嫂妳等著，我一定捉幾條最肥美的魚給妳！」

元寶勾了勾唇，將自己的斗笠扣在謝靈頭上道：「那我們走了。」

走了一大段沒樹蔭的路，謝靈擦了擦汗，埋怨了兩句。「這天氣，也太不給面子了。」

「接下來只會愈來愈熱。」元寶走慣了山路，習以為常。

謝靈忍不住撇了撇嘴，取出隨身攜帶的小水壺，喝了兩口後遞給元寶道：「喝嗎？」

元寶迅速轉過頭道：「不用。」這是姑娘家的水壺，他怎麼能用?!

謝靈毫無所覺，把小水壺往身上一掛，繼續跟在元寶身後朝山上走去。「元寶哥，那邊的李子好像熟了，我們摘點吧。」

李子樹上果實纍纍，樹枝都被壓彎了，兩人摘了整整小半筐。

「這李子不錯，又甜又大，你嘗嘗。」謝靈說道。

這回元寶沒再拒絕，他接了幾顆李子過來，吃了就當解渴。

謝靈將李子往自己的竹筐裡擺，說道：「帶回去給哥哥和嫂嫂……」頓了頓，她又說道：「可惜緲緲不在，她還沒吃過李子呢……」

元寶回頭看著謝靈，面對她情緒瞬間低落的情況，他有些手足無措，此時他眼光一轉，瞧見了路邊的狗尾巴草。

「給妳。」

謝靈裝好李子，聽見元寶在喊她，抬頭就看見了眼前的東西——是用狗尾巴草編的一隻小狗。

「是小狗！」謝靈驚喜地接了過來。「你編的嗎？真好看！」

元寶點點頭道：「還能編兔子。」

謝靈眼睛亮了亮，她看向路邊的狗尾草，跑過去摘了一大把遞給元寶道：「那我還要隻兔子！」

元寶點頭應了聲好。他從小在山裡玩這些東西玩慣了，手巧得很，謝靈又摘了一把狗尾巴草，跟在他身邊學。

謝靈最後編了一隻不太像兔子的兔子，她瞧了瞧元寶編的和自己手上的，果斷地把自己的塞給他道：「給！咱們倆換！」

元寶沒有意見，默默地跟謝靈交換了「兔子」。

在李子樹下歇了歇，謝靈心情明顯好了很多，她站起身道：「走吧，快去打草和抓魚！」

要抓到大魚，不能去太淺的河，元寶知道一個好地方，帶著謝靈走了過去，只是這裡河水最深的地方能到元寶的脖子，謝靈不敢靠近。

「元寶哥！你慢些！」謝靈有些緊張，河水看起來很湍急，她只能在岸邊為元寶打氣。

「沒事！」元寶水性很好，他瞅準地方，迅速潛了下去。

謝靈緊張地盯著泛起水花的地方，只見水花漸漸變小，元寶下去之後就沒了動靜。一開始謝靈還能淡定地等待，可隨著時間慢慢過去，她不禁有些著急了。

「元寶哥……元寶哥！」

謝靈朝河岸走近了幾步，還是沒見到元寶有出來的跡象，這下她是真的慌了。顧不上其他，她朝河裡跑去，一邊跑一邊喊：「元寶哥！你快出來！別嚇我！」

河水淹過謝靈的小腿，她慌亂地四處張望，聲音都有些哽咽了。

此時身後忽然傳來「嘩啦」一聲，謝靈猛地回頭，只見元寶從水底鑽了出來，水花濺了她一身。

元寶臉上帶著笑，手上抓著一條不小的傢伙，只是他剛出水面，就發現謝靈的模樣不對勁。

「你……你嚇死我了！」謝靈愣愣地看了元寶一下，接著竟「哇」的一聲哭了出來。

原本元寶正開心抓到大魚，可這會兒喜悅全轉成了慌亂。他將魚朝岸上扔了過去，緊張地問謝靈。「怎、怎麼了？」

「你還問！」謝靈張著嘴哭，語氣含糊、滿是委屈，似乎要將這些日子以來積壓的情緒全部宣洩出來。

「我……我錯了。」元寶意識到謝靈應該是被自己嚇到，這才會不管不顧地從岸邊衝了過來。他水性好，能在水底待好一陣子，剛才又全神貫注地抓魚，才沒注意到謝靈的叫聲。

謝靈不聽他的解釋，只是不停地哭，若是不明就裡的人看到，怕是要誤會了。

少年跟少女在河裡相對而站，一個哭得傷心至極，一個忐忑無措。謝靈哭了好一會兒，哭到嗓子都有些痛了，這才用手背擦了擦臉。

「我真的錯了……」元寶除了道歉，其他的一句話也說不出來。

謝靈擦乾眼淚，毫不留情地甩了元寶一個眼刀子，轉身回了岸邊。

第四十五章　情愫暗生

狠狠地哭了一場之後，謝靈心中舒坦了不少，只是元寶卻被嚇壞了，他蹲在她面前不說話，像是遇到了什麼人生難題。

謝靈緩過來後，也不管元寶，逕自站起身來走到那條魚旁邊，將牠提了起來。

「妳……」元寶從來沒碰過女孩子對著自己哭，不知道該怎麼做才好，也不確定謝靈是不是沒事了。

「走了啦。」謝靈提著魚，回頭對元寶喊了一聲，語氣脆生生的，似乎不生氣了。

元寶猛然從地上跳起來道：「這就來！」

看到他那副樣子，謝靈很想笑，可又憋了回去，扭過頭就把元寶甩在身後，只留下那筐李子，讓元寶替她提著。

「我、我能在水下潛很久，有些魚兒游得深，必須潛下去抓才行。」元寶一路上努力地解釋，謝靈卻是一句話都沒吭。

元寶沒輒，只好跟在她身後，走到半山腰的時候，謝靈停下了腳步。「那邊有荷葉，你去摘。」

見她終於肯說話，元寶點頭如搗蒜，二話不說就朝荷塘撒腿跑去。

這裡有一大片荷塘，滿滿的全是綠色的荷葉，粉白色的荷花亭亭玉立，謝靈想起竺珂最近正在研究芙蓉膏，連忙喊道：「荷花也摘一些吧。」

「好！」

元寶捲起褲管，踩著泥就下了荷塘。謝靈在旁邊採摘一些自己搆得著的，只是好看的荷花和大一點的荷葉都在荷塘中間，只能交給元寶處理。

「嫂嫂說幾片就夠了，估計是要做荷葉糯米雞，別摘太多！」

元寶這次不敢不應她的話，謝靈指東他就向東，指西他就向西，忙活了好一陣子，總算摘到幾片不錯的荷葉跟幾朵荷花，朝回走了。

「嫂嫂前兩天就說要做荷葉糯米雞了，元寶哥，你留飯吧。」

終於又聽謝靈喊自己「元寶哥」了，元寶鬆了口氣，忙點了點頭道：「好。」

提著一筐李子和一條肥魚，背著給乳牛們打的嫩草，還有碧綠的荷葉、幾朵粉白色的荷花，謝靈和元寶愉快地下了山，回到謝家小院。

「哥哥、嫂嫂，我們回來啦！」

「這麼大的魚啊！」

「對啊，是元寶哥捉的。」謝靈抬頭笑了笑。

竺珂不禁向元寶豎了根大拇指。

「嫂嫂，妳嘗嘗這個李子吧，可甜了。」謝靈洗好李子之後遞給竺珂，她接過去吃了一個。

「嗯，不錯，這段日子李子正是時節。」
「嗯嗯，還有荷花和荷葉，都摘回來了。」
竺珂看了看那幾片荷葉，讚賞地點點頭道：「好，今晚就做荷葉糯米雞。」
謝靈咧嘴笑道：「我來幫忙！」
殺雞、燙雞一氣呵成，謝紹很快就將新鮮的雞肉送進廚房，糯米是提前備下的，已經泡了好幾個時辰。雞肉剁成小塊，在油鍋裡爆香，將雞肉炒至半熟就撈出來，和放涼的糯米、提前煮好的板栗、雞樅丁和香菇丁一起包在新鮮的荷葉裡，弄成一個個荷葉包上鍋去蒸。
「靈靈，幫我摘幾根黃瓜過來。」
「欸，好！」
謝家小院裡的黃瓜瘋長，前兩天醃了整整一罈，即便如此，架子上的果實還是多得很，每天都得摘。
「這黃瓜也長得太好了。」謝靈抱了一堆黃瓜放在案板上。
「可不是，妳哥今年把菜園照顧得很好，那些黃瓜切絲吧，今天做涼麵。」
涼麵？謝靈眼睛一亮，夏天吃涼麵最是舒爽，也解了糯米雞的膩。
謝靈如今刀功不錯，沒一會兒一堆黃瓜就成了一大盆黃瓜絲。
粗細還算均勻……竺珂滿意地點了點頭道：「可以出師了，要不要試著調味？」
「我可以嗎？」謝靈有些緊張。
「調醋汁而已，不難的。」竺珂笑著鼓勵她。

今天吃的是蕎麥麵，麵煮熟後特地過了一趟涼水，在做糯米雞之前，竺珂留了大半塊雞肉，這會兒正好撕成雞絲，和黃瓜絲、豆芽、花生米跟蒜泥一起鋪在碗裡。謝靈在竺珂指揮下調好了醋汁，美味爽口的涼麵便完成了。

「等一下。」竺珂朝她眨了眨眼。「有個好東西可不能忘記。」

說著，竺珂轉身從櫃子裡取出裝油雞樅的罈子，撈了一大勺蓋在涼麵上，謝靈看見了，頓時饞到不行。

「我差點忘了，好久沒吃了！」

「好了，喊妳哥和元寶吃飯吧。」

除了涼麵，前幾天醃好的酸黃瓜泡菜正好入味，竺珂又熬了一鍋粉絲圓子黃瓜湯，這是一頓屬於夏天的晚飯。

熱氣騰騰的荷葉糯米雞還冒著熱氣，竺珂伸手去拆葉子，馬上被燙得縮回了手。

謝紹連忙接手道：「我來。」又問竺珂。「沒燙著吧？」

「沒事，你快拆開來看看。」竺珂雙手捏著耳朵，催促謝紹快拆荷葉。

拆開荷葉，一股雞肉香和荷葉清香撲鼻而來，竺珂用筷子撥開糯米，雞肉已經軟爛，帶著菌菇的香氣，讓人食慾大振。

元寶和謝靈早就等不及了，一人拿一包拆了起來。謝紹幫竺珂拆開又涼一會兒，這才夾到她的盤子裡。

「還有涼麵，拌一拌。」

涼麵清爽有嚼勁，黃瓜清新爽口，油雞樅是點睛之筆，醋汁的味道也恰到好處。

「這個醋汁是靈靈調的。」竺珂笑道。

「嘿嘿。」謝靈不好意思地撓撓頭道：「我做得不好，和嫂嫂差遠了。」

謝紹和元寶相當給面子，一人盛了一大碗，元寶狼吞虎嚥，朝謝靈豎起了大拇指。「不錯，很好吃。」

此時竺珂突然喊道：「唉呀！我把魚兒給忘了！」

元寶捉回來的那條大魚，現在還養在井邊的木盆裡。

「夠吃了，明天再殺吧。」謝紹道。

「也是，還好沒殺，瞧我這記性，那再養一天，明天做麻辣魚吃！」

「嫂子……我還惦記著妳之前做的水煮香辣魚呢。」元寶嘿嘿一笑，有些不好意思地說。

「那有什麼難的，明天讓靈靈給你做，她早就學會了！」

竺珂一句無心之言，讓謝靈微微一愣，元寶則是悄悄看了她一眼，連忙轉過頭去，恨不得把臉埋進飯碗裡。

吃過晚飯後，元寶回去了，謝紹則在院子裡編起了草蓆。

竺珂仔細瞧了瞧白日謝靈採來的荷花，謝靈跑到她身邊問道：「嫂嫂，這些可以做芙蓉膏嗎？」

竺珂苦笑一聲，說道：「芙蓉膏有些難做，我倒是想試試，可又害怕失敗。」

芙蓉膏在《香譜》裡不僅是香膏，還是一味藥，可以去腐生肌、淡化疤痕。若是能製作出來，那定是依芍苑賣得最俏的商品。

「試試嘛！反正山上的荷花多得是，我幫妳！」謝靈鼓勵起了她。

也對，就算失敗了，不過是浪費一點原料跟時間罷了，更何況她還有泉液……

「那走，咱們試試去！」竺珂說道。

芙蓉膏，顧名思義，材料就是芙蓉，荷花別稱為芙蓉，還有木芙蓉也是不可或缺的材料。木芙蓉可以入藥，正因為如此，芙蓉膏才有藥用功效。

荷花餾三遍，得到的花汁要密封保存兩日，今晚只能完成這一道工序，待到明日，兩人再一同上山尋一尋木芙蓉的影子。

忙到天色昏暗，兩人這才走了出去，謝紹還在院子裡等她們，只見草蓆已經編好了大半。

「哥哥手真巧，啥都會。」謝靈笑著跑過去，拿起草蓆細細地看了看。「這一看就是專門為嫂嫂編的，嫂嫂皮膚這樣嬌嫩，是得用軟一點的。」

謝紹笑了，說道：「編完這張就幫妳編。」他當然會照顧自己的寶貝妹妹。

「謝謝哥！最近天氣真的好熱，你看，嫂嫂的脖子好像被蚊蟲咬過，紅了一塊呢！」

竺珂一愣，下意識地摸了摸脖子，瞬間紅了臉，那、那不是蚊蟲咬的……

謝紹淡定地看了她一眼，嘴角帶著笑意說：「嗯，家裡有艾草，一會兒都去熏一熏。」

今年的小麥熟得要晚些，這陣子三陸壩的村民都忙著收割麥子，金嬸家的麥子也熟了，謝紹這幾日都在地裡幫忙。

「靈靈，飯好了，給妳哥和元寶送去。」

大熱天的，這陣子割麥子最忙，也最是磨人，竺珂每天都會做好飯送過去給他們，清涼的烏梅湯或是敗火的綠豆湯早早就在井裡鎮涼，中午送過去正好解渴。

「欸，好！」謝靈戴上斗笠，走到廚房拿起食盒問道：「今天這餐是什麼呀？」

竺珂抬頭笑道：「米飯，在下面埋了蛋和肉，管飽。」

謝靈笑道：「嫂嫂就是貼心，我走啦！」

元寶和謝紹在地裡揮汗如雨，動作一直沒停過，別人早就休息了，這兩人還在不停忙活。因為他們早上還要去送牛乳，等到抵達田地，已經比別人晚了好些時候，即便如此，金家的地還是割得最快。

村長忍不住說道：「年輕人體力就是好，我們這些老骨頭是沒法比了。」

正在休息的村民遠遠就瞧見了謝靈的身影，有人笑著喊道：「謝紹！吃飯了！你家妹子送飯來了！」

謝紹和元寶這才直起身，看向不遠處的謝靈。

謝靈笑著朝他們揮手道：「哥哥、元寶哥！」

眾人不禁流露出羨慕的目光，不為別的，就因為謝家娘子每次準備的吃食總是用心至極，葷素搭配變著法子來，還會送來不一樣的飲品，再看看自己手中的饅頭和乾餅，頓時覺得索然無味。

兩人走過去接食盒，謝紹體貼地關心自家妹妹。「熱不熱？」

「不熱，我走蔭涼處來的。」謝靈接著說道：「快吃吧，今天嫂嫂煮了綠豆湯，提前擱在井裡涼過了。」

謝紹和元寶走到樹蔭下，拿出竺珂準備的午飯。軟糯的米飯輕輕一撥，底下藏著一個半熟蛋，還有好幾片臘肉。這陣子收割小麥，為了省事，家家都是帶硬邦邦的饅頭和乾餅來，也就只有家裡這個小嬌嬌每次都做好新鮮的飯菜送過來，勸也勸不住。

雖然謝紹腦子這麼想，一顆心卻是甜滋滋的；元寶更是對每天豐盛的午飯充滿感激之情，餐餐顆粒不剩。

謝靈站在一旁等他們吃完，準備將空食盒提回去，兩人為了不讓她久等，都吃得飛快，元寶還嗆了好幾次，不住地咳嗽。

「慢點呀元寶哥，不急。」謝靈笑道，遞了竹筒裡的綠豆湯給他。「喝點吧。」

元寶耳根有些發紅，接了過來。

謝紹收拾好飯盒遞給謝靈，又不放心地囑咐了幾句。「就算熱，也別走人少的小路。」

「知道了哥，現在白天呢，放心吧！」

謝靈離開之後，那些在不遠處坐著的村民都笑著打趣。

「謝紹，你妹子也不小了吧，啥時候說親啊？」

「就是啊，村裡估計不少人家都惦記著呢！」

元寶側目去看那些人，表情隱隱不快。

「不急，再留兩年。」謝紹雲淡風輕地回了一句。

知情的人都曉得謝靈是走失多年才尋回來的，也就不繼續自討沒趣了。

這幾日熱得不像話，尤其到了晚上，一點風都沒有，空氣悶透了，竺珂躺在草蓆上仍舊翻來覆去地睡不著，枕頭都被汗水浸濕了。

謝紹知道竺珂怕冷，不承想她也如此怕熱，每晚臨睡前都會為她打蒲扇，才勉強將人哄睡。清晨時稍稍涼了，竺珂才覺得睡得舒服一些，可這時候謝紹一般已經起床，畢竟送牛乳得趕早才行。

元寶打著呵欠在謝家小院外等他，兩個男人要出發了，謝靈和竺珂還在好夢之中。謝紹確認已經關好了院門，這才和元寶踏著朝露驅趕驢車前往城裡。

「謝紹哥，小麥和大米是不是也快了？」

「嗯，就在這個月底，等這批乳牛產奶了，就再雇一個人。」

元寶咧嘴笑道：「太好了，眼瞅著咱們生意是愈做愈大了。」

謝紹拍拍他肩膀道：「怕苦嗎？」

「怎麼可能！每天跟著你幹，我覺得可充實了！」

「那就好，到時候你負責帶新來的人。」

「好，沒問題！」

日頭漸漸升起，兩人抵達了城裡，早飯已經在路上解決，都是竺珂前一天就備下的吃食，她絕不會讓他倆餓著肚子上路。

太陽一出來，竺珂的好眠時間就宣告結束，要是再不起來的話，過一會兒就要出一身汗了。她愛乾淨，夏日起床時也要擦身，熱水是謝紹出門前就備好的，簡單地擦拭、洗漱、綰起頭髮，這才讓她覺得清爽了些。

謝靈也怕熱，起床後就待在井邊乘涼，竺珂出去時她正在用井水灑地。「天氣也太熱了些，用水澆澆地比較涼快。」

「這個法子好！」竺珂笑著走到廚房，開始準備早飯。

第四十六章　牛場新血

依芍苑忙得不像話，謝靈前幾日就去幫忙了，她在依芍苑甚至比蘇蓉還要上心幾分，沒幾天的工夫跟那些個顧客們都混熟了，蘇蓉還笑著誇她。「靈靈妹妹一瞧就是個厲害的！」

謝靈是厲害，不說別的，就她那張不饒人的嘴和潑辣的性子，可讓周圍的鄰居們都見識到了。

前兩天有一些村裡的混混想在謝家門口蹲點搭訕，竺珂還沒出面，謝靈已經端著一盆髒水狠狠地朝他們潑了過去。她還教會阿旺去咬陌生人，將一些整日在院子旁邊騷擾的人趕得遠遠的，如今這事在三陸壩村已經成為一樁趣談了。

潑辣不吃虧是好事，可相對的自然有人在背後嚼舌根，說這謝家小妹將來嫁人，男方怕是治不住。

竺珂聽見這種話就覺得好笑，謝靈更是不在意，關起門來，謝家小院的日子照樣過得美滋滋。

謝紹和元寶送完今日份的牛乳，兩人在城裡隨意找了個飯鋪歇腳，準備吃頓飯墊墊肚子再回去。

「聽說了嗎？內場那家鋪子被抄了。」

「啊？你說哪家？」
謝紹和元寶一人點了一碗麵吃了起來，旁邊一些食客聊天的內容自然而然地就傳進了他們耳朵裡。
「就那家偷偷販鹽的啊，聽說是昨兒個的事，鋪子現在都空了！」
聞言，謝紹的筷子慢了下來。
「真的啊？那家不是做很大嗎？我以為他背後的勢力不小。」
「就是樹大招風啊，觸碰到某些官差的利益了唄。」
「唉，真是可惜，這官鹽又貴，稅又高，不是要逼死我們嗎……」
謝紹留心聽著他們的對話，一時忘了吃碗裡的麵。
「謝紹哥！」元寶喊道：「想什麼呢？」
「沒什麼。」謝紹回過神來，繼續撈起碗中的麵條。
「欸，掌櫃的！你這麵今日淡了吧！」有一個食客在抱怨。
掌櫃的立刻過去陪笑道：「實在不好意思，可能手輕了，這就給您添點。」
「鹽貴也不能糊弄客人啊！」
店裡吵雜得很，謝紹迅速解決碗裡的麵，放下銀錢就站起身道：「走吧。」
回去的路上，元寶和他討論起了這件事。「也不知道朝廷的政策何時能改改，都快吃不起鹽了。」
「會的。」謝紹將竹筐往肩上一掛，大步朝驢車走去。

地裡的西瓜一熟，就成了夏天最俏的水果，瓜農辛苦了一年，就等著這段日子賺個盆滿缽滿，村口處每日都有瓜農運了整整一車的西瓜叫賣。竺珂一直惦記著，謝紹便買了回來。

傍晚吃瓜，是夏季最愜意的事情之一，西瓜買回來在井裡鎮涼，吃過晚飯後切開正好，手起刀落，紅紅的瓜瓤就露了出來。

「哇，這麼紅，還是沙瓤兒，肯定很甜！」謝靈滿心歡喜地期待著。

西瓜切成了幾大塊，被謝靈端到院子中間的石桌上，一人一塊。

竺珂吃了第一口眼睛就亮了，這西瓜汁液豐盈，甜到心口，加上被井水冰鎮過，吃起來再清爽不過。她發自內心地喊道：「真的好甜啊！」

謝紹湊過去擦了擦她的嘴道：「我等會兒把最中間的留給妳。」

竺珂連連點頭，嘴邊全是西瓜汁，像隻髒臉花貓，可她卻毫不在意，恨不得親謝紹一口，他就是能幹，什麼都能弄到最好的。

「妳喜歡吃，我明天就再多買些，放在井裡涼著，熱了就切一個。」

「嗯嗯！」

謝靈也為糯米和阿旺切了一小塊，兩隻小傢伙直接將臉埋進了西瓜肉，啃得歡快極了。

吃完西瓜以後，元寶回去了，謝靈搶著用水清掃了一下地面，不然容易招來蚊蟲。竺珂吃了一大塊西瓜，這會兒肚子有些脹，不肯現在去睡，拉著謝紹在院子裡轉圈。兩人趴在牛棚跟前，看著肚子愈來愈大的五隻乳牛，對未來的生活也充滿了美好的期待。

「快生了吧？」

「嗯，小麥和大米都快了，估計還有五、六天。」

「太好了，那你後面怎麼打算，還要擴建嗎？」

謝紹頓了頓，說道：「還有其他想法，先把養殖場慢慢交給元寶。」

別的想法？竺珂好奇地睜大眼睛看著他。

謝紹捂住竺珂的眼睛，在她耳邊輕聲道：「回頭再告訴妳，還有，別這樣看我，再看我就要親妳了。」

竺珂小臉一紅，抬腳就踢在他腿上，謝紹低低地笑，竺珂卻輕輕一掙，扭頭跑了。

「依依，剛吃完西瓜別跑，肚子會痛！」謝紹在她身後喊道。

竺珂回過頭，毫不在意地朝他扮了個鬼臉。

謝紹預估得很準，過了五、六日，小麥先破水了，緊跟著大米也有了反應。有了上次的經驗，謝紹這次從容不迫，元寶倒是第一次為牛接生，有些緊張。

方家公和村長照例來幫忙，之前沒訂到謝家牛乳的，這回聽說了，早早就把訂銀送了過來，還有人續訂一年。

竺珂和謝靈忙著張羅料理，今日定是要留人在家吃飯的。

蜜汁金腿是道甜口，火腿肉切成厚片，蜜棗去核，黃糖和蜂蜜一起攪拌，秋季時備下的糖漬桂花也能派上用場。

將糖料澆在火腿肉上，再刷上一些濕澱粉勾芡，上籠蒸半個時辰，取出來翻扣在盆中，再撒上糖漬桂花，做出來的蜜汁火腿入口香酥、色澤晶瑩，是一道饞人的菜色。

周家時不時送來新鮮的鴨子最適合做金腿神仙鴨這道菜，燙鴨漂洗一氣呵成，將鴨頭插入翅內窩成一整隻，一起放入砂鍋中，放入清水淹過材料，用文火燉半個時辰左右。

待鴨子有八成爛時，撈出來將鴨子翻身，脯朝上，整齊地鋪上火腿片，重新回鍋去燜，最後再燙一些油菜心鋪在周圍。上菜時直接端上砂鍋，鮮嫩油潤、香氣濃郁、味美極鮮。

謝靈一直在旁邊為竺珂打下手，一邊學一邊默默地記。

廚房裡的人忙活的同時，牛棚那邊傳來了好消息。兩隻健康的小牛誕生了，一公一母，為謝家增添了幾分喜氣。

此刻天色已經黑了，竺珂走出廚房招呼道：「今日一定要吃了飯再走啊。」

上回小花生崽兒生到半夜，沒辦法留人吃飯，這次竺珂可是卯足了勁要謝謝人家來幫忙。

幾個人渾身髒兮兮的，先到井邊去清洗了一番，放鬆下來才聞到這院子裡的飯菜香，肚子裡的饞蟲瞬間被引了出來。

「今日有口福嘍！」村長笑道。

「嫂子這是做的啥啊，這麼香！」元寶問道。

謝靈送了香胰子來給他們，笑道：「待會兒你們就知道了，這頓飯啊，嫂嫂可是花了不少工夫。」

蜜汁金腿和金腿神仙鴨端上桌的時候，大夥兒差點驚掉了下巴。

「這、這……謝娘子，今日這排場未免也太大了吧。」方家公說道。

竺珂看了謝紹一眼道：「沒事，儘管吃。」自家男人高興著呢，從他臉色就能看出來。

果然，謝紹招呼大家入座，還走到地窖搬了一罈酒上來，說是要小酌一番。見他盛情款待，其他人也不再扭捏，當下就端起酒碗互相敬酒。

竺珂還要做一些家常小炒，謝靈便來來回回地在堂屋和廚房穿梭。

酒酣三分，村長拍了拍謝紹的肩膀道：「不瞞你說啊謝兄弟，這村裡比你有賺錢腦子的人沒幾個，大夥兒可羨慕你哩！」

方家公也連連點頭，在他看來，謝紹可比他那幾個兒子爭氣多了。

謝紹只是笑了笑，又為兩人添了酒。

「你這養殖場發展大了，有沒有什麼想法？」

謝紹也不打算瞞著別人，直說道：「馬上就要再雇一個人，跟元寶一起照看養殖場。」

元寶睜大眼道：「那哥你呢？」

「嘿，臭小子！你謝紹哥肯定還有其他打算，我說得……沒錯吧？」村長的臉已經紅了，說話變得有些含糊。

「是有些打算，只是還不確定，後面再看吧。」

「那人選呢，定了沒有？」

「還沒有。」

村長捂了捂臉道：「謝兄弟，我也不瞞你，你知道我那個小兒子，去年受了傷以後就窩在屋裡不肯出來，我愁啊……你看看他，能行不？」

關於村長小兒子的事情，謝紹早有耳聞，村長這個人一生清廉正義，他自然答應。「我是沒什麼問題，就怕他看不上。」

「胡說啥！他敢?!你要肯教他，我明兒個就讓他來找你！」

「行，他要是願意，明天就讓他過來。」

村長這下高興了，又跟謝紹乾了一杯。

這頓飯一直吃到月亮掛到半空，方家公還好，村長卻已經醉到搖搖晃晃，走路都不穩當了，最後被元寶送回家去。方家公揮了揮手，硬是不讓人送，要自己回去，謝紹的臉也有些紅，只是人還清醒。

謝靈收拾碗筷去了，竺珂走到謝紹身邊問道：「累不累？你怎麼也跟著喝那麼多酒。」

只見謝紹不回話，伸出手猛然將竺珂抱了起來，嚇了她一大跳。

「你幹麼呀？我們人在院子裡呢！」竺珂連忙去捶謝紹的肩膀，想讓他把自己放下來。

謝紹卻不肯，雙臂緊緊箍著她，又將人舉高了幾分。

「依依，妳等我，我一定會讓妳過上好日子的。」

他帶著酒氣和熱氣的聲音讓竺珂一顆心酥酥的，忍不住又敲了這個傻漢子的肩膀一下。

「現在的日子就很好了，我不貪心。」

村長的小兒子叫全勝，原本是個能幹、肯吃苦的小夥子，然而去年因為一場意外斷了一隻手之後，整個人便消沈頹廢、一蹶不振。

聽到謝紹要他去養殖場的時候，全勝不可置信地說：「我、我怎麼行？」

「臭小子！你怎麼不行?!你爹覥著臉去跟謝紹說的，人家都沒說啥，你還不想去?!」全勝他娘狠狠地翻了自家兒子一個白眼。

也怪不得父母著急，看見兒子從原先那麼有活力的小子變成現在這副要死不活的模樣，任誰心裡都不好過。

「我不是那個意思……他、他真的願意讓我一個廢人去養殖場嗎？」

全勝他娘戳了一下他的腦門道：「你哪裡就成廢人了？是起不來還是不能走？你去跟著人家謝紹好好幹，敢打退堂鼓，就別回這個家了！」

或許是自己娘親半是強硬半是勸說的態度，也或許是因為被接納而燃起了一絲絲的希望，最終全勝終於點頭，願意去謝家養殖場試試看。

謝紹前一晚喝得有些多，早上竺珂為他沖了蜂蜜水解酒，謝靈和元寶則忙著餵牛。

小花生的小穀被餵養得很是健康，已經長大了不少；小麥和大米身邊依偎著自己生的小牛，那隻小母牛倒是比小公牛稍稍健壯些。

全勝忐忑地站在謝家小院門口，還是笁珂先發現了。她推了推謝紹，示意他回頭。

謝紹扭頭一瞧，站起身來走過去道：「來了？」

全勝緊張地朝謝紹點了點頭。

元寶碰巧從養殖場那邊走過來，看見全勝，他鬆了口氣道：「你可到了，累死我了，快來！」

全勝一怔，愣了一會兒才反應過來。這種被需要的感覺既陌生又熟悉，他很快便跟上去道：「這就來。」

笁珂見全勝走遠，小聲跟謝紹說：「我看到他的手了，其實也沒有什麼影響，你多照顧照顧他。」

「沒啥，只要他自己不放棄，一定能做好。」

笁珂正在剝花生，聞言笑著又塞了一顆進謝紹嘴裡。謝紹從不因為他人的不健全而輕視對方，這是他最大的優點之一。

人在牛棚的謝靈也熱情地歡迎了全勝，全勝看見她一個女孩子抱著一堆乾草，連忙上前單手接了過來，並道：「以後這些髒活苦活啥的，都交給我。」

謝靈笑了笑，回道：「行啊，我和元寶哥兩個人正愁忙不過來呢！」

元寶走過來拍拍他肩膀道：「來吧，我跟你說說該怎麼做。」

全勝感激地點了點頭，這裡沒人刻意關心他的手，而是讓他再次體會到自己是有用處的，這令他內心火熱了起來。

謝紹沒多久也走了過來，今日就要為小麥和大米擠奶，這次交由元寶操作。元寶第一次擠牛乳，緊張得不得了，謝紹在旁邊親自指導，謝靈也為他加油打氣。

全勝想跟著學，聚精會神地看著。一開始元寶還有些手生，漸漸的就熟練了起來。謝靈使勁地幫他鼓掌，倒教元寶有些不好意思。

「好了，忙完就過來吃飯吧！」竺珂笑著招呼幾人進屋。

全勝是第一天來，不好意思留飯，謝紹卻堅持要他坐下。「我這兒都這樣，大家一起吃，下午再讓元寶帶你去熟悉熟悉一下，訂牛乳的人家挺多的。」

全勝重重地點了點頭，雖然才剛來到這裡，但這些人卻待他像是朋友一般，讓他倍感溫暖。

「今天忙，沒做什麼菜，都是些家常便飯，隨意啊。」竺珂笑著招呼。

雖然竺珂這麼說，可是四菜一湯也是農家不常見的規格了，由於這是全勝頭一回上工，就算時間再趕，竺珂還是炒了一盤臘肉放在他面前。

全勝吃得認真又珍惜，這頓飯菜的美好滋味，深深烙印在他腦海中。

第四十七章　官差拿人

謝紹有意鍛鍊元寶和全勝，下午便讓他倆單獨出去一趟，順便熟悉最近的新客人，元寶滿口答應，接過謝紹手中的名冊就和全勝出發了。

「那你要做什麼呢？」竺珂笑睨了謝紹一眼。

謝紹回頭，趁謝靈不注意時將竺珂連人帶板凳抱了起來。「我？自然要抽空陪陪妳。」

竺珂緊張地看了看謝靈所在的方向，小力捶了他一下道：「放我下來！大白天的……」

謝紹笑著放下竺珂，又摸了摸她的頭。這陣子實在太忙，他總是早出晚歸，沒空好好陪她，趁著今日偷半天閒，自然要好好在家伴著嬌妻。

「哥哥、嫂嫂，我去方嫂子家了。」謝靈喊了一聲。

謝靈惦記著方家這兩天的新蜜，夏蜜比春蜜的品質更好，她前兩天就在念叨了。

「去吧，路上慢點。」謝紹囑咐道。

謝靈換了件衣裳便走了，院子裡只剩下謝紹和竺珂，謝紹將人一抱，就回了新屋。

「唉呀，你放我下來。」竺珂不停地朝他肩膀上亂拍。

謝紹把竺珂放在床上，壓上去道：「靈靈一會兒就回來了。」

竺珂見他猴急，忍不住踢了他一腳道：「行了，晚上嘛。」

「我不做什麼，抱一會兒就好。」

謝紹最近回來時竺珂已經睡下了，早上離去時被窩裡的嬌嬌還沒醒，夫妻倆著實有一段時間沒親熱了。

竺珂跟謝紹在炕上笑鬧，天氣熱，她穿得薄，沒兩下外衣就滑落了，兩人的呼吸漸漸重了起來。

「等一下嘛，我昨天被蚊子咬了，你先幫我塗點花露。」

這花露是前段時間竺珂做的，加入了薄荷和艾草，夏季能防蚊蟲，在依芍苑賣得很好。

謝紹心疼竺珂，自然依著她，取了花露倒在手心就幫她輕輕塗了起來。竺珂皮膚嫩白光滑，謝紹有時候甚至覺得她是妖精變的，因為每次和她親熱時，都發現她更美了。

「腿也塗。」竺珂直接把白皙的小腿伸了過去。

謝紹眸色頓時變深，沒兩下就扔下花露瓶，撲了上去。

「欸，你……」

「每次都勾我。」男人的聲音低沈沙啞。

勾他？竺珂臉上三條線，她只是要他幫忙塗個花露而已呀……

夏季的蟬鳴有些喧囂，蓋過了屋內一聲聲的嚶嚶哭泣和喘息，兩人趁著夏日午後「偷了個腥」，更因害怕謝靈突然回來，謝紹只要了一次。

「謝謝方嫂子，我走啦！」謝靈提著整整一桶新蜜，開開心心地走出了方家。

「慢慢走，喝完了喜歡再來啊！」王桃桃朝她揮了揮手。

謝靈滿足極了，她提著黃澄澄的新蜜，加快腳步往謝家小院趕。之前竺珂教她的麻花捲，她研究出了升級版，要是做成紅糖小麻花，肯定更好吃。

「就是這兒了。」

謝靈還沒到家，遠遠地就瞧見一群人站在謝家門口，似乎在指手畫腳。經過謝紗的事，謝靈心中打了個突，敏銳地注意到其中有兩個官差。

「你們有啥事？」謝靈走過去問道。

為首的一個官差打量了她一眼，說道：「妳是這家的人？」

謝靈還沒回答，新屋的門就開了，謝紹走出來問道：「怎麼了，有什麼事？」

竺珂也跟了出來，那官差看了看謝紹，便說道：「你就是謝紹吧？跟我們去一趟衙門。」

「為啥？」

「什麼事啊？」

竺珂和謝靈同時問了出來，那官差道：「關於販賣私鹽的事，你心裡沒數嗎?!」

謝紹心頭一驚，臉色卻不變，態度淡定得很。

私鹽?竺珂一愣，就要上去理論，謝紹連忙拉住她，對她搖了搖頭。

「我沒做過這事，可以配合你們調查。」他向那兩個官差說道。

「嗯，走吧。」

竺珂緊張地拉住他說：「不行！憑什麼不分青紅皂白就帶人走，你們拿出證據來！」

那官差一愣，沒想到眼前這個小娘子這麼厲害，謝靈更是衝到謝紹前頭護著他說：「就是！憑什麼隨便抓人?!」

「沒事。」謝紹安撫自家妹妹和竺珂。「相信官府不會冤枉人的，我去去就回，妳們在家等我。」

竺珂聽了，也要跟著去。

那官差說道：「大人說了，此事涉及人數眾多，閒雜人等一概不許前往！」

「你們！」竺珂向前走了一步。

謝紹將竺珂往後一拉，輕輕捏了捏她的手腕，小聲道：「相信我，沒事的，乖。」

隨後他眼神變冷，看向官差道：「我跟你們走，但是你們要保證不能傷害我家人。」

「這個自然，我們大人不會做出這種事！」

謝紹點點頭，跟著那兩個官差走了，謝靈見狀著急地拉住竺珂的手說：「嫂嫂，怎麼辦呀！」

竺珂皺眉看著謝紹的背影，強逼自己鎮定下來。「沒事，妳哥沒幹過那種事，不怕。」

謝紹一步三回頭，竺珂和謝靈一直待在院門口，目送他遠去。

元寶和全勝剛好走完人家，正在回三陸壩村的路上，就這樣和官差與謝紹碰了個正著。

兩人一愣，衝上前去，元寶緊張地問道：「哥！這是咋了?!」

謝紹停下來，迅速交代了幾句。「不是大事，我不在，照顧好家裡。」

元寶和全勝還沒弄清楚情況，只是把頭點得飛快，官差還在催促，謝紹只好跟著往前走，元寶和全勝趕緊追了上去。

「不是啥大事，回去吧。」謝紹轉頭說道。

兩人只得停住腳，元寶憂心忡忡，轉身就往謝家跑，全勝緊跟其後。

「嫂子！」元寶衝進大門喊道：「我剛看到謝紹哥了！啥情況啊！」

竺珂和謝靈正待在院子裡，謝靈怒氣沖沖地說：「那群人說我哥販賣私鹽，把人給帶走了！」

販賣私鹽?!這四個字讓元寶和全勝先是愣在當場，接著便怒道——

「這、這怎麼可能呢？我們開養殖場，做的可是正經生意！」

「就是說啊，那群窩囊廢肯定搞錯了！」

竺珂只道：「先坐下來商量一下，你們謝紹哥做事有分寸，我相信他。」

其他人被竺珂的冷靜感染了，隨即在石桌前坐了下來。

「元寶，明兒個你去城裡側面打聽一下情況，該打點的地方打點，銀子不要捨不得。」

元寶重重地點了點頭。

「靈靈，妳明天跟我去依芍苑，蘇家人脈多，我去請蘇蓉幫忙，妳留意集市上的風聲。」

「嗯，好！」

「至於全勝……」竺珂苦笑了一聲。人家這是第一天上工，就要麻煩他了。

「謝嫂子妳別客氣，我下定決心跟著謝哥幹，妳讓我幹啥我就幹啥！」

笁珂向他表示謝意。「謝謝你，這養殖場是你謝哥的心血，元寶估計忙得走不開，可養殖場不能落下，就拜託你了。」

「沒問題，交給我，乳牛一隻都餓不著！」全勝信誓旦旦道。

「我一得空，就會過來和全勝一起做。」元寶立刻說道。

「好，今日大家都先回去歇了吧，明日有得忙了。」

謝紹不在家，院子感覺整個空了下來，平日他外出的時候倒不覺得，如今卻是有些冷清了。

笁珂跟謝靈不想回屋，兩人就在院中坐著等，心想說不定衙門那邊只是叫謝紹問個話，他很快就能返家。

只見笁珂一動也不動地盯著院子的籬笆門，期盼門會像往常一樣「嘎吱」一聲響起，可等啊等，直到月亮慢慢爬上了樹梢，也沒盼來那道身影。

「嫂嫂……」謝靈有些不捨地喚著笁珂。

笁珂勉強勾了勾唇道：「也許他明早就回來了，我們先進去吧……」

「之前妳哥進了一趟衙門，不但沒事，還帶回了妳，所以我相信他這次也會很快就回來的。」笁珂安慰謝靈，也安撫自己。

心事重重地回了屋，笁珂默默爬回炕上，依然不死心地豎著耳朵，聽著外頭的動靜。

謝家小院安靜極了，一點點風吹草動都能傳進竺珂耳朵裡，她就像隻孤單躲在草叢裡的兔子，身邊沒了熟悉的溫度，渾身都發冷了。謝紹不是沒晚回家過，可竺珂知道他一定會回來，此刻她在寬敞的炕上翻了個身，旁邊卻空蕩蕩的。

竺珂沒忍住，淚水從眼角滑落到枕頭上，她委屈地抽了抽鼻子，頭一次發現她竟是如此依賴謝紹……

天還沒亮，竺珂便已經穿戴整齊，她幾乎一夜未闔眼，眼下浮現淡淡的烏青，只得用脂粉遮了遮。裡屋的門開了，謝靈的情況也沒好到哪裡去，兩人對視一眼，皆嘆了口氣。

「吃點東西再出發吧。」

竺珂到廚房心不在焉地準備了早飯，兩人隨便吃了幾口，元寶和全勝就過來了。

「嫂子，今天家裡和養殖場就交給我，絕不會有事。」全勝拍著胸脯道。

竺珂朝全勝點點頭道：「那就麻煩你了，我們走了。」

元寶趕著車，謝靈和竺珂坐在後座一語不發，驢車行得既快又穩，沒多久就到了城裡，此刻天邊才剛剛泛白。

「先去依芍苑吧。」

依芍苑還不到平日掛牌營業的時間，竺珂用鑰匙打開後門，讓元寶和謝靈進去。接著她走到二樓，從鎖住的櫃子裡取了好些銀錢，下樓交到元寶手上。

「這些銀錢你拿去打點用，該用多少你看著辦，不用跟我說。」

「嫂子，我身上有錢，出門帶了。」

「哪能用你的錢，拿上吧。」

元寶拗不過竺珂，只好將錢接了過來。

蘇蓉一般很早就到店裡了，她們剛打開就瞧見三個人，差點嚇死。「老天爺！我以為遭賊了！」

「不好意思，家裡出了點事，趕早過來了。」竺珂說道。

蘇蓉敏銳地捕捉到了關鍵訊息，問道：「怎麼了，出了什麼事？」

「嫂子，我先出發了。」元寶道。

竺珂朝他點點頭道：「去吧，回頭在這兒會合。」

元寶走後，竺珂嚴肅地將昨日的事告訴蘇蓉，並懇請蘇蓉幫她出主意。

「販賣私鹽？最近官府的確查得很緊，可我聽說這事主要是跟一個姓曹的人有關，怎麼會牽扯上謝紹呢？」

竺珂搖搖頭道：「不知道具體情況，昨日官差不由分說就帶走了人，我現在心裡七上八下的，實在是……」

「妹妹妳別急，我差人打聽打聽，好歹我爹在官場上認識些人，我這就派人傳話去。」

蘇蓉見竺珂六神無主，拉過她的手安慰道。

竺珂感激地說道：「真是太謝謝妳了。」

「跟我這麼客氣做什麼，放心吧，謝紹為人正直，定不會出岔子的。」

竺珂心裡悶悶的，默默點了點頭。

蘇蓉要春柳去傳話，竺珂坐在一旁，突然想起了方才蘇蓉說的話。

「妳剛才說，此事和一個姓曹的人有關?!」竺珂叫道。

蘇蓉被她嚇了一大跳，回道：「嗯，據說那鋪子開在內場，表面上在做獸皮生意，其實是賣私鹽的，碼頭有他們不少人，但那人的名字我給忘了，叫曹……曹什麼來著……」

「曹貴。」

「對！就是這個名字……欸？妳咋知道的？」

竺珂的臉色慢慢變冷，腦中那人的面龐逐漸變得清晰。過年前曹貴曾上他們家送了一袋鹽來著，她早該想到的！

「我去一趟內場。」竺珂立刻站起身來。

「欸！曹貴肯定不在那裡了，妳去內場幹麼！」

蘇蓉忙要阻攔，可竺珂已經出門了，謝靈趕緊跟了上去。

眼看攔不住，蘇蓉只好讓自己身邊一個小廝跟過去，免得竺珂她們遇到什麼歹人。

這陣子風聲緊，內場的生意一落千丈，人人都在觀望，不敢輕易出頭，竺珂跟謝靈進去以後，就發現基本上沒人在交易。

「小娘子，來買點什麼？」還是有商家膽子大，主動出來攬客的。

「不用，想請問一下，曹家的鋪子在哪裡？」

一聽到「曹家」，那人的表情隨之一變，避之唯恐不及地閃到一邊道：「不知道！」

謝靈急了。「你肯定知道，就給我們指個方向吧！」

那人不肯開口，頭也不回地走了，旁邊也有想攬客的，聽說竺珂要找曹家，都掉頭走開了，誰也不想給自己找麻煩。

無奈之下，竺珂跟謝靈只好一家家往前走，既然蘇蓉說曹家是做獸皮生意的，那留心著就是。

「小娘子找曹家所為何事？」有個人主動跟竺珂搭話了。

竺珂只是笑道：「先前曹郎君曾在過年之際給我家送過禮，此次只是上門回禮罷了。」

那人上下打量她一番，這才回道：「若是為了這等小事，小娘子還是快些回吧，曹家出了事，人早跑了。」

「跑了？他現在不應該是在衙門嗎?!」謝靈一時著急，說溜了嘴。

那人見他們知道曹家的事，立刻閉上了嘴，竺珂忙道：「這位大哥，實不相瞞，我家相公也牽涉其中，還望您透露一二。」

竺珂誠懇地說明了一番，那男子思量了一會兒，終於點點頭道：「那妳跟我來吧。」

兩人轉進了一條暗胡同，謝靈緊緊貼在竺珂身後，蘇蓉那小廝也跟在後面。

「實話告訴你們吧，曹貴跑了，現在這事是他兄弟們給他扛著，妳家相公怕是要被冤枉了。」

笁珂臉色大變道：「跑了?!他可是涉事的主要人，官府怎會讓他跑了！」

「唉呀，妳也不想想，要是沒有一點關係和手段，能做這種生意嗎？我只聽說是跟他親近的人受了牽連，妳家相公可是和曹貴有什麼往來？」

笁珂立刻搖頭道：「沒有，這其中有誤會。」她稍稍緩了緩呼吸才又道：「多謝大哥。」

「客氣啥，現在好多人都在找曹貴，妳一個弱女子還是小心些吧。」

男子說完便走了，蘇蓉身邊的小廝上前道：「娘子，您看那邊。」

笁珂順著他指的方向看過去，原來他們不知不覺到了曹家鋪子外，門口的招牌東倒西歪，早已人去樓空。

「娘子，我們還是先回去吧。」

第四十八章 獄中探望

竺珂神情有些迷濛，方才那男子的話一直在她腦海裡縈繞，又想起之前曹貴來家裡時，謝紹的表現好像的確有些不正常……

「嫂嫂？」

竺珂回過神來，就見謝靈正擔心地看著她。

「我沒事，先回吧。」

幾人出了內場，朝依芍苑的方向走去，快到門口時就瞧見元寶火燒火燎地往這邊趕。

「嫂子！」

「情況如何?!」

元寶跑得上氣不接下氣，喘著說道：「……我託衙門裡的人打聽消息，說是曹貴跑了，他手下的人推得乾淨，指認謝紹哥是負責私鹽運輸的頭夥，甚至說謝紹哥是曹貴的合作夥伴，賣私鹽得了的銀錢兩人均分。」

「胡說！」謝靈脫口而出。

竺珂的臉色，一瞬間刷白了。

下半日，竺珂一直恍恍惚惚的，元寶則出去繼續打探消息，距離謝紹被官差帶走已經要過去一整日了，看來這回並沒有上次的好運氣。直到天色快擦黑的時候，蘇蓉那邊帶來了一個好消息。

「好妹妹，我想辦法買通了一個獄卒，謝紹現在還在牢裡，妳明日黃昏可以去探望一次。」

「真的?!」竺珂眼睛瞬間綻出光芒。

蘇蓉連連點頭道：「真的，這獄卒和我家也有些交情，都打點好了，明日黃昏到指定的地方見面，只是要委屈妳換身衣裳。」

「多謝……多謝妳！」竺珂激動得不知該說什麼才好，直握著蘇蓉的手道謝。

謝靈著急地問道：「我能去嗎？」

「這……」蘇蓉有些為難。

「沒關係，我只是說說，嫂嫂能去就好。」謝靈馬上就明白她的意思了。

竺珂回頭拍了拍她的手安慰道：「妳哥肯定不久就能出來，沒事的，我先去看看他。」

「好，嫂嫂萬事小心。」

有了蘇蓉帶來的好消息，竺珂的心情終於稍稍好轉了。天黑時三人回到謝家，全勝竟還在那裡守著，一直等他們回來。

「全勝，回去吧，辛苦了。實在抱歉，今日怕是不能招待你們吃飯了。」

「謝嫂子妳太客氣了，這幾日養殖場的事就交給我！」

見全勝絲毫不覺得麻煩，竺珂很是感動。「多謝，你快回去休息。還有元寶，你也累著了，早點回去吧。」

「嫂子跟我還客氣啥，謝紹哥的事就是我的事，妳別多想，明日不就能見著謝紹哥了嗎？妳也早些休息。」

竺珂點點頭，謝靈把元寶跟全勝送出院子才回來。「嫂嫂，我去做飯吧，妳歇一會兒。」

「沒事。」竺珂站起身道：「咱們簡單吃點東西，我明日要去看妳哥，想給他做頓飯送過去。」

「好，我來幫忙。」

竺珂忐忑焦慮地等了一夜，她睡得斷斷續續的，還總是夢到謝紹，整晚翻來覆去。

蘇蓉次日早上就遞來消息，安排竺珂和一個名叫小八的獄卒見面。

小八說酉時是獄卒吃飯交接的時候，要竺珂換上一套獄卒的衣裳，跟他一起趁人不注意混進去，只是時間有限，只有一炷香的工夫。

竺珂著急地問道：「可以送頓吃的進去嗎？」

只見小八猶豫地說道：「還是不要吧，拿著東西太引人注目了……」

竺珂二話不說朝小八手中塞了一錠銀子道：「大哥，拜託您了。」

「行吧，若是妳真想這麼做，也不是沒辦法，就當作是送牢飯的，但是切勿久留。」

笁珂拚命點頭道：「謝謝，您放心！」

牢飯一般都是剩飯糠菜，說不定還有餿食……笁珂想著想著，眼眶不禁泛酸。

左等右等，終於到了酉時。謝靈和元寶送笁珂到指定接頭的地方，說道：「嫂嫂，我和元寶哥在此處等妳，妳一定要小心呀。」

小八也按時到了約定的地方，他叮囑道：「進去之後別亂看，我停妳就停，只有一炷香的時間，千萬別超了。」

笁珂個子瘦小，獄卒的衣裳卻很大，穿起來有些顯眼。她提著食盒跟在小八身後，盡可能壓低身體，降低自己的存在感。

一進到大牢，笁珂就下意識地蹙了蹙眉。這裡氣味難聞、光線昏暗，因為是夏天，裡頭悶熱潮濕，瀰漫著汗臭味和餿味。一想到謝紹身處這種環境裡，她一時竟忍不住紅了眼眶，可怕被人看出來，又立刻低下頭，緊跟在小八身後，不敢亂看。

不知走了多久，小八終於停下腳步。他壓低聲音道：「在妳左前方第二間，我去開鎖，妳快些。」

「好，多謝。」笁珂輕輕回了一聲，飛快地走了過去。

因為被指認說是頭夥，衙門將謝紹單獨關押在一間牢房裡。

笁珂一看過去，就瞧見謝紹雙手被反銬在身後，她的眼淚差點奪眶而出，呼吸都有些不順了。

小八見狀趕緊提醒了一句，竺珂這才反應過來。

「吃飯了！」小八像平時一樣吼道，竺珂立刻走了進去。

謝紹一動也不動，牢房上頭的小窗內穿進幾縷夕陽餘暉，正好照在他側臉上，凸顯了他深邃剛硬的線條。

小八一關上門，竺珂便不管不顧地跑了過去，謝紹一聽見動靜，眼神銳利地掃了過來。兩人對視的那一瞬間，謝紹眼裡的寒冰褪去，取而代之的是震驚。「依依?!」

竺珂撲了上去，一頭鑽進他懷裡。幸虧謝紹所在的牢房是最裡頭的一間，否則很可能會引起別人注意。

謝紹很快便反應了過來，他雙手被銬，不能去抱她，只能焦急地問道：「妳怎麼來了？」

竺珂再抬頭時已是滿臉淚痕，低聲道：「我拜託了蘇蓉……」

謝紹心中的愧疚感如巨浪撲來，他的依依，竟為了他隻身到這樣骯髒的地方來。「我沒事，妳快回去，別再來了。」

竺珂就像沒聽見這話一樣，她立刻檢查起了謝紹。「他們有沒有用刑？你有沒有受傷？」

「沒有。」謝紹眼神深邃，裡面包含了各種情緒。

竺珂捧住謝紹的臉細細看了起來，這才發現他唇瓣乾燥，還起了皮。「他們不給你水喝嗎？」

謝紹搖搖頭，用眼神示意她看自己身旁的碗。「有。」

笁珂看了過去，只見那破瓷碗裡面的水髒兮兮的，她的火氣頓時上來了，猛然起身走向門口，謝紹被她嚇了一跳，在門邊待著的小八也是。

「解銬。」笁珂壓低聲音提醒他。

小八這才想起牢裡的犯人吃飯時能解開鎖銬，他剛才一時緊張，給忘了。他迅速走了過去，兩三下開了鎖，經過笁珂身邊時，還是那句話。「抓緊。」

笁珂又朝謝紹撲過去，這回他用雙手牢牢抱住了她。

「你快吃點東西，是我帶過來的。」

謝紹不可置信地看著笁珂帶過來的飯盒，雖然是裝牢飯的盒子跟碗，可她一打開，香氣就飄了出來。

「吃呀。」笁珂拿著筷子餵到他嘴邊。

謝紹心情複雜地接過碗筷道：「我自己來。」

看似普通的白米飯裡藏著肉和蛋，謝紹一顆心像是被抓了一把，泛上一股酸澀。

「再喝點水。」笁珂拿出水壺。水裡加了泉液，能讓謝紹好過許多。

吃過飯喝了水，謝紹的精神恢復了不少，他摟著笁珂，喃喃道：「妳瘦了。」

雖然才分別兩日，可笁珂整個人卻明顯消瘦了，眼底也泛著烏青，一看就是擔心他。

笁珂嘴一撇，又想哭了，可現在不是哭的時候，她小聲問道：「到底是怎麼回事，他們為什麼……」

謝紹輕輕向她搖了搖頭，說道：「我沒做過倒賣的事，充其量就是在碼頭運了一些貨，這事我相信官府會查清楚，妳不必擔心。」

「可我聽說曹貴跑了！」

聽到「曹貴」二字，謝紹臉色變了一變。「依依，別為我去涉險，相信我，我會處理好的。」

竺珂眼眶滿是淚水，說道：「我怎麼可能不擔心？你跟我說，看看我能幫你做什麼，哪怕一點點也好，我想讓你早些回來……你不在，家裡都沒了家的氣息……」

謝紹的眼睛也有些紅，這字字句句都砸在他心上，他摟緊竺珂，深吸一口氣，平復了一下心情。

「雖然我一時半刻回不去，但絕不會出事，妳要照顧好自己，知道嗎？如果妳非要幫我，我倒是知道曹貴可能的藏身之處，但妳不要親自去，想個辦法透露給官府就行。」

竺珂猛地從他懷裡抬起頭道：「既然知道，你為什麼不說呀？說了還可以戴罪立功！」

「小傻瓜……」謝紹忍不住輕笑。「我沒參與曹貴的生意，自然不可能知道他的下落，若是說了，他們便會認定我和曹貴交情不一般。」

「那你……」

「我之前救過他，那個地點也是我猜測的，說不定他人就在那裡。妳只要設法透露給官府就行，千萬別自己去。」

竺珂點頭道：「好，我記住了！」

兩人談話之間，小八在外面輕輕地咳了一聲，這是提醒時間到了。竺珂戀戀不捨地賴在謝紹懷裡，又要哭出來。

謝紹輕拍她的背道：「沒事，回去吧。」

「這些水你喝完，我會讓他們多關照你的……」

謝紹摸了摸竺珂的頭，安撫了她好一陣子，竺珂這才慢慢起身，一步三回頭地走了出去。

待竺珂走遠，謝紹才緩緩收回目光，他神情複雜，蹙起了眉頭……

「獄卒大哥，今日多謝您了。」出了牢房，竺珂向小八道謝。

「沒啥，妳快走吧，別讓人看見。」

竺珂臨走前從懷裡又掏出一錠銀子塞到小八手裡道：「大哥，拜託您，弄點好的飯菜和乾淨的水給他，我求您了……」

「這……行吧，我想想辦法，妳快走吧。」

見小八答應，竺珂的神情才稍稍放鬆，再次道謝後，她踏上人少的路，快速走遠了。

謝紹在牢房裡跟竺珂說的事，竺珂只轉告元寶、謝靈還有蘇蓉，蘇蓉見多識廣又有人脈，能給予她幫助。

蘇蓉釐清了事情經過，提出由蘇家的人將消息透露給官府，畢竟蘇家從商，且租賃他們鋪子的人多，只要說是租客發現了曹貴的蹤跡，官府便不會多想。

這個法子可行，竺珂應下了。謝紹告訴她，曹貴以前落魄的時候待在青山城城郊的一處茅屋，那茅屋還修了地窖，如今碼頭和大路都有官兵把守，說不定曹貴還沒離開青山城。

幾人商議完畢，蘇蓉又安慰了竺珂一番。「放心好了，那曹貴沒通天的本事，落網是遲早的，謝紹肯定會沒事。」

竺珂點點頭，再次向她道謝。接下來就看蘇家那邊了，他們只需回去等消息就是。

「嫂嫂，那我哥還好嗎？」回家的路上，謝靈著急地問道。

「他精神還好，就是牢裡的環境……不過我已經拜託獄卒多多關照一下了。」

謝靈聽了以後稍稍放下心，元寶趕著車，三人在天色完全暗下來之前回到了謝家。

謝紹出事的消息，自然驚動了三陸壩村的人，這些日子除了方家、金家跟村長家的人會上門關心一下之外，其餘的人基本上都是抱著看熱鬧的心態，甚至落井下石。

「瞧我說的，謝家這日子就跟插了翅膀一樣起飛，原來是幹了見不得人的生意，我看啊，謝獵戶從前打獵就挺好的了，怕是被那小妖精給迷了心智去！」

竺珂習慣了流言蜚語，向來都是冷眼相對，然而若是有人敢在謝家小院門前嚼舌根，那她便會狠狠一盆髒水潑過去。

謝靈脾氣更是潑辣，直接放狗咬人，即使是女的也不心軟，薛寡婦就被阿旺追了好幾次，嚇得臉色蒼白。

無論外面的人怎麼說，竺珂依然有條不紊地打理著家裡跟鋪子。

到了第四日，終於有了動靜。

曹貴可能的落腳點已經傳進官府耳朵裡，聽說今日就要發動人前去捉拿。竺珂和謝靈都緊張地在依芍苑等待，元寶則是在城裡側面打聽。

一直折騰到了快亥時，街上傳來了消息，衙役們打著火把和燈籠，把渾身髒兮兮的曹貴從茅屋底下給揪了出來。

竺珂猛然起身衝出去外面看，正巧瞧見那個只見過一次的背影，曹貴被戴上枷鎖，走在隊伍中間。

她呼吸急促，恨不得上前好好痛罵他一頓，可到底揪著帕子忍了下來。她不能這樣做，會害了謝紹的。

竺珂迅速返回依芍苑，嘴角總算有了些笑意。抓到了真正的頭目，謝紹就可能洗清冤情，估計再一、兩日，這個案子就水落石出了。

「好了，先休息吧，我今日不回三陸壩村了，就在這裡歇下來，明日可能還有別的消息。」竺珂說道。

謝靈和竺珂商量了一下，兩人都留在依芍苑，元寶還是趕車回去，次日一早送完牛乳再過來。

這晚，謝靈和竺珂睡在依芍苑樓上的小耳房，兩人小聲談論起了這件事。

「嫂嫂，現在販鹽為什麼是重罪？我哥他真的幹過嗎？」

竺珂沈默了一會兒才道：「現在只有官鹽是明道上的，私鹽都不被承認，但妳哥肯定沒幹過倒賣的事。」

她想起謝紹之前在碼頭扛貨，可能就是那時候沾了一些，這才被人抓住了把柄。

「我相信我哥，他無論做什麼，都是為了我們，對吧嫂嫂？」謝靈說道。

竺珂一顆心酸酸的，她當然相信她自己的男人。

「睡吧，一切都會好的……」

第四十九章　安然獲釋

青山城販賣私鹽一案，到了審理的第六日，朝廷便下了判決文書。主犯曹貴涉案情況複雜，三日後將押送至京城，移交刑部處理，其餘涉事人員按照情節輕重獲刑或罰銀。謝紹未參與販鹽倒賣，但涉及運輸私鹽，朝廷念其初犯，罰銀三百兩，限半年內上繳。

判決文書一下來，元寶就拚了命地朝依芍苑跑，不過蘇家的消息顯然更快，笁珂剛聽完蘇蓉轉述，眼眶就紅了。

「我跟妳說什麼來著？吉人自有天相，謝紹果真沒事！」蘇蓉笑道。

笁珂喜極而泣道：「謝謝……多謝妳……」

「嫂嫂！太好了！」謝靈激動地拉住笁珂的手，高興得不得了。

「嫂……嫂子！文……文書來了！」元寶滿頭大汗地跑過來。

笁珂見他氣都喘不順了，忙道：「知道了知道了，你快坐下歇歇。」

元寶鬆了口氣，他一路飛奔，幾乎沒停下來，差點昏過去。

「三百兩罰銀不算什麼，錢沒了可以再賺，人沒事就好。」蘇蓉道。

笁珂連連點頭，哪怕是罰五百兩她也不會在意，再多的錢都比不上謝紹的安危。

「那我哥啥時候能被放出來？」謝靈問到了關鍵問題。

「估計……最遲明天吧，判決文書不都下來了嗎？」蘇蓉回道。

竺珂頷首道：「是啊，我今晚就回去籌錢，朝廷限期半年，我早些繳，這樣謝紹應該很快就能出來了。」

元寶這會兒調勻氣息了，說道：「快了快了，我看牢房那邊已經有動靜，說不定今晚就放人了！」

「真的?!」竺珂眼神瞬間發亮，馬上衝了出去，準備到大牢外頭等。

「你早說呀！」謝靈掐了元寶的手一下，跟著竺珂跑了出去。

元寶剛含在嘴裡的一口茶差點噴出來，他抹了抹嘴跟上去。「等等我啊！」

不知是朝廷的旨意還是另有原因，縣衙的動作非常快，曹貴入獄不過兩日，該交代的都交代清楚了，謝紹的冤情也被洗清，處罰並不是很重。

竺珂和謝靈在大牢外盼啊盼，見到裡頭陸陸續續放出了一些人，可左等右等，還是沒等到那個期盼的身影。

謝靈急了，忍不住上前問一個衙役。「大哥，我想問一下，販賣私鹽的案子不是都查清了嗎，怎麼還不放人呢？」

那衙役上下看了她們兩眼，問道：「妳們是在等謝紹吧？」

竺珂和謝靈連忙點頭。

「他例外，縣老爺說要找他單獨問點事，今日可能不放人了。」

「為什麼呀?!」竺珂和謝靈異口同聲地問道。

「這是上頭的命令，我哪知道啊？不過謝紹現在也不在牢裡了，他在妳們來之前就被接到衙門去了，去那兒找找吧！」

「嫂子！」元寶趕了過來。剛才竺珂和謝靈跑得實在太快了，他體力還沒恢復，一時沒跟上。

還不待說上一句話，元寶就看見竺珂拉著謝靈扭頭朝衙門方向跑去，他喘著氣，呆住了。

「嫂子、靈靈，妳們等等我——」

謝紹此刻正在縣衙裡的偏殿，他不知原因為何，只曉得盧縣令讓他在此處等候。

盧縣令很晚才過來，謝紹見到他，起身行禮道：「草民謝紹——」

「坐、坐。」盧縣令示意他免禮坐下。「這些日子，謝兄弟委屈了啊。」

謝紹一愣，瞇了瞇眼睛道：「不委屈，配合朝廷是分內之事。」

盧縣令笑了笑，端了杯茶道：「唉，我早就知道這事兒肯定有貓膩，我聽說了你興辦養殖場的事，你說賣牛乳是多好的生意，怎會去沾染私鹽的行當，對吧？」

「大人說得是。」

「這次罰銀三百兩，你可覺得委屈？」

「多謝大人，大人判決公正，草民絕無二話。」

盧縣令對謝紹的識趣很是滿意，他想起師爺交代的事，總算進入了正題。「其實這案子能辨得這麼快，和一封密函有關，若不是這密函，謝兄弟你怕是還要再多受一陣子牢獄之苦呀。」

謝紹抬頭看向盧縣令，盧縣令同樣也在觀察他的表情。見謝紹似乎真的不知情，盧縣令揮了揮手，讓一旁的人都退了下去。

「你可認識永州那邊的人？」

永州？謝紹一怔，眼神寫滿了訝異。

見到他這模樣，盧縣令一下子就懂了。「果然……你之前撿到的那個姑娘可是永王府的人？」

永王府……裴淼……謝紹似乎明白了什麼。

「你可知道，那封密函正是來自永王府！我說謝兄弟唷，你為人也太老實了些，既然有這層關係，為何不早說呀？」盧縣令兩眼放光。

他和自己稱兄道弟，原來是這個原因，只是……謝紹苦笑道：「草民並不認識永王府的人，淼淼是草民順手所救，也在前一陣子被接了回去，這事草民不知情。」

盧縣令猛拍大腿道：「這就夠了！你可知那密函說了什麼？本來你們這事絕不可能輕易就蓋過去，可永王下了命令，說是得保住你，一定要大事化小、小事化無！」

「王爺怎會……」

「你以為你們這案子小呀，都鬧到聖上跟前去了！曹貴是吃不完兜著走了，你呢，算是命大，不過我估計永王的人還會跟你聯繫。謝兄弟啊，到時候你們若是見了面，可否替本官……」

盧縣令沒把話說完，可謝紹卻聽明白了。此刻他內心複雜，但還是應下。「大人對草民有恩，草民自然不敢忘懷。」

「唉呀，謝兄弟啊，我就知道你是個能成大事的人！放心，從今以後在青山城，絕沒有人敢為難你，要做什麼就大膽去做，多多為本縣謀點福利……」

謝紹自嘲地勾了勾唇道：「多謝大人。」

當謝紹走出衙門的時候，已經是亥時三刻了。

那些在門口把守的衙役勸了兩回，竺珂就是不肯走，死活要在門口等著，說是今日見不到謝紹就等到明早，這讓裡頭的官差也十分為難，好在終於是等到人了。

謝紹走出來的一瞬間，他與竺珂兩人心有靈犀地同時朝對方看了過去。

「依依?!」

竺珂的視線瞬間模糊，飛快地朝謝紹跑了過去，他連忙跑下樓梯，生怕她摔倒一樣，接住了人。

「你怎麼現在才出來呀……」竺珂一張嘴眼淚就掉了下來，她的聲音帶著哭腔，聽上去要多委屈就有多委屈。

「乖……不哭了。」謝紹安慰她。

這幾天竺珂強忍著心中的擔憂，直到此刻親眼看見謝紹出來，滿腔情緒就像潰了堤，她撲到他懷裡哭了許久。

謝紹哄了半天，可竺珂就像隻黏人的小貓，一直不肯撒手。

「哥哥，你總算出來了，嫂嫂都快擔心死了。」謝靈也紅了眼眶。

「讓你們操心了，先回去吧。」謝紹摸了摸自家妹妹的頭。

幾人回到謝家小院時已是深夜，今天是來不及準備豬腳麵線了，這麼一想，竺珂又有些難過。

見竺珂哭得眼睛有些腫，謝紹為她打了盆水，擰濕帕子替她擦了擦臉。

「我來燒水，你去洗個澡。」竺珂鼻音極重。

「不急，我自己去燒水。」謝紹哪裡會讓竺珂去燒水，他緊張兮兮地坐在她身邊，滿臉愧疚。

「去嘛，你身上臭兮兮的……」

聞言，謝紹抬袖聞了聞。他這幾天都在牢裡度過，的確是有味兒。「那妳等我，我很快就好。」

謝紹飛快地跑去廚房燒水，他原本打算簡單沖一沖就了事，可又擔心竺珂嫌棄他，最後還是決定把浴桶搬出來。

他正在解開衣裳，身後就傳來了一陣腳步聲。

「你進去，我給你洗頭。」

謝紹回過頭，受寵若驚地看著竺珂，只見她已經挽起了袖子，催促他快點進浴桶去。

「一會兒水就涼了，你靠過來。」

「要不算了吧……太髒了。」

「快點過來啦。」竺珂絲毫不在意，還用自己的香胰子打出許多泡泡，催促道。

謝紹認命地靠了過去，一動也不敢動。

竺珂手指的動作依舊細膩溫柔，一下一下地按摩著他的頭皮。她身上甜美、溫暖的氣息讓謝紹著迷，忍不住握住她的手。

這個反應先是讓竺珂一頓，接著眼神就落在他的胳膊上。「怎麼回事？你受傷了？」

只見謝紹胳膊上有大大小小一些瘀青，謝紹眼底閃過一絲慌亂，連忙抽回手道：「沒有。」

「你伸過來讓我看看！」竺珂的聲音陡然拉高了幾分，還帶著一絲憤怒。

謝紹怕她掉眼淚，但還是將手伸過去道：「沒事，小傷。」畢竟是在牢裡，哪能一點虧都不吃。

竺珂抓著謝紹的手臂，眼眶果然又紅了。「他們怎麼能這樣啊……」

「真的沒事，我不疼。」

竺珂看完了這邊，又要看另一邊，接下來更仔細檢查起了謝紹身上其他地方，還不准他擋住。

謝紹有些無奈，輕笑幾聲道：「依依，水涼了，讓我先起來穿衣服，嗯？」

竺珂這才暫時放過他。「那你快點，進屋再說。」

謝紹鬆了口氣，站起來擦乾身體穿好衣服，又將水倒掉，這才準備回屋去。進屋之前他去了一趟牛棚，這幾天雖然他不在，乳牛們卻被照顧得很好，他總算放下心來。

謝紹將門落鎖，上了炕。

剛一躺下，竺珂就爬起來去解他的腰帶，謝紹啞然失笑，握住了她的手。「這麼急，嗯？我才回來呢。」

這話裡有其他意思，竺珂瞪了他一眼道：「讓我看看你的傷。」

謝紹笑著將人拉進自己懷裡，撫著她的長髮安慰道：「真沒有了，那些獄卒不敢太過分，妳就別擔心了。」

「你都瘦了……」竺珂摸了摸他的腰身。去探監那天，他明顯渴極，更別說好好吃飯了。

「男人受點苦沒啥，倒是妳，也瘦了不少。」謝紹低聲說道。

她的腰肢原本就纖細，如今更是要折斷的樣子，謝紹眼中的心疼更甚，將人又抱緊了幾分。

「這次出來應該沒什麼事了吧？那三百兩銀子不算啥，給就給了，人沒事就好。」他一直撫著她的長髮，令她很有安全感，不禁又往他懷裡鑽了鑽。

「嗯……」謝紹應道：「其實這次我能出來，還要多謝淼淼。」

「淼淼？」竺珂好奇地抬起頭來。
「盧縣令跟我說，是永州那邊來了一封密函的緣故，這案子才能辦得這麼快。」
「永州……這麼說……可、可是他們怎麼知道？」
「可能這事不小，所以順手幫個忙吧。先別想這個了，估計後續還有一些掃尾的事，需要我跑幾趟衙門。」
一聽到這話，竺珂立刻坐起身道：「還要去?!」
謝紹連忙安慰她。「判決文書都下來了，肯定不是什麼大事，依依別擔心。」
竺珂撇了撇嘴，眼睛又要紅了。「我怎麼可能不擔心嘛……」
「是我的錯，都怪我。」謝紹趕忙又將她擁入懷中，好生哄了半天。
「你別再做危險的事了……」竺珂抱著他，語氣委屈極了。
謝紹愧疚難當，安慰了她好半天，也許下承諾。「我保證，不會再有這樣的事了。」
這間屋子因為謝紹回歸，終於又有了溫度，竺珂無比安心地窩在他懷裡，慢慢卸下這幾日的疲累和擔心。
兩人相擁而眠，睡了個好覺……
次日竺珂醒來的時候不早了，她起身從窗外瞧出去，謝紹正在院裡忙活，全勝和元寶也來了，一切似乎都回到了正軌。
竺珂笑咪咪地換好衣裳、梳好頭髮，這才走了出去。

「嫂嫂，快過來吃早飯，是我哥做的！」謝靈招呼道。

竺珂走過去，只見桌上是小米粥和雞蛋餅，她坐下來慢悠悠地喝了一口粥，心裡甜滋滋的，家裡有男人在，就像有了頂梁柱。

她看向院子，謝紹正在和全勝跟元寶說話，許是察覺到了她的目光，他望了過來，眼神中帶著一抹笑。

元寶和全勝離開後，竺珂才朝他走過去。「你們說什麼呢？」

「沒什麼，交代了一些養殖場的事而已。」

竺珂見謝紹要去劈柴，拉住他道：「你別忙了，今天休息一天，燉雞湯給你喝。」

謝紹才剛出獄，吃了那麼多苦，自然要好好補一補。

「好，聽妳的。」謝紹笑著回話。

謝靈在門口瞧著這一切，一雙眼也亮晶晶的——他們一家人又在一起了，真好。

院子裡，謝紹很快就殺了隻雞並清理完畢，竺珂將雞剁成幾個部分後便丟進鍋裡用小火慢燉，接著到菜園摘了好些新鮮的蔬果。這陣子她沒心思做飯，菜都有些蔫了。

然而，還沒到開飯的時間，謝家又來人了。

「謝紹！」

竺珂人在廚房，聽見陌生人的聲音，下意識的有些害怕，連忙跑出去查看。此刻謝紹已經走到院門口了，只見外面又是一個官差。

謝家人現在對官差沒什麼好印象，竺珂和謝靈都不約而同地走了過去，不過這次官差沒說幾句話就轉身離開了。

「怎麼了？」竺珂問道。

謝紹看她倆緊張的樣子，笑了笑，說道：「沒事，只是盧縣令請我明天再過去談談。」

「談什麼呀？真是的，老百姓也要過日子呀。」竺珂嘟囔著。

「左右就是問些永州的事，我實話實說就行了，進去吧。」

第五十章　喜懷身孕

晚上留全勝和元寶吃飯，竺珂有了下廚的心情，便張羅了一大桌菜，說是要幫謝紹去晦氣，還在家裡四周灑酒，去除濁氣。全勝已經迅速融入這個家，激動又開心地連喝了好幾杯。

「謝哥，我一定跟著你好好幹！」全勝向謝紹敬酒。

「好，這幾日多謝你們了。」謝紹暢快地喝了幾大碗酒，竺珂勸都勸不住。

知道他心裡高興，竺珂索性不攔了，三個男人這晚吃了個痛快、喝了場大醉，最後還是謝靈和竺珂負責收拾。

「嫂嫂，我覺得這樣真好。」謝靈俏皮地眨了眨眼，把竺珂逗笑了。

「我也覺得，別看妳哥平日嚴肅的樣子，他喝醉的時候可好玩極了呢。」

「真的？」

竺珂偷偷告訴謝靈，謝紹每次喝醉酒看起來都像睡死過去，但到了半夜就會像隻蟲子一樣不停扭動，有時候甚至會爬起來夢遊，有一回還差點把竺珂嚇死。

那次謝紹半夜爬起來，走到他親手做的櫃子前，一直伸手亂摸，嘴裡還說著胡話。

「下次再給依依打個大的……這些太小了，放不下她的首飾。」

「你們都是我親手給依依做的，爭氣點，努力讓她開心些。」

謝靈聽完後笑瘋了，不敢置信地說道：「我哥會這樣？」

「可不是？」竺珂說這些話的時候臉上也帶著笑。「走吧，把妳哥扶回屋。」

竺珂走到謝紹身邊伸手扶他時，一陣酒氣襲來，不知怎的，她忽然覺得胃裡翻江倒海，瞬間一陣噁心，沒能忍住，吐了。

「嫂嫂！妳咋了?!」謝靈嚇了一跳，趕忙上前關心她。

竺珂方才明明還好好的，也沒料到自己會這樣，她緩了一會兒，說道：「沒事，許是好幾天沒怎麼吃東西，突然吃得有些油膩，不太舒服吧。」

「快喝點水。」謝靈連忙倒了杯水。

「謝謝……」

「快點進去和我哥歇了吧，這裡我來收拾，嫂嫂別管了。」

竺珂此刻確實有些難受，只道：「好，辛苦妳了。」

謝紹今晚醉得不輕，竺珂替他擦了擦臉和手，又悄悄掀開他的衣裳，仔細檢查他的傷勢——果然比她看到的稍微嚴重些，只是謝紹昨兒個不願叫她瞧見罷了。

竺珂內心酸澀不已，取來藥油，替他輕輕上了藥。

睡夢中，謝紹翻了個身，也不知夢到了什麼，還喊了她的名字。「依依……別怕……」

竺珂的心瞬間化成了一灘水。「誰怕了？傻瓜！」

爬上炕，竺珂鑽進謝紹懷裡摟著他，感受最踏實的幸福。

次日，謝紹正在衙門裡，在場的除了盧縣令還有一位男子，錦衣玉冠，一瞧便知身分不低。

盧縣令畢恭畢敬地行了個禮道：「裴大人，這位便是謝紹。」

謝紹聽見男子的名諱，知道這就是永王府的人，忙跟著行了個禮，卻被那人給制止了。

「不必多禮，謝郎君有勇有謀，是在下唐突。在下永州州令裴琛，奉永王之命前來辦事。」

永州州令，從二品，據說是永王親信之一，這等大官降臨青山城這個小地方，讓盧縣令如履薄冰、小心謹慎。

謝紹的態度倒是不卑不亢，裴琛也不多說廢話，差隨從拿出幾袋卷宗，便談起此行的真實目的。

依芍苑門口，謝靈一直朝外張望，這會兒急急忙忙地跑進來道：「哥哥回來了！」

竺珂一聽，連忙站起身來，蘇蓉笑道：「快去吧，鋪子的事別操心了。」

謝紹還未走到依芍苑門口，就瞧見竺珂拎著裙子走了出來，兩人一對視，眼裡都是說不盡的情絲。

「如何？」

「不是什麼大事。」謝紹握住竺珂的手，趕緊說了重點。

竺珂鬆了口氣，問道：「那後面不用再去了吧？」

謝紹知道她擔心，也沒細說，只道：「今日累不累？鋪子的事結束了嗎？」

「沒啥事了，有蘇蓉在呢。」

「那帶妳們去吃點東西。」

一家人好久沒上街逛逛了，謝紹帶她們去了館子，又逛起了鋪子，竺珂和謝靈心情皆是輕鬆愉快。

「靈靈如今大了，就多買些布，回去裁幾身新衣吧。」竺珂說道。

謝靈臉上流露出喜悅，謝紹心疼自家妹妹，自然道好：「妳們隨便買就是。」

雖說三百兩罰銀不算少，可對於如今的謝家來說並非難事，養殖場正一步步擴大，那些錢要不了幾個月的工夫就賺回來了。

竺珂帶著謝靈喜孜孜地進了布莊，挑起了布來。

說來也是巧，這布莊裡頭今日一共有三個待嫁女子來挑嫁衣和喜被，入目皆是大紅色的綢緞，這讓竺珂心中一動。

謝靈回到謝家不久就滿了十四歲，再過個半年就要及笄了，雖然鄉下不是那麼講究，但竺珂和謝紹都疼愛她，及笄禮定是要辦一辦的。及笄後就能正式說親，這對象麼……

「靈靈，妳覺得元寶怎麼樣？」竺珂試探地問道。

謝靈正忙著挑自己喜歡的布料，聞言有些疑惑地說：「元寶哥？他很好啊。」

「怎麼個好法？」

謝靈歪了歪頭，說道：「他為人既踏實又熱心，還勤勞。」

「那他對妳呢？」

「對我？」謝靈轉頭看向竺珂，對上她略帶調侃的眼神，謝靈瞬間明白了。「嫂嫂！妳在說什麼呀！」

竺珂見她不好意思，笑著小聲說道：「聊聊嘛，反正妳哥不在，偷偷跟嫂嫂說說。」

「唉呀，真的沒什麼，嫂嫂妳想太多了！」

竺珂見謝靈臉都紅了，心裡也明白了五、六分，知道她臉皮薄，也不勉強，只道：「好好好，嫂嫂不問了，妳過陣子就要及笄，也到能談婚論嫁的時候了，嫂嫂是關心妳，如果有不好意思跟妳哥說的，儘管告訴我呀。」

謝靈垂下頭，雙頰泛紅地「嗯」了一聲。

布莊門口，謝紹正在等候她們，等兩人挑完布出來，他便主動過去接了東西過來，注意到謝靈神情似乎不太自然，就問了一句。「靈靈怎麼了？」

謝靈臉蛋更紅了，竺珂用手肘頂了頂謝紹道：「沒事，你走前面，我和她說會兒悄悄話。」

女兒家的事麻煩，謝紹也不多問，拎起重物，心甘情願當起搬運工。

只是竺珂拉著謝靈剛要說笑時，昨日那種噁心不舒服的感覺又出現了。

「嫂嫂?!」

謝紹聽見聲音就猛然回過頭，瞧見竺珂蹙著眉頭捂著胸口時，他嚇了一大跳，幾步一跨就到她跟前問道：「怎麼了?!」
「嫂嫂昨晚就不太舒服，不知道是不是病了！」
謝紹臉色一變道：「怎麼不告訴我？」
竺珂熬過剛才那陣難受的反胃感，勉強笑了笑，說道：「估計是腸胃的毛病，沒事……」
謝紹卻不這麼想，當下也不逛街了，拉著人就往慈善藥堂走，謝靈趕緊跟了過去。
一路上，竺珂瞧謝紹臉色不對，便小聲安慰他。「真的沒事啦……大概是那幾天沒怎麼吃的關係。」
「先去看大夫。」在這方面，謝紹半分不會由著她胡來。
竺珂沒辦法，只好乖乖跟著他走。
剛到慈善藥堂門外，韓大夫一眼就看見謝紹和竺珂了。「唉呀，好久沒見著你倆了。」
謝紹朝他點點頭，拉著竺珂就走了進來。
韓大夫看他們的樣子就猜出來了。「可是謝娘子不舒服？」
謝紹頷首道：「煩勞您給看看。」
「我都說了可能只是腸胃不好了……」
韓大夫見多識廣，還有什麼不明白的，當下就哈哈大笑兩聲道：「你莫擔心，謝娘子也莫急，讓老夫把把脈就是。」

笁珂只好在他對面坐了下來，片刻之後，韓大夫收了手。

「如何了？」謝紹緊張得很，一張臉快黑成了鍋底。

韓大夫看他這模樣就覺得好笑。「如何？不是什麼大事，可你若再板著臉對著你娘子，就成大事了！」

這話把謝紹和笁珂說愣了，謝紹無措地看著笁珂，眼神裡寫滿了困惑和內疚——他何時對笁珂板著臉了？

「大夫……」笁珂也不明白。

「不逗你們了！」韓大夫撫著鬍子大笑。「是好事，老夫只是告訴他別老沈著一張臉，對孩子不好，一會兒讓夥計給妳開幾服調養胃口的藥，害喜是正常的，慢慢養著就沒事了。」

笁珂和謝紹頓時愣住，謝靈也呆掉了。

韓大夫瞧見他們一臉呆愣，驚訝地說道：「還聽不懂啊？是喜脈！」

杵在後面的謝靈最先反應了過來。「聽懂了聽懂了！我要當姑姑了！」

謝紹只聽見了自己倒吸一口氣的聲音，覺得自己連話都不會說了，笁珂抬起頭去看他，兩人對視一眼，皆瞧出彼此眼中的訝異與喜悅。

三人走出慈善藥堂的時候，謝紹依舊猶如身處夢中，還是謝靈喊了他兩聲才將人給喊醒了。笁珂雖然也有些手足無措，但情況比他好一點。

謝紹回過神後，說啥也不讓笁珂在外頭走了，馬上就要趕車回去，甚至還要抱她上驢車，結果被竺珂給瞪得收回了手。謝紹也知道自己緊張過度了，訕訕地摸了摸自己的鼻子。

「瞧我哥，都高興傻了！」謝靈難得抓到機會嘲笑自家哥哥。

謝紹也不反駁，趕著驢車返家這一路，他臉上的傻笑一直沒斷過。

拴好驢車後，謝紹二話不說就去了牛棚，竺珂一開始還覺得莫名其妙，直到謝紹拎來整整一壺的牛乳，她才算明白。

「我不想喝。」竺珂搖搖頭道。

謝紹先是一頓，隨即態度堅決道：「這對妳身體好。」

「對我好還是對孩子好？」竺珂立刻反駁。

謝紹一愣，瞧竺珂似乎有些不高興，馬上坐到她面前哄道：「都是我的錯，我沒注意到妳這兩天才吃一點點東西，我去燉燕窩，妳多少喝點？」

其實竺珂是跟他鬧著玩的，謝紹的心意她知曉，她扭捏地點了點頭道：「那你去幫我燉。」

謝紹自然點頭道好，現在他捨不得竺珂幹半點活兒，包括進廚房。

竺珂聽說謝紹要做飯，不禁哭笑不得地說：「我沒那麼嬌氣。」

「我來，妳去歇著。」謝紹堅持。

只見謝靈挽起袖子走了過來，說道：「讓我來，嫂嫂給我指點指點就行。」

最後這頓飯由謝靈完成，是簡單的家常小菜，不過謝紹非要燉個雞湯才滿意。

竺珂是偶爾才會覺得噁心，並沒有難受到吃不下的地步，喝了雞湯、吃了小半碗飯，這頓就算過去了。

飯後，謝紹為竺珂燉好燕窩，還在上頭澆了牛乳，小心翼翼地端到她面前。

竺珂笑咪咪地接過碗說道：「突然感覺自己像個貴太太了。」

「妳就是我的貴太太。」謝紹今日嘴就像抹了蜜。

竺珂莞爾一笑，喝過牛乳燕窩、梳了梳頭髮，便躺下歇息了。謝紹落了鎖，又熏了熏房裡的蚊蟲，這才上炕摟住她。

「依依……」謝紹內心的火熱和激動到現在都無法平息，不敢相信他竟然要有自己的孩子了。

「我知道你高興，但我真沒這麼嬌氣。」竺珂趴在謝紹胸膛上輕聲道。

「韓大夫說妳已經有了一個月左右的身孕，可是前幾天還為我的事傷心勞累，我真不敢想像，萬一……」

「胡說什麼呢，我們的孩子一定是有福氣的。我這不是好好的嗎？韓大夫也說了，一切正常，你就別草木皆兵了。」

「嗯，妳說得對。」

竺珂摸了摸自己的小腹，不敢相信此刻裡面正孕育著一個小生命。

「對了，你還沒告訴我呢，今日去衙門到底有什麼事呀？」竺珂忽然想起這件事來。

謝紹被她這麼一提醒，避重就輕地說：「沒什麼，只是問了一些案子的事。」

見他言辭閃爍，笁珂立刻起了疑心。她翻身坐起，有些不高興地說：「你有事瞞著我。」

謝紹最怕她不開心，馬上跟著坐起來道：「沒有。」

「就是有！你撒謊的時候，不敢看我的眼睛。」

笁珂這話讓謝紹不禁一噎——好像真是這麼回事。

「我現在懷了孩子，你竟然還敢瞞我，你這人……」

謝紹慌了，一把摟住笁珂道：「我知道錯了，我說就是……其實也沒什麼，就是永王那邊派人過來，希望我能去一趟永州。」

「去永州？」

「嗯，不過妳不用擔心，不是非去不可，我明日回絕了便是。」

「為什麼要你去永州？」笁珂不解。

「大概是因為我牽扯進了這次販賣私鹽的事，這件事現在由永王負責，他想了解一下情況。另外，還有一種可能……」

「是什麼？你快說呀！」笁珂拉了拉他的衣袖。

謝紹笑了笑，說道：「這只是我的猜想，長久以來朝廷的鹽稅都不合理，改革是遲早的事，我之前便聽說永王有些想法，況且永州臨湖臨海，是個產鹽的好地方。」

他當初之所以找上曹貴，也是為了方便在碼頭打聽這方面的事。

笁珂睜大眼道：「你是說……」

「瞎猜罷了，現在妳懷有身孕，我不可能拋下妳不管，不必擔心，我明日就去回絕。」

謝紹說完以後，笁珂沈默了一會兒才開口道：「可是……」

「沒有什麼可是，妳和孩子最大。」

見謝紹說得堅定無比，笁珂只好把自己想說的話給嚥下去。

「乖，睡吧。」

笁珂躺在謝紹懷裡，一開始還睡不太著，可後來慢慢就睏了，等到她睡著，謝紹這才緩緩睜開眼，望著房內的梁柱，神情若有所思……

第五十一章　前往永州

竺珂害喜的情況並不嚴重，可她變得嗜睡了起來，早起約莫兩、三個時辰後，便又想回屋裡去睡了。

屋裡放著謝紹想法子弄來的碎冰，竺珂一向怕熱，大中午的竟也能睡上一個多時辰。到了晚上，她更是早早歇下，之前熱到睡不著的情況，再也沒發生過。

謝紹又喜又憂，還特地問了韓大夫，韓大夫只說各人懷孕狀況皆有不同，能休息是好事，不必憂慮，謝紹這才放下心來。

回絕了裴琛之後，謝紹以為事情到此為止，誰知第三日的傍晚，一輛華貴的馬車停在謝家小院門口。

謝紹正在修理雞圈，聞聲望了過去，沒料到瞧見了裴琛的身影。

裴琛也看到他了，點了點頭道：「叨擾了。」

竺珂正在屋裡小憩，朦朧間聽見了外頭的動靜，卻不想動。

謝靈偷偷跑進來打小報告。「嫂嫂，家裡來了外男，好像是永州來的。」

竺珂一聽就沒了睡意，連忙爬起來，換了身衣裳就走出去。

裴琛在院中和謝紹說話，見竺珂出來，便望了過去。他微微一頓，確認了手下人報來的消息——謝紹家有嬌妻，捨不得離開。

笁珂走到謝紹身邊，向裴琛行禮道：「民婦見過大人。」

裴琛收回目光，表明來意。聽完裴琛的話，笁珂馬上轉頭看向謝紹，卻見謝紹仍舊一臉平靜。

「永嘉郡主頗為思念二位，若是擔心此行太耗費時間，也可帶親眷同去。」

永嘉郡主……這說的應該是淼淼了，聽聞她已冊封郡主，笁珂發自內心為她感到高興，至於那句「可帶親眷同去」，倒讓笁珂有些驚訝了。

裴琛又道自己至多會在此處停留兩日，若是謝紹想清楚了，隨時可以去尋他。

馬車離去後，謝紹有些為難地開了口。「依依，我——」

「你想去就去呀，我不會攔著你的。再說裴大人都親自來這裡了，你要是再拒絕，豈不是不給永王面子？」

「那妳願意跟我去嗎？」謝紹忐忑地看著她。

這回輪到笁珂瞪他了。「不然呢？你還真想拋下我們啊?!」

謝紹立刻否決。「當然不是！」讓妻子懷著孩子和妹妹單獨留在這裡，他寧死也不肯。

「那就對了，我沒去過永州，要是能見著淼淼就好了。」

可帶親眷同去，這怕是永王給的恩惠。

「永州路途遙遠，妳現在又懷著孩子——」這才是謝紹擔心的。

笁珂摸了摸自己的肚子道：「我覺得這個孩子很乖，應該沒事。比起見不到你，又或是你無法實現自己的理想，我這一路辛苦個幾日也不算什麼，往後在永州安置下來就好了啊。」

謝紹內心火熱，不禁擁住她道：「依依，妳真好……」

「我們要去永州?!」謝靈聽到這個消息，震驚得差點從椅子上跳起來。

「慢點，別激動。是妳哥要去，我們跟著。」

「要去多久？不回來了？」

竺珂笑了，說道：「想什麼呢，只是去一段時間罷了，會回來的。」

「那……那我們家呢？養殖場怎麼辦？」

謝靈說的這些問題，恰恰是謝紹和竺珂擔心的。謝家小院是他們努力許久的心血，忽然要拋下這裡出遠門，當然捨不得，除了家裡那些牲畜跟阿旺、糯米，還有竺珂的依芍苑呢。

「養殖場現在可以交給元寶和全勝，依芍苑也有蘇蓉在，可不知道咱們什麼時候能回來……裴大人沒說嗎？」竺珂說道。

謝紹頓了頓，回道：「說了，他說朝廷改革至少要半年的光景，這半年我可以在那邊學習技術，等釋鹽令一出來，就可以回蜀中發展，到時候就再也沒有『私鹽』這個說法了。」

其實當初在碼頭的時候，裴琛派去埋伏的人就看中了謝紹，知道他這人既有想法又有分寸，連轉移麻布袋的手法都有一套，這才想培養他。當然，這其中也許有永嘉郡主的因素在，但若是謝紹不夠優秀，也不足以擔當大任。

竺珂點點頭道：「這是造福百姓的好事，花點時間也不算什麼，先清點一下家裡的盤纏吧。」

謝家要去永州的事就這樣定了下來。

依芍苑那邊，竺珂提前和蘇蓉打了招呼，蘇蓉痛快地應下了，她聽聞永州產香料，還建議竺珂順帶在當地取經，竺珂笑著點頭了。

養殖場由元寶和全勝負責，謝紹很是放心，交代了一番之後，他們兩人都表示沒問題，只是元寶看上去有些惆悵，心情也稍稍有點低落。

金嬸答應會替他們守好院子，照顧那些雞還有糯米跟阿旺，王桃桃則是負責看守竺珂那片花田。當然，謝紹和竺珂留足了銀子，讓他們一定要收下。

一切備妥後，謝紹去城裡見裴琛，約好兩日後出發前往永州。竺珂如今有了身孕，謝紹將她的事放在第一位，永王府那邊也考慮得很周到，馬車、各式物品皆已備全，一路上還有大夫隨行。

出發前的晚上，謝紹和竺珂躺在炕上百感交集。想到居然要離家這麼長一段時間，兩人都有些不捨，竺珂翻來翻去，還是無法入睡。

「睡不著？」謝紹輕聲問道。

「是啊，一想到要離開這麼久，心裡都沒底……去了永州，我們住哪兒？」

「到時候置辦一處小宅子，安靜些的，讓妳能安心養胎。」

竺珂一聽要買宅子，忙問道：「銀子夠嗎？」

這次家裡足足給了朝廷三百兩罰銀，竺珂會擔心也是正常的。

「夠。這些事妳都不必擔心，好好照顧身體便是，嗯？」

「嗯……還有靈靈，我瞧她最近似乎心不在焉的，可能突然要離家，讓她一時接受不了。」

謝紹自然也關心妹妹，但謝靈還沒嫁人，當然要跟他們一起走。「沒事，又不是不回來了。永州地界大，淼淼也在，靈靈說不定過幾天就習慣了。」

此刻謝靈正在床上翻來覆去，好不容易脫離漂泊的生活，卻忽然要離開住慣了的地方，的確讓她有些不安，但自家哥哥說就當作他們出去遊玩一陣子，還是會回來的。

話是這麼說沒錯，可她心中總有一種怪怪的感覺，也說不上來到底是什麼。

謝靈摸黑從床上爬起來，從櫃子裡摸出端午節時編的那條長命縷。她默默地將長命縷握在手中一會兒，下了決定。

次日一早，馬車便停在謝家門口，全勝和元寶幫忙搬行李，金嬸跟金叔也來送別了。竺珂陪他們在院門口說話，元寶的眼神則是時不時朝院子裡打量。

「元寶哥。」

聽見那個喊他的聲音，元寶身子一震，猛地轉過頭。

謝靈笑咪咪地在院子裡看著他，說道：「你方才是在找我嗎？」

元寶一愣，耳根有些隱隱發紅。「嗯。」

謝靈有點驚訝，她原本以為元寶定會反駁來著。

「這個給妳。」

謝靈愣愣地看著元寶遞過來的一個木雕小偶，臉蛋悄悄紅了——他怎麼也有東西要給自己呀……

元寶見謝靈半天不伸手接過去，有些失落，抿了抿唇就要尷尬地收回手，不料他掌心突然一空——謝靈一把拿走了木雕小偶。

他剛詫異地抬起頭，就察覺謝靈往他手心放了東西。

「謝謝元寶哥，我也有東西給你。」

靜靜在元寶手心上躺著的，是一條五色長命縷。他記得這是謝靈在端午節的時候，親手編的第一條……

「元寶哥，這段日子不在，你可不能忘了我呀。」謝靈的口氣像是在開玩笑，卻透露著一絲緊張。

「不會！」元寶立刻回道，隨即低下頭說：「我……我等你們回來。」

「靈靈，走了。」

謝紹催促道，謝靈聞言應了一聲。

「那我走了，你一定要照顧好乳牛們。」

「好，妳放心。」

謝紹和竺珂已經上了馬車，謝靈一步三回頭地往門口走去，元寶的視線也緊緊跟隨著，一直到瞧不見他們為止……

這馬車相當寬敞，前後還有露天的座位，謝靈坐在外面看著沿途的風景，舒了口氣。

謝紹坐在竺珂身邊，問道：「還習慣嗎？有沒有不舒服？」

竺珂搖了搖頭道：「這馬車平穩又舒服，我不覺得累。」

「不舒服的話，一定要立刻跟我說。」

「嗯，我們這是走到哪裡了？」

「馬上要出青山城了。」

聽說即將出城，竺珂便掀開車廂側面的簾子。當年來這裡投奔舅舅的時候，她只有十五歲，如今她已嫁為人妻，還懷著自己的孩子，走過這條舊路，讓她有種恍若隔世的感覺。

「出了青山城再走三個時辰，差不多就能到烏縣了，今晚在驛站歇息。」

竺珂點點頭道：「都聽你的。」

傍晚時分抵達驛站，這裡的房間還算寬敞，吃食也不錯。

「這些菜色味道挺好的。」竺珂吃了幾口，說道。

「沒有依依做的好吃。」

「我也覺得沒有嫂嫂做得好。」

竺珂抬頭笑道：「你們儘管奉承我吧，這道豆腐蝦仁我可不會。」

此處的蝦比青山城的新鮮許多，因為怕吃了不乾淨，所以竺珂沒在家中料理過蝦。

「妳喜歡的話，到了永州我便多買些。」

永州臨湖臨海，海產尤其多，還有螃蟹之類的。竺珂眼睛先是一亮，隨即暗了下去。

「我吃不了……」

她如今有喜，寒涼之物碰不得，難得有機會吃到螃蟹，怕是要錯過了。

謝紹挾了蝦仁給她，安慰道：「沒事，那就多買些新鮮滋補的魚和蝦來，等妳生產後，我再想辦法尋來螃蟹就是。」

竺珂朝他甜甜一笑道：「也是，總有機會的。」

從青山城出發，抵達永州時已足足過了十多日。中途走了半日水路，不料竺珂暈船暈得厲害，他們便改回陸行，所以比預計的要晚了兩日。

謝紹在永州選了一處小宅子，地界不算熱鬧，但勝在安靜，距離最近的集市不過兩條街的腳程，採買東西很方便。

宅子一共兩進院落，比預算稍微貴了些，但謝紹一眼就看中了——這裡的布置、朝向和謝家小院很像，院子裡還有一棵梨樹。

進入這處小宅子的時候，竺珂驚訝了好半天。「這……很貴吧？」

「不貴，妳能住得舒心就好。」

謝靈非常喜歡這間小宅子，瞧著安靜、溫馨。「跟咱們家像！」

竺珂也發現了，尤其那西邊小屋也是新修的，很像謝紹當初為她蓋的新屋。她眉眼忍不住彎了彎，推開門走了進去。

屋內有著南方特有的寧靜氣息，窗臺明淨、几案秀氣，床是雕花拔木床，夏日睡起來舒爽涼快，而且家具樣樣齊全，瞧到這兒，竺珂便不覺得貴了。

灑掃的事謝紹一個人全包了，謝靈東跑西跑張羅著行李，不讓竺珂幹一點重活，無奈之下，她只好走到院子為花草們澆澆水。

看著這些花草，竺珂便想起謝家院子那道竹架，還有先前播了種子的花田，等他們從永州回去的時候，怕是已經能看到一片花海了。

謝紹走到竺珂旁邊，像是瞧出了她的心事，只道：「放心，花田定出不了差錯。」

竺珂笑著點頭道：「多虧你想到讓王桃桃照顧花田，她家蜜蜂正要採花，一舉兩得。」

「歇著去吧，一會兒我去買菜，有沒有什麼想吃的？」

「買些新鮮蔬果就是。」竺珂說道，她的目光轉到院子最角落的一片空地。「要不再買幾隻雞仔，養在那處？」

謝靈笑道：「嫂嫂怎麼走哪兒都要養個什麼呀？」

「雞蛋貴嘛，養幾隻雞仔，往後每天都能下蛋，這樣炒雞蛋、蒸雞蛋羹、打雞蛋湯都不愁，過節時再殺了燉湯，不比外頭買的強？」

謝紹拍板道：「行，養！」

許是骨子裡的勤勞，不過半日工夫，謝紹就將小宅子內外拾掇得乾乾淨淨，多了幾分家的煙火氣。

打掃完以後謝紹買菜去了，謝靈則走到廚房開始準備晚飯。

「嫂嫂，這裡已經有米跟紅棗、銀耳之類的乾貨了。」

竺珂想了想，說道：「那就熬個紅棗銀耳粥吧，熬得稠一些，等妳哥把麵粉買回來，再攤幾個軟餅。」

「行！」

永州天氣宜人，六月下旬的日頭沒讓人覺得多熱，也難得這宅子前後通透，過堂風吹來，傍晚更加涼爽，像是進了山一樣。

謝紹出門好一會兒才回來，他提著兩條魚、一條火腿、一籃蔬菜，還扛了一袋麵粉。

「買這麼多，怎麼不分次去呀？」

「沒事，看見就順便買了。」謝紹把東西一放，笑道。

竺珂倒了杯涼茶給他，又替他擦了擦汗。「這是什麼魚？沒見過。」

「海魚，集市上水產多，我瞧著新鮮，買回來讓妳補補身子。」

「聽說海魚鮮，直接清蒸就行了，咱們試試？」

「交給我！」謝靈從廚房跑出來，挽起袖子就準備大幹一場。

竺珂笑道：「行，就交給靈靈，你去歇歇。」

謝紹和竺珂進了西屋，裡面有個靠窗的小軟榻，平日坐在上面，就像是謝家新屋的炕。

謝紹脫了鞋，靠在軟榻上歇息了一會兒，辛苦了一天，他確實有些累了。

謝靈做起菜還挺像樣的，海魚直接上鍋清蒸，淋上一點當地的風味調料，味道就夠鮮美了；火腿切成細絲和薺菜拌一拌，既爽口又開胃，配著粥吃最對味。紅棗銀耳粥熬得黏稠，謝紹那碗什麼都沒加，謝靈和竺珂的都加了少許蜂蜜；雞蛋軟餅抹上醬料，清爽的一頓晚飯便完成了。

「靈靈手藝真是愈來愈好了。」竺珂笑著誇讚道。

謝紹喝了口粥，說道：「不錯，火候剛好。」

謝靈撓撓頭，不好意思地笑了。「就只是會一些簡單的，再複雜點的就不行了，改日再跟著嫂嫂多學學。」

初到永州這一天，第一頓晚餐，便這樣愉快地度過了。

第五十二章　異地相聚

臨睡前，謝紹仔細地檢查屋內每個角落，確保沒有蚊蟲後，才脫衣上床。

這拔木床做工精巧，裡外還有床幔，層層疊疊的，竺珂非常中意，說是很有安全感。謝紹一開始覺得麻煩，待脫下衣裳，鑽進去將美人摟入懷中時，也體會到了這床幔的妙處。

「讓我抱抱。」謝紹長吁了一口氣。連日奔波讓他很是疲累，好不容易歇了腳，再次和竺珂躺在一張床上的感覺，實在過於美好。

竺珂也笑著往他懷裡鑽，輕聲道：「我瞧這裡很好，我很喜歡。」

「妳喜歡就好。」他這一路的準備和辛勞，都在竺珂這句「喜歡」之後得到了回報。為了挑宅子，他中間還脫了隊，打點得差不多了才回到嬌妻身邊。

「在永州妳就安心養胎，不要到處亂跑，等我回來。總之，我不會讓妳吃一點苦，最多半年，咱們便可回家了。」

竺珂一顆心甜滋滋的，只要能在他身邊，哪裡不是家呢？「都聽你的。」

「嫂嫂，這些小雞能養活嗎？也太小了吧……」

次日，謝靈在院中對著一箱子雞仔發愁，竺珂笑道：「能，妳去泡發小米，再拌一點碎菜葉，一會兒餵牠們吃。」

「欸，好。」謝靈起身準備去廚房，順口問道：「我哥呢，出門去了？」

「是啊，一大早就出去了，中午不回來，咱們隨便吃點。」

謝紹出門有什麼具體安排，竺珂並未細問，反正他行事穩重，她不必操心。

雞仔是謝紹一大早去集市買的，廚房裡還有許多瓜果蔬菜和新鮮的魚肉，想必也是他一道採買的。現在不比在山裡，食材全都得用買的，竺珂決定精打細算一些，養雞，絕對是划算的買賣。

兩人餵過雞仔，又逗弄了牠們一會兒。

「我瞧巷子口有賣糍粑的，我想去買一點。」謝靈道。

糍粑是南方興盛的小食，竺珂眼睛一亮道：「好啊，多買些，我也想嘗嘗。」

「好，我這就去！」

謝家小宅子所處的巷子口常有人叫賣小食，糍粑、腸粉、雲吞都有。謝靈左看看右瞧瞧，每樣都想要，最後買了兩碗腸粉和一些糍粑回去了。

白色的腸粉軟軟的，上面淋了醋汁醬料，還有雞蛋、青菜和火腿片，竺珂和謝靈都很喜歡。

「這是米漿做的吧？」竺珂問道。

「是啊，花了心思蒸出來的。」謝靈在攤子旁邊觀察了好一陣子。

竺珂又嘗了幾口，覺得味道不錯，想改日試做看看。

「還有糍粑，上面淋了紅糖，嫂嫂妳嘗嘗。」

竺珂咬下紅糖糍粑，只覺軟糯可口、香甜不膩，她幾乎是一口就愛上了。「早就想做糍粑吃了，一直沒機會，這回咱們可吃到正宗的了！」

謝靈也喜歡得緊，連連點頭道：「南方小食真不錯，可惜哥哥不在，沒這個口福嘍。」

吃完糍粑和腸粉，肚皮就撐得不得了了，兩人互看一眼，都瞧出了彼此的意思。

「我看午飯是可以省下了！」竺珂笑道。

「有點撐，想去消消食呢……」謝靈摸著肚子說道。

說到消食，竺珂雙眸一亮道：「那咱們出去轉轉吧？」

「嫂嫂，妳身子……」

「唉呀真是的，妳怎麼和妳哥一樣，太緊張了吧，這才多久啊，難不成我要一直不出去？」

謝靈看了看外頭，現在是白天，方才她出去時人也不多，這麼一想，她有些心動了。

「那咱們就在附近逛逛吧，我一定會緊跟著嫂嫂的。」

「行，就在這附近逛！」

這是他們到了永州之後竺珂第一次出門，心情雀躍不在話下，不過她到底是注意安全，只打算在這附近轉轉，瞧個新鮮就回。

謝靈話說個不停，顯然是開心壞了，兩人手挽著手，走出了謝家小宅子。

出了門，拐離小巷，視線豁然開朗。謝紹之前說走兩條街就能到集市，竺珂不會跑那麼遠，能在這附近逛逛她就滿足了。

眼前這條街寬敞又安靜，兩邊都是些做正經生意的酒肆、飯鋪跟繡莊，夠讓竺珂瞧了。

「那家繡莊好像不錯，咱們去看看。」

不遠處，一家繡莊生意看起來甚是紅火，竺珂在家閒著無聊，正打算重新拾起繡活，好打發打發時間。

繡莊內部裝潢很是別致，裡頭的絹花、帕子、團扇跟香包分門別類擺放，繡樣也讓人目不暇給，這就是當地最有名的蘇繡，也是裴淼當初包袱上的圖樣。

謝靈頭一次見這麼多精緻的蘇繡，眼睛都要挪不開了，喃喃道：「真是太好看了……」

竺珂不禁感嘆人外有人、天外有天，蘇繡果真是難得的繡品。「買一些繡樣，回去我學學，再買幾疋綢緞。」

謝靈連忙點頭道：「這個……還有那個，都好看！挑幾個回去，給我的小姪子或小姪女做身衣裳。」

竺珂摸了摸自己的小腹。是啊，這孩子一天天在長大，七、八個月之後就要呱呱墜地了，她想親自為他繡一些衣帽跟鞋子。「嗯，再買些棉布和帽樣。」

謝靈應道：「放心吧嫂嫂，我這就去挑。」

虎頭鞋、小帽子，萬一是個女孩，還得繡一些有花草蝴蝶的……竺珂看著這些綢緞和布疋，唇邊不自覺地逸出了笑意。

去。

從繡莊出來以後，竺珂覺得有些餓了，正巧看見一家鋪子在賣小籠包，便和謝靈走了過去。

「嫂嫂，這包子好秀氣，那道湯看起來也不錯。」

「兩位是北方人氏吧，這是雲吞，要不要嘗一碗？」

竺珂點點頭，並對謝靈比了個「噓」的手勢，悄悄道：「回去別告訴妳哥，現在他不讓我吃外邊街攤的東西。」

「啊……那咱們還吃了糍粑呢。」

「妳不說他就不知道，饞死我了，咱們少吃點便是。」

兩人達成共識，就在這飯鋪前坐下，冒著熱氣的小籠包端了上來，一口就能咬出湯汁。

「好燙！不過真的好鮮……這包子裡肉汁多，和咱們那邊的不一樣。」

「咱們南方的這叫灌湯包，講究的就是湯汁多，兩位喜歡就好，我這也是老鋪了！」掌櫃的得意地解釋道。

謝靈點頭道：「好吃，咱們給哥哥帶一些回去吧。」

竺珂正準備勸謝靈不要這麼做，突然心下一緊，視線緩緩地朝前方望了過去——只見謝紹正站在不遠處的街口，似笑非笑地看著她。

「嫂嫂？」謝靈看竺珂默默放下了筷子，疑惑地抬起頭，順著她的目光看去，瞬間覺得包子不香了。

「嫂嫂……」

「沒事。」

竺珂淡定地起身結了銀錢，接著就裝作什麼也沒發生一樣，帶著謝靈離開飯鋪。

謝紹揚了揚眉，幾步就走了過來。

「夫君！你怎在此處！」竺珂表情驚喜地喊道。

謝紹雖被竺珂這聲「夫君」取悅，可面上卻不顯。「做什麼呢？」

「我和靈靈逛繡莊，買了些緞子和布疋，正準備回呢。」

謝紹緩下想捏她臉的衝動，心想：罷了，小饞貓，回去再算帳。「辛苦夫人了，我來提吧。」

竺珂笑得跟朵花兒似的，將買的東西一股腦兒地塞給謝紹，還道：「多謝夫君。」嘴這麼甜……謝紹唇角止不住地上揚。

「嫂嫂！靈靈姊！」

竺珂忙著跟謝紹過招，沒注意到有一輛馬車跟著他一道過來，現下馬車裡的人鑽了出來，提著裙子就朝他們跑來，她身後的兩個小丫鬟也跟著跑。

「淼淼?!」

竺珂驚訝極了。雖然知道到了永州以後遲早能見著淼淼，可沒想到今日人就來了，看來謝紹早上去了一趟永王府。

謝靈激動地跑上前去，舊友相見，不禁熱淚盈眶。

「早上我阿娘說你們到了，我還不信，沒想到哥哥過一會兒真的來了！靈靈姊，我好想你們！」

「我們也想妳！」謝靈擦了擦眼淚，情緒激昂。

竺珂笑著走過去道：「淼淼長高了，也變漂亮了。」

裴淼比在青山城時高了些，而且在王府裡養著，言談舉止都大氣了不少。兩個小丫鬟和一個年紀長一點的老嬤嬤隨侍在她身邊，寸步不離。

「先回家再說吧。」謝紹開口道。

幾人點了點頭，裴淼開心地說道：「我和我阿娘說了，要在哥哥家玩到晚上再回去，嫂嫂，我好想吃妳做的飯菜。」

「好好好，沒問題，今日定叫妳吃個夠。」

大夥兒有說有笑，朝謝家小宅子走去。

裴淼一行人過來，這小宅子頓時熱鬧了起來。她一進屋，就被這院子裡的格局給吸引了，嘆道：「這裡好像咱們原來的小院！」

「我們昨日剛到，哥哥將此處打理得甚好，的確就像是三陸壩村的小院！」

眾人朝屋裡走去，王府那些下人們則規規矩矩地站在門口，並未進屋。竺珂有些不習慣，沏了幾壺茶要謝紹送過去，招待大家都在院中坐下，不必拘泥。

「坐下吧，這是我哥哥跟嫂嫂，他們人很好！」裴淼說道。

兩個小丫鬟跟老嬤嬤妳看我、我看妳，這才在院子裡坐了下來。

「想吃什麼？嫂嫂給妳做去。」竺珂摸了摸裴淼的頭。

裴淼露出渴望的眼神，說道：「想吃嫂嫂做的豬腳。」

竺珂笑著說：「還吃不膩？王府裡新鮮的吃食那麼多，怎還惦記著豬腳？」

「嫂嫂做的豬腳天下第一好吃，怎麼吃都吃不膩。不瞞你們說，王府的吃食雖然好，可南方的食物我有些吃不慣，就想吃嫂嫂做的豬腳！」

「行行行，沒問題，嫂嫂這就去做。」

竺珂起身走向廚房，謝紹跟在她後面進去。早上他碰巧從集市買了新鮮的豬腳，這會兒就幫忙處理了起來。

「剛開始比較忙，等過陣子我得閒了，再帶妳出去轉轉。」謝紹一邊忙活一邊說。

「沒關係嘛，有靈靈陪我，不悶的。」

謝紹抬頭看著她不說話，只是眼神似乎透露出一些不悅，竺珂忍不住吐了吐舌頭——這是打算跟她算帳了。

「唉呀……我們今天就是在附近轉了轉，那、那時候肚子餓了嘛……」

「想吃什麼我再去買，別隨便吃攤鋪的東西。」

自竺珂有了身孕，謝紹對她的吃食就極為留意，到永州這一路上，寧可大老遠地跑去為竺珂買，也不願讓她隨便吃街邊小食。

「好啦，我知道了……」

謝紹清理完豬腳，淨了手，走到竺珂身邊，伸手刮了刮她的鼻子道：「不高興了？」

「才沒有。」竺珂小嘴微微嘟起。

謝紹從懷裡取出一包東西，遞到她面前道：「回來路上買的，估計妳喜歡。」

竺珂打開油紙包，裡面是幾塊方方正正的糍粑，看上去比謝靈隨便在街邊買的精緻許多。

「嘗嘗？」

竺珂心頭一驚，連忙拿了一塊塞進嘴裡，裝作自己第一次吃，直呼著。「好吃！這個糍粑香甜軟糯，你也嘗嘗！」

「我不愛吃甜食，專門為妳買的。」

此刻竺珂真是欲哭無淚。她今天早上貪嘴，吃了好幾塊紅糖糍粑，這會兒是真撐啊……

「一會兒我要炒青筍，你去巷子口的菜攤買點回來，我剛才路過時看到了，那裡的菜挺新鮮的。」

「嗯，好。」

待謝紹出了廚房，竺珂終於鬆了口氣，將那糍粑包起來藏進櫃子，嘴裡還小聲念叨。

「糍粑糍粑別生氣，等我餓了一定把你們吃下去。」

謝紹出門的時候，院子裡兩個姑娘還在嘰嘰喳喳地聊天。謝靈和裴淼許久未見，兩人都有說不完的話——裴淼告訴謝靈永州發生的新鮮事，謝靈也告訴她家裡的一些變化。

等到謝紹回來，竺珂已經燉上豬腳了，早上買的鮮魚正好做個糖醋口味的，瞧著喜慶。

「還炒什麼菜？」

竺珂正在切馬鈴薯，聞言抬頭笑道：「靈靈拌了四個涼菜，我再炒個馬鈴薯片和青筍，打個蛋花湯就行了。豬腳我燉了一鍋呢，夠那兩隻饞貓吃。」

謝紹沒說話，朝院子看了一眼。竺珂馬上就懂了，小聲道：「放心吧，都做著呢。」

在謝家，沒有主子和下人的差別，來者皆是客人。竺珂自然備好了她們的飯菜，到了吃飯的時間，便招呼大家上桌。

老嬤嬤和兩個小丫鬟一開始連聲拒絕，說哪有和主子同桌而食的道理，可若是她們不上桌，謝家人也吃得不安心。

裴淼便發話了。「都趕緊坐下吃吧，嘗嘗我嫂嫂的手藝，保管妳們忘不了！」

她們三個人這才猶猶豫豫地坐下了。

紅豔豔的一鍋紅燒豬蹄端了上來，裴淼雙眼瞬間發亮，直接伸筷子挾了一塊，一旁的老嬤嬤一瞧，臉色都變了，可什麼也不敢說。

「太好吃了！就是這個味道，饞死我了！」裴淼讚嘆道。

謝家人都被她逗笑了，竺珂說道：「慢些吃，管夠。」

一家人坐在一起吃飯的日子實屬難得，竺珂看著看著，眼眶都有些熱了。

「妳們也吃，來者都是客，別客氣。」

從王府跟著裴淼過來的人，慢悠悠地拿起了筷子。吃了一口豬蹄，瞬間流露出驚豔之色，接下去就不用人勸了。

一時之間，飯桌上只聽見碗筷碰撞的聲音。

裴淼在謝家度過了一個愉快的下午，一直到天色微微擦黑，王府的老嬤嬤上前提醒，裴淼才不得不準備回去。

「沒事，我們要在永州待好長一段日子呢，妳有機會再過來就是！」竺珂說道。

裴淼聽了，笑著點了點頭。

一家人送裴淼到巷子口，見她依依不捨地上了馬車，又目送馬車離去，這才轉身返家。

第五十三章 一訪王府

雖然不知道謝紹在忙些什麼，但竺珂知道他很辛苦，每晚兩人同床共枕時，她都能感受到他的疲憊。可即便如此，謝紹每日依舊為竺珂打好洗澡水、幹完家裡的活兒，還變著法兒地買點心和滋補的東西給她。

這天竺珂絞乾頭髮回房的時候，謝紹已經靠在床頭閉著眼打盹了，她心一軟，不忍叫醒他，反正洗澡水放到明日再倒也沒什麼。她像隻小貓一樣鑽進他懷裡，環住他的腰。

謝紹半夢半醒，唇角微微勾起，呢喃道：「依依……」

「吵著你了？」竺珂嘴上這麼說，卻往他懷裡拱了拱。

謝紹並未睜開眼，只是用大掌撫著她的臉。他常年幹活，手上布滿繭子和傷痕，蹭得竺珂麻麻癢癢的，但又令她十分安心。

「今天怎麼這麼黏人？」

竺珂不滿地嘟起嘴道：「不讓抱就算了……」

謝紹哪裡肯放開她，他雙手一攬，將人牢牢鎖進懷裡，只是他有分寸，小心地護著竺珂的肚子。

「你說，咱們會有個兒子還是女兒？」竺珂突然問起了每個母親都會問的問題。

謝紹彷彿早就料到她會這麼問一樣，唇角揚起，笑而不語。

了。

「嗯？我在問你呢！」

「是兒是女都好，我都喜歡。」

雖然這個答案在竺珂意料之中，她還是彎了彎眉眼。

竺珂不知道的是，這位父親早就在無數個深夜裡猜測過孩子的性別，甚至連名字都想好

「睡吧，明天不是還要忙？」

「嗯，要去鹽場，中午不回來吃飯了。」

竺珂撇了撇嘴，心疼得很，暗暗決定明早一定要起來為謝紹做頓飯，讓他帶過去吃。

決心下得好，可實現起來又是另一回事了。

次日，竺珂看著一旁空蕩蕩的床和外面的太陽，默默嘆了口氣。自從她有孕以來，嗜睡是常事，早飯都是謝靈做的。

「嫂嫂！有帖子！」謝靈在外頭大叫。

竺珂正坐在鏡子前梳頭，被她嚇了一跳。「帖子？哪家的帖子？」

他們才剛來永州，誰會給他們請帖？

「王、王府的！」謝靈既驚訝又激動。

王府的請帖?!竺珂走到外面，接過帖子打開一看，原來是秋夫人發過來的，說是要請她們過府一聚，順便看看裴淼。

「是淼淼遞來的嗎？」

「是秋夫人，讓我們去王府玩呢。」竺珂闔上帖子道。

聽說要去王府，謝靈不禁有些忐忑。

「別擔心，等妳哥回來再跟他商量一下。」

「嗯，都聽嫂嫂的。對了，早上我哥買了隻雞回來，說是讓我中午燉湯給妳喝呢。」

竺珂內心甜得像蜜一樣，說道：「不急，等妳哥回來燉了喝。」

快到黃昏時，謝家小宅子飄出了飯菜的香氣。

鍋裡的雞湯咕嚕咕嚕地冒泡，鮮嫩的雞肉在砂鍋裡等著人去品嘗，水靈靈的小黃瓜拍碎就能涼拌上桌。謝紹愛吃肉，鍋裡還燉著馬鈴薯紅燒肉，色澤紅潤、肉汁飽滿，謝靈看著忍不住嚥了嚥口水。

「瞧妳沒出息的，去炒雞蛋吧，就用韭菜炒，我覺得南方的韭菜特別嫩。」

「好，嫂嫂，這韭菜買得多了，明天不如來包餃子吧。」

「這個主意好，多包些，還是想念餃子的味道呢。」

「就是啊，南方的小食分量太小了，根本不夠我們吃。」

竺珂聽了謝靈這句話，「噗哧」一聲笑了出來。

謝靈忍不住伸手去摸她的臉，說道：「我可太羨慕嫂嫂了。」

自從有了身孕之後，竺珂的皮膚更好了，細膩白皙、吹彈可破，根本不需要塗脂抹粉，體態也維持得相當好。

謝紹一進門就聽見廚房裡傳來笑聲，走過去看，就瞧見謝靈抱著竺珂在撒嬌。

「哥哥回來了！」謝靈一看見謝紹，就鬆開了抱著竺珂的手。

「嗯，給妳買了點心。」

謝靈眼睛一亮，接過謝紹手中的點心盒子，開心地走出去了。

「又買了什麼呀？」

謝家已經來永州小半月了，謝紹每天都會帶點心回來，永州城裡大部分的點心兩人都嘗過了。

「桃花酥。」

「桃花酥？」竺珂驚訝地重複了一遍。這時節哪來的桃花？

「不是真的桃花酥，只是樣子做得像朵桃花。」謝紹解釋道。

竺珂來了興趣，說道：「我也要嘗嘗。」

謝紹自然也買了她的分，只不過這會兒他從懷裡取出了另一樣東西——是個木匣。

只見謝紹似乎有些緊張，他當著竺珂的面緩緩打開木匣，裡面靜靜躺著一支赤金鑲紅寶牡丹簪子。

竺珂不禁捂住了嘴。

「早說過要買金簪給妳了，我在永州最好的銀樓訂的，插上去看喜不喜歡？」

竺珂眼前有些模糊，但更多的是驚訝。「你、你哪來的錢？咱們不是才剛買下這小宅子嗎？」

之前在青山城被朝廷罰銀三百兩，加上又在永州置辦宅子，竺珂自己都沒剩多少錢了。

謝紹笑著點了點她的鼻尖道：「鹽場能賺錢的，別擔心。」

竺珂呆愣愣的，就見謝紹笨手笨腳地替她插上了簪子。赤金簪子在夕陽下熠熠生輝，牡丹的花蕊是鴿子血紅寶，紅得奪目耀眼。

為竺珂插好簪子之後，謝紹揚了揚唇——只有這樣的東西，才配得上她。

謝靈把點心放進自己房間，正笑咪咪地走過來，看見這一幕，驚訝地大叫了一聲。「嫂嫂！妳好漂亮！」

她的誇讚熱情又直白，竺珂有些不好意思地摸了摸簪子道：「好看嗎？」

一旁的謝紹笑著點了點頭。

謝靈眼神沒從竺珂頭上挪下來過，她跑過去驚呼道：「太美了！嫂嫂！」

竺珂彎起了眉眼，兩個梨渦若隱若現，對上謝紹期待的眼神，她甜糯糯地說道：「我喜歡。」

謝紹等的就是她這句話，只要她高興，自己再累也無所謂，此刻見她笑靨如花，他一顆心都要沸騰了。

一家三口在院中說笑了一會兒，便進屋去吃飯。

竺珂盛了一大碗米飯，謝紹馬上就吃個精光，她眼裡不禁流露出了心疼，只有最累的時候他才會這樣。

「還要嗎？」

謝紹放下筷子搖搖頭道：「飽了。」

笁珂為他斟了杯熱茶，這才說出今日收到王府請帖的事。「你說我們要去嗎？」

「妳想去嗎？」

笁珂皺了皺眉道：「自然是想去……我也想瞧瞧淼淼如今過得怎麼樣，只是有點害怕……」

「王爺人很好，秋夫人妳也見過的。」

「嗯……這次是赴秋夫人的約，應該見不著王爺。」

「那妳就跟靈靈一起去吧。」

謝靈拍拍胸脯道：「我保證照顧好嫂嫂！」

「好，交給妳了。」謝紹勾了勾唇，給了自家妹妹一個鼓勵。

裴淼知道笁珂和謝靈要來王府，興奮得一個晚上都沒睡好覺。第二天她比平時起得都早，匆匆洗漱後就去了秋夫人的院子裡。

「阿娘，靈靈姊和嫂嫂什麼時候過來？馬車過去了嗎？」

秋夫人笑話她。「已經去了，看妳著急的，頭髮都沒梳好，也不怕被人笑話。」

裴淼摸了摸自己的頭髮，吐了吐舌頭。「那我再去梳一下，再換身衣裳。」

「嗯，去吧。」

秋夫人身邊的湯嬤嬤笑著說：「看把小郡主給高興的，夫人可真有辦法。」
「我虧欠淼淼太多，能補償就多補償些吧。對了，聽說謝娘子現在有身孕了，妳要安排得周到一些。」
「是，夫人請放心。」

此刻謝靈和竺珂正在永王府的馬車上，謝靈時不時就掀起車廂的側簾朝外看去。
「嫂嫂，這永州城可真大，咱們已經走了這麼久了，所到之處都是熱鬧繁華。」
竺珂朝外探了探頭道：「是呀，改日等妳哥得了閒，讓他帶咱們好好逛逛。」
「欸，嫂嫂妳快看，那是在幹麼？」
竺珂順著謝靈指的方向看過去，就看見一座橋上，許多女子圍著一個攤鋪，不知道在做些什麼。
「好像是在乞巧。」
竺珂聽說過南方看重乞巧節，每到七月七這日，姑娘們會成群結隊出來乞巧。各地風俗雖不大相同，但遊戲大多是圖個「巧」一字，乞到巧的姑娘來年就會有好姻緣或是好福氣。
說到這裡，竺珂想起昨日謝紹帶回來的桃花酥，難怪了……乞巧節街上賣得最多的就是花糕，各家點心鋪子都花足了心思，就指著乞巧節拔個頭彩。
「今晚就叫妳哥帶我們去河邊轉轉。」見謝靈眼睛直盯著那個方向，竺珂說道。
其實她也想去瞧瞧，畢竟七夕這天，是牛郎跟織女一年一次相會的浪漫節日。

「嫂嫂真好！」

兩人說笑間，馬車停在了永王府側門，剛停穩就有人上前伺候著掀簾子、遞腳凳，竺珂下車時還有丫鬟上前攙扶，她客氣地向對方道謝。

「謝娘子、靈靈姑娘，這邊請。」湯嬤嬤親自出來迎接她們。女眷走側門能直接進入後院，離秋夫人的居處並不遠。

「多謝嬤嬤。」

竺珂和謝靈一邊走一邊欣賞王府的風景，院子裡小橋流水，處處都有花圃，此刻正是初秋，花開得好極了。

「聽聞娘子對香料頗有研究，我家夫人愛花，今日茶宴也設在花園，娘子一會兒可盡情觀賞。」

竺珂點頭致謝，不敢自稱對香料有研究，說起那《香譜》，還是秋夫人娘家的祖傳之物，倒教她有些不好意思了。

一行人很快就到了秋夫人住的熹慶院，裴淼早就等在院子門口，這會兒急忙迎了上來。

「嫂嫂！靈靈姊！」

秋夫人站在後頭，忍不住朝她揮帕子道：「這丫頭，妳慢些！」

竺珂和謝靈向秋夫人行禮，卻被她制止了。「別別別，娘子快坐下，我聽說妳現在有身子了，這是我的院子，不是外頭，就當在自己家吧。靈靈姑娘也別見外，不用顧及這裡是王府。」

「多謝夫人。」竺珂與謝靈異口同聲道。

秋夫人的院子景致的確好，不僅有花園，還有個人工小湖，茶宴擺在小湖旁的亭子裡，四周掛了紗幔，湖面清風迎來，毫無半點夏日的燥熱。

「娘子，嘗嘗這杯茶，妳放心，這是孕中之人可以喝的。」

竺珂面前的茶隱隱傳來玫瑰的香氣，她喝了一小口，發現除了玫瑰，似乎還有桃子的味道。

「如何？」秋夫人問道。

「好像還有果子……這可是花果茶？」

秋夫人掩嘴笑道：「這是我自己瞎琢磨的，用桃乾、糖漬玫瑰跟曬乾的金銀花瞎做的，娘子莫嫌棄。」

「夫人心靈手巧，這茶喝起來別具風味。」

兩人聊天的時候，謝靈和裴淼就在一旁翻花繩，沒多久丫鬟們陸陸續續端著東西過來，玉碗金盞裡裝的，全是精緻得不能再精緻的料理和點心。

「妳們別客氣，我們這裡的菜分量就是小，多吃些。」

看著面前這些東西，竺珂不禁有些驚訝——這未免也太豪華了，當真是王公貴族才有的享受！

一旁的謝靈也跟著咋舌。

一道松鼠桂魚，魚頭跟魚尾高高翹起，花刀割得方正，澆的是酸甜可口的醬汁，上面還撒了些金色的曬乾桂花點綴，其餘道道菜也是既好看又美味。

笁珂嘗了嘗，甚是喜歡，她是那種嘗到什麼好吃的就要琢磨出來的性子，料理還未全下肚，她已經在腦子裡琢磨開了。

「娘子可知永州的螃蟹好？」

笁珂笑著說：「聽說過，也饞得很，可惜我肚裡這個小的怕是受不住。」

「這有何難，再有七個多月，娘子就能添子，到時候再品也不遲。」

「聽說八月是吃螃蟹的好時節。」

「那倒是，每年八月中秋佳節，螃蟹最為肥美。」

笁珂內心暗自覺得可惜，待到明年中秋，他們怕是已經回蜀中去了。

在王府用過膳、飲了茶，裴淼和謝靈一直在說悄悄話，但任誰問她們聊了什麼，兩人都閉口不談。

笁珂笑著和秋夫人道別，秋夫人也送她們往外走，只是剛出院門，正院那邊就派人來傳話說謝家郎君已經在側門等了。

「看來是專程來接娘子的。」秋夫人笑著打趣。

笁珂不好意思地紅了臉，一顆心甜滋滋的。

謝靈和裴淼依依不捨地話別，約好下次見面的時間，謝靈才跟著笁珂一起走出王府側門。

側門外，謝紹一看見竺珂，就露出了在外人面前少見的溫柔表情。

「怎麼就過來了？」

「順道接妳。」

從鹽場過來這裡哪裡是順道，分明是繞路……竺珂也不戳破，而是笑咪咪地扯了扯他的袖子道：「那正好，今日是乞巧節，我們去逛逛？」

「都依妳。」

聽到謝紹的回答，謝靈開心壞了。來了好一陣子了，難得能出來好好逛一逛，永州城這麼大，可比青山城好玩多了！

謝紹牽著竺珂來到護城河邊，這裡雖不是最繁華的地段，卻是景色最美、最適合看夜景之處，眼下又是乞巧節，周圍熱鬧極了。

河岸兩旁有不少攤鋪，吃的、玩的、比賽的，還有永州的乞巧習俗，像是女子比較繡工、水中投針、對月穿針跟製作巧果等等。

其中對月穿針最不容易，七夕之月即使再亮，也是弦月之光，並不能朗照，所穿之針稱為「七子針」，這是種特製的扁形七孔針，即針末有七個針孔。光線不亮，針卻有七眼，要飛快地將彩線穿過去，哪裡是容易之事？因此若有人能迅速穿好，那便是織女賜了巧。

謝靈躍躍欲試，竺珂笑著讓她去玩。謝靈領了針線，像其他女子一樣開始對著不算明朗的月光穿針，試了幾次都未成功，不禁有些垂頭喪氣。

笠珂笑著安慰她。「妳別急，愈是這種時候，愈是要沈住氣。妳看那水中投針，也是一樣啊。」

謝靈點點頭，深吸了一口氣，繼續嘗試。

看到旁邊有賣巧果和花糕的，謝紹又去為她們買了一些，這種時候就不必堅持非要去鋪子裡買了，嬌妻開心最重要。

笠珂一邊吃著花糕，一邊笑著指導謝靈。

乞了巧，三人就在岸邊遊河賞月，夜漸漸深了，謝紹拉著笠珂、領著謝靈，慢慢朝自家方向走去。

第五十四章　歡度中秋

去了一趟永王府後，時間便過得很快。竺珂每日和謝靈在這小宅子裡照顧花草、喝茶聊天，院子裡則多了雞圈、鴨圈，裴淼時不時會過來吃飯，彷彿回到在三陸壩村小院子的生活。竺珂這頭三月的要緊日子即將過去，慢慢顯了懷。

秋風漸涼，眼瞧著，就是中秋了。

「嫂嫂，快瞧！」謝靈將周圍的街坊熟悉了個遍，哪裡有好吃、好玩的，摸得門兒清，此刻她又不知是得了什麼新鮮的好玩意兒。

只見謝靈手中攥著一整把桂花枝，遞到竺珂面前。

「呀，好漂亮的桂花……」

「是吧？我剛摘的，我們街坊後頭有棵桂花樹，特好看！」

竺珂笑咪咪地接過桂花枝，仔細嗅了嗅道：「好香，得找個瓶子插起來。」

永州這間小宅子裡有棵梨樹，現在卻不是梨花的季節，看著這些桂花，竺珂不由得想起謝家小院裡那棵桂花樹，這個時候定是金桂飄香，滿地細碎金黃。

「嫂嫂，妳在忙什麼呢？」

「明日就是中秋了，我包點團圓餅，咱們雖不在自己家中，可節日也得過不是？」

「好，我也來幫忙！」

團圓餅做起來不算簡單，況且竺珂又準備了好幾種餡料——起酥、冰糖、松子、核桃、果脯、棗泥等，兩人忙活了整整一個上午。

「終於好了！累死我了……」謝靈看著這些團圓餅，既疲累又驕傲。

竺珂吁了口氣道：「做起來是挺麻煩的，還得烤，等妳哥回來，讓他生灶火吊上去烤。」

「好，我先去準備晚飯。」

這段日子晚飯都是謝靈在做，手藝見長，可明日是中秋，竺珂正在琢磨做頓大餐，好好滿足一下全家人。

謝紹今日回來得早，謝靈正在廚房炒菜。

「這麼早就回來了?!」竺珂驚喜地去迎接他，發現謝紹又帶了些東西回來——是一籮筐的螃蟹，正張著大鉗子揮舞。

「這麼多螃蟹！」

謝紹笑道：「鹽場就在海邊，今日他們捕蟹，撈了一筐。」

「這可好了，你們可有口福了！」

人在廚房的謝靈跑出來道：「什麼什麼？唉呀！這麼多螃蟹！」

謝紹笑著去拿了個大木盆，現在這個小宅子沒井，得從水缸裡打水，不過螃蟹好養活，不用水也成。

「得捆一捆牠們的腿，不然今晚會爬得整院子都是。」

「今天不吃嗎？」

「明天吃吧，過節。」

竺珂笑謝紹。「這麼多呢，夠你吃一陣子了！快，今天就蒸兩隻！」

謝紹自然不反對，謝靈激動地伸手去抓，那螃蟹反應快得很，迅速地挾了一下謝靈的手指，她委屈地縮回手道：「哥哥你看！」

謝紹笑著為她捉了兩隻，教她怎麼正確捏住螃蟹的螯。

「行了，這下你們就乖乖地跟我進籠屜吧！」謝靈得意地說道，惹得竺珂和謝紹都笑了。

晚飯本來是四菜一湯，既然來了螃蟹，就當作是加菜了。竺珂選了最簡單的吃法，隔水去蒸，清水蒸海蟹已夠鮮美，竺珂簡單地調了個醬汁，一家子坐在院子裡，開始了拆蟹這個大工程。

「我來。」蟹殼堅硬，謝紹怕傷著竺珂和謝靈，主動承擔起了這個重任。

「聽說蟹腿的肉也好吃，你去找個竹籤把肉剔出來。」竺珂說道。

「好。」

開了蓋的蟹殼裡，蟹黃比想像中多，謝靈已經迫不及待了，第一隻蟹，進了她的碗裡。

竺珂眼巴巴地看著，饞極了，卻只能咬著自己碗裡的雞肉，假裝自己也在吃蟹。

謝紹眉眼染了笑，說道：「就這麼饞？其實也不是多美味。」

笁珂翻了個白眼道：「能吃的人當然會這麼說！」
「嫂嫂的肚子已經四個月了，少食些就行了吧？」
笁珂咬了咬筷子，還是說道：「罷了，不冒險。」
「等出妳了月子，我再去買給妳。」
「那時候哪還有好蟹？」
「可以買糖蟹，還有醬蟹也行。」
笁珂睜大眼道：「蟹就得活著蒸了，這才是最鮮美的！」
謝紹無奈地笑著搖了搖頭。
「去把酒拿來，我給你溫一壺。」笁珂忽然說道。
謝紹有些受寵若驚，不敢置信地看著她。
「幹麼？不想喝？」
自從笁珂有了身孕，謝紹基本上就沒沾過酒，原本他也不是貪杯之人，只是如今要吃蟹，若是能溫些酒來喝，那才叫愜意。
笁珂自然是心疼他的，只道：「少喝兩杯就是，去拿吧。」
這酒是先前永王府送來的，酒香醇厚，自是好酒。酒在注滿熱水的燙酒皿子裡溫著，笁珂摸著溫度合適了，再拿出來晃一晃，就為謝紹斟了一杯。
謝紹飲了兩杯酒，覺得人生實在美好，他看著笁珂的側臉，胸中火熱。
「鹽場那邊都定了，朝廷的命令估計年底就能下來。」

「真的呀？那太好了，王爺呢，說什麼了嗎？」

「讓我好好幹，以後蜀中那邊交給我。」

笇珂聞言彎了彎眉眼道：「那你可要發大財了，有錢之後，是不是要再納幾房小妾？」

她是故意這麼說的，可謝紹卻馬上站起來吼道：「依依！」

笇珂被嚇了一跳，筷子抖了抖道：「你那麼大聲幹麼？嚇死我了。」

謝紹呼吸急促，似乎氣得不輕，笇珂抿嘴偷笑，還偏不搭理他。

一旁的謝靈忙著吃蟹，壓根兒沒注意這兩人。

謝紹悶不吭聲地吃了一會兒飯，看樣子真的心情低落，笇珂不忍心逗他了，用手肘頂了頂他道：「開玩笑的呀，你還當真了。」

「我……」謝紹一向嘴拙，肯定說不過笇珂，轉念一想，回道：「以後賺來的錢都給妳，妳管。」

「真的呀？不騙我？」笇珂眼睛亮了起來。雖說他早就把家中的經濟大權交到她手上，可是他畢竟是一家之主，她凡事還是都會跟他商量。

謝紹有些無語，他什麼時候騙過她了？

「那你可要說話算話了……」這可是整個蜀中的鹽商收入啊，笇珂光想都笑出聲來了。

謝紹見笇珂笑了，臉色終於緩了下來，繼續剝蟹飲酒。

秋風涼，謝紹正在換被子，笇珂擦過身後在鏡子前折騰了半天不回床，謝紹也不知道她在幹麼。

「還不睡嗎？」

「再等一會兒。」看著鏡子裡微微隆起的小腹，竺珂緊張兮兮的。「你過來看看，這是不是有條紋路？」

謝紹從床上起身走了過去，借著月光，只見竺珂皮膚吹彈可破，肚皮是稍稍隆起了些，不見紋路，卻是多了溫柔的母性氣息。

「沒有。」

「在這兒！你仔細看看！」竺珂急了。

謝紹只好又湊近去瞧，見小腹下方似乎有一條淺淺的紋路，不仔細看根本看不出來。

「嗯，很淺很短。」

竺珂眼眶一下就紅了，說道：「我就說我沒看錯，怎麼辦？才四個月就有紋了！」

謝紹無法理解女人家的愛美之心，卻也知道安慰她。「沒關係，很淺，看不出來，再說我又不在意。」

「你不懂，之後肚子還會撐大，等到七、八個月的時候全是細細密密的紋路，你肯定嫌棄死了！」竺珂說著說著就想哭。

謝紹一瞧，連忙將人摟到懷裡道：「胡說，妳是我孩子的娘，我怎會嫌棄妳？依依在我眼裡，永遠是最美的！」

竺珂別過臉去，不想說話。倒不是她不信謝紹，而是想到那模樣心裡難過得緊。

靈光一閃，她忽然憶起那《香譜》裡似乎有相關記載，便立刻要謝紹拿書來讓她瞧瞧。

「冰蠶三錢……乳香……」笠珂趴在床頭看得認真，完全把謝紹拋到了腦後。

謝紹無奈地脫鞋上榻，摟了摟她的腰說道：「明日再看，嗯？」

「你先睡，我再研究研究。」

謝紹不禁無語。方才她不著寸縷的模樣在他腦中揮之不去，這火好久沒去引，這會兒竟有些撲不滅了。他閉了閉眼，強迫自己不去想那畫面，可軟玉溫香在旁，到底還是燥著。

「依依。」謝紹抽掉她手中的書。

笠珂訝異地看了過去——他眼裡有隱忍、有克制，更多的還是情慾。

「妳先管管我。」

笠珂瞪大了一雙杏眼，只見他俯下身來，一副不容拒絕的模樣。

月色如水，笠珂癱在謝紹懷裡，額角沁出了香汗，胳膊痠得很，怎麼也抬不起來。

男人得了好處，神色饜足，撫著她的背，語氣溫柔。「別擔心，回頭妳要什麼香露還是香膏搽肚子，我都給妳買來。」

笠珂撇了撇嘴，現在知道哄她了？她自己會做，才不要他買呢！

既然知道《香譜》裡有法子，笠珂也沒那麼擔心了，過了一會兒睡意湧來，便窩在謝紹懷裡沈沈地睡著了。

中秋這天，笠珂要親自下廚，為全家做一頓豐盛的料理。

「一會兒上街去買點新鮮的豬肉和排骨，有羊肉的話也買一些，咱們晚上吃頓好的。」

「欸，好！」

今日竺珂準備做個熱騰騰的火鍋，一家人坐在院子裡涮火鍋賞月，豈不美哉？

家裡有雞有魚，魚是八月初養在盆裡的，正好殺了片成魚肉薄片；雞湯熬得金黃當成湯底，光看就讓人食慾大開。竺珂親自出馬，看得謝靈連聲驚嘆。

「嫂嫂，那羊肉和排骨怎麼處理？」

「羊肉也挑肥瘦相間的片了涮了，排骨一會兒燉湯底，直接上鍋。」

「好，那我去準備蔬菜！」

昨天烤的團圓餅還有剩，回了一夜的油，反而香酥不少，竺珂貪嘴，吃了兩個才覺得有些膩，停了下來。

謝紹知道今日過節，早早便收工返家，剛到屋門口，便聞到熟悉的香氣，唇角微微勾了起來——依依又為他做好飯菜了。

謝靈正在院子裡擺放鍋子和碗筷，謝紹大步走過去說道：「我來。」

竺珂端著碗盤走出來道：「先去洗洗，馬上就好。」

淨手後，謝紹坐在桌前愉悅地說：「昨日吃了蟹覺得不舒服，還是依依燉的肉好吃。」

竺珂笑而不語，遞了筷子和碗給他，一家人圍著桌子熱火朝天地涮了起來。

天色漸暗，謝紹吃得過癮，謝靈也撐得肚皮圓滾，再也吃不下去了。天上的一輪明月緩緩升起，圓似玉盤，毫無瑕疵。

謝紹摟著竺珂，深深覺得今夜月色美得不像話，竺珂摸了摸自己的小腹，笑道：「到了明年這時候，會多一個小傢伙一起跟咱們賞月。」

謝紹笑道：「妳怎麼知道是一個，萬一又多一個呢？」

這話意有所指，竺珂戳了戳他，嗔道：「貪得無厭。」

謝靈吃著團圓餅，看著月亮嘆道：「也不知咱家院子如何了……」她有些想念糯米、阿旺跟那些乳牛，當然還有……

「放心吧，有元寶在，出不了錯。」竺珂眼裡帶笑，打趣地看著她。

謝靈扭過頭，耳朵微紅——誰想那個木頭了?!

轉眼到了十月，竺珂懷孕五、六個月了，肚子漸漸大了起來，謝紹每日都早些回來，方便照顧她。他骨子裡閒不下來，還抽空為竺珂編了竹椅，就和謝家小院的一樣，躺在上面還能搖晃，竺珂便經常窩在上面看他幹活。

「秋夫人又遞了帖子，說是有賞菊宴，就在明日。」

「嗯，妳披個斗篷去。」謝紹一邊修理雞圈，一邊說道。

竺珂吃著葡萄，朝他招手道：「別忙了，你也過來嘗嘗這葡萄，特別甜。」

謝紹停下手走了過去，竺珂餵他吃了一顆，問道：「甜嗎？」

「嗯，但比不上山裡的。」

「現在沒法進山嘛，我還想念咱們家的葡萄架呢。」

謝紹揉了揉她的頭髮說：「再不久就能回去了。」

說到返鄉，謝紹眼神不自覺地飄向竺珂的肚子。如今鹽場的事情進度不錯，年前應該就能回去，可竺珂大約會在二月左右生產，謝紹實在不忍讓她產前舟車勞頓。不過他也看得出來，竺珂想念自己的家，每每提到回去這件事，她都很高興。

竺珂不知道謝紹的盤算，還惦記著家裡的葡萄。「明年我一定要釀一大罈葡萄酒，再曬好多葡萄乾！」

謝紹嘴邊漾滿了笑意，回道：「好。」

秋夫人的賞菊宴請的人並不多，這些日子以來竺珂也認識了好些永州的夫人們，大家相處得都還不錯。

「院子裡這些菊花開得可真好，像是好幾個品種呢。」

秋夫人掩嘴笑道：「都是瞎琢磨罷了，那邊的紅菊最難伺候，怎麼也養不好。」

竺珂順著她的目光看去，那幾叢紅菊葉子確實蔫蔫的。紅菊跟白菊都是菊花中的嬌貴品種，比普通的菊難養一些，謝家倒是有幾叢養得極好的紅菊，只不過那是得益於她的泉液。

關於泉液，竺珂後來想明白了，她體質本就奇特，又為謝紹一連試了三帖猛藥，才會變成這樣。不過泉液的出現時間並不規律，她只能儘量抓緊機會收集。

竺珂默默喝了口茶，這個秘密，她還從沒告訴過別人呢。

第五十五章　鹽場再遇

「夫人……夫人！」不遠處有個小丫鬟急忙跑了過來，面帶喜色。「夫人，喜事呀！今日靠海的鹽場又出了新量，王爺樂壞了！」

秋夫人一聽，面露喜色道：「真的?!」

永州這幾年最重要的事就是開發鹽場，尤其最近這段時間朝廷下了死命令，永王的壓力很大。

「太好了！這真是王府之喜！」

在場的人聽聞消息都相當高興，竺珂一想到這事和自家有關，也是喜上眉梢。

秋夫人打賞了下人，便準備換衣去迎接永王，各家夫人道了喜後也紛紛起身離去，竺珂更是迫不及待地想見到謝紹。

謝紹此刻也振奮不已，今日是整個永州城的喜事，永王為了犒賞鹽場的人，說道：「所有人俸祿加倍，若能在年前開出新場，再加倍！」

大夥兒聽了，一片歡呼叫好。

竺珂坐著馬車抵達家裡的時候，謝紹還沒回來，她一下車就進廚房張羅了起來。謝靈從鴨圈裡捉了一隻鴨，準備拿來燉。

「用冬瓜燉，放少許胡椒。」

「好，嫂嫂看我的！」

竺珂準備親自揉麵，謝紹喜歡吃永州當地一種小芝麻餅，她看了幾次，已經學會了。

走出了廚房，小宅子的門剛好打開，竺珂笑道：「回來了？」

回到家裡的不止謝紹，還有別人，是一個衣著打扮很隨興的老頭。

謝紹朝竺珂走來，說道：「這是客人，徐老。」

徐老笑著點頭，竺珂忙向老人家行了個禮，招呼他坐下。

「莫客氣莫客氣，今日叨擾了，我和謝郎是在鹽場遇見的，以前曾有過一面之緣，這真是緣分、緣分啊。」

一面之緣？竺珂用眼神詢問謝紹，卻見他笑而不語，只是為徐老倒了杯茶。

來者即是客，何況是長輩，竺珂熱情招呼徐老，還去通知謝靈要多做一個人的飯菜。

徐老打量了一下屋裡，點了點頭道：「不錯，早知你有這番作為，當時在青山城就應該多告訴你一些。」

謝紹正襟危坐道：「現在告訴晚輩也不遲。」

「哈哈哈哈，你小子！」徐老撫鬍大笑道：「如今永州開了新鹽場，多少人都盯著呢，你怎麼就如此信任老夫？」

「直覺。」謝紹這話說得直白，倒把徐老說得喜孜孜的。

晚飯端出了黃瓜老鴨湯、香酥芝麻餅，因為有客人，竺珂臨時蒸了個魚頭，又炒了幾道小菜。謝紹破天荒地拿出一罈酒，自己只飲了兩小盅，其餘大部分都讓徐老斟去了。

「你小子，福氣不淺啊！」徐老對竺珂的手藝讚不絕口，竺珂都有些不好意思了。

徐老今日可謂酒足飯飽，他臉頰紅潤，拉著謝紹就滔滔不絕地說了起來。

原來徐老是曾經在京城就職的鹽城掌司，掌司一職可不容小覷，每年各地鹽場上繳國庫的鹽，還有那些鹽粒的品質，皆由掌司監管。可惜他後來在官場上失意，還跟家人鬧得不歡而散，一個人浪跡天涯。

「那害人的傢伙，怎麼能睜一隻眼閉一隻眼呢？給老百姓的東西品質低落，就為了那幾個臭錢——」徐老越說越氣，甚至還使勁拍起了桌子，「咚咚咚」的好幾響。

竺珂瞧自家桌子都有些晃動了，也不知該心疼桌子，還是心疼這位老人家的手。

徐老拍了拍謝紹的肩膀道：「謝兄弟，那次在青山城我就看出來了，你是個好人，那個私商犯事，不僅僅是動了某些人的錢袋子，我還跟你說了什麼？你記得嗎？」

「記得，您看了一眼，說那些鹽有問題。」這也是謝紹一直以來疑惑的一個點。

「當然有問題啦！你們看不出來，可老夫清楚，那些是被淘汰的官鹽，哪能長期吃呢？真是造孽……」

謝紹臉色變了變，竺珂也感到憂心。青山城吃官鹽的人家少之又少，很多老百姓都是靠曹貴賣的私鹽過日子。

「那，有什麼後果嗎？」謝紹問道。

「嚴重的後果倒也談不上，不過這裡面涉及官商勾結，所以朝廷這次才會把曹貴處理得這麼徹底，好一網打盡。」

竺珂聞言更害怕了，下意識地看了謝紹一眼。若是當初曹貴沒被抓住，那所有的罪名怕是真的要落在謝紹身上了。

謝紹面色凝重地說：「那鹽場提純的事，就拜託徐老了。」

「老夫一個糟老頭子，有什麼好能被拜託的！老夫已不在官位上，四處流浪了許久，聽說永州開發鹽場的事才專程過來，沒想到遇到了你。你如今在鹽場幹活，老夫可將一生所學全部教給你，這樣也算造福百姓了。」

謝紹聞言渾身一震，眼裡寫滿了不可置信，竺珂也驚訝道：「您是說真的？」

「那當然了！不過麼……你家娘子這手藝著實不錯，要是……」

「您天天過來吃飯，我頓頓都換著花樣做！」竺珂立刻說道。

「哈哈哈哈……」

徐老不禁大笑，謝紹則又倒酒敬了他一杯。

夜色已深，謝紹送徐老返回住處，他在永州城有落腳的地方，倒不愁流落街頭。

謝靈收拾完廚房，揉了揉眼睛道：「嫂嫂，我先去睡了。」

「去吧。」竺珂在院子裡晾起衣裳。下午忙了一陣子，衣服都忘了晾。

謝紹正好回來了，他幾步走到竺珂身邊，接過她手中的衣服道：「不是說放著我來嗎？妳去坐著。」

「沒事，反正就兩、三件而已。徐老瞧上去為人不錯，既然他願意幫咱們，我給他多做幾道菜就是，你說好不好呀？」
謝紹點點頭道：「辛苦依依了。」
「不辛苦，我們是一家人嘛。」竺珂笑著說。
鹽場那邊的工作更繁重了，謝紹幾乎忙到兩腳離地，回來的時間愈來愈晚。然而無論多晚，竺珂都會做好飯菜等他，徐老也天天過來吃飯，謝家小宅子裡，晚飯時光總是充滿歡聲笑語。
這天謝紹剛回來，就聽見廚房裡自家嬌嬌和妹妹的日常笑鬧，他唇角微翹，一日的疲憊都煙消雲散了。
「哥哥，你又買了什麼好東西？」
竺珂回過頭，就瞧見謝紹手裡提著大包小包。
「隨便買的。」
「是燕窩吔！」謝靈打開紙包，驚喜地喊道。
如今竺珂月分大了，滋補食品雖說沒斷過，但謝紹總是變著法兒地為她買，這次買的還是血燕。
「今天喝參雞湯，夠補啦。」
謝紹搖搖頭，他的依依每天懷著孩子很辛苦，買再多也不夠。
竺珂拿他沒辦法，只得道：「你先去洗洗，馬上吃飯了。」

謝紹心念一動，靠到她身邊道：「明天鹽場休沐一天，想不想去逛逛？」

「總算休沐了，就在家好好歇歇吧。」

「好，在家陪妳。」

晚飯喝參雞湯，童子雞的肉質鮮嫩無比，肚子裡塞滿了滋補的精華，用小火燉了好幾個時辰。童子雞沒有母雞肥，燉出來的雞湯油少卻清澈，冬日喝上一碗，痛快得都冒出汗來。

徐老今日沒來，竺珂打趣道：「前幾天他還惦記著雞湯呢，我今日燉了，他又沒來。」

謝紹唇角也翹了起來，說道：「今日王爺留他，可能有事。」

「王爺知道他的事了？」

「整個鹽場沒人不認識他，也常向他請教。」

「原來是這樣……那他每日對你說的那些呢？」

謝紹又喝了一碗雞湯，語氣頗為輕鬆。「算是小灶。」

「那敢情好，他給你開小灶，我就多做幾道菜，也算『小灶』。」

謝紹忍住笑意，伸手捏了捏她的臉蛋。竺珂臉嫩得能掐出水來，謝紹手指的皮膚粗糙，當然捨不得用力，生怕弄疼了她。

竺珂卻很享受這樣的親暱，還往前湊了湊。

謝紹默默收回了手，強忍住下腹的燥熱。他這嬌嬌，真是個小妖精……

天氣一日比一日冷，冬至來臨了。

南方的冬日不比北方，沒那麼凜冽，溫和許多，只是這兒沒有炕，謝紹便想盡辦法以免笁珂受涼。雖說有孕之人體溫高、常感燥熱，可笁珂手腳冰涼，謝紹每晚都讓自己先替她暖好被，再讓她進被窩。

「嫂嫂，妳嘗嘗這餡，怎麼感覺缺了點什麼。」謝靈負責包餃子的工作，她端著餃子餡餵了一點進笁珂嘴裡。

「再加點茱萸和胡椒，妳用羊肉包餃子，調味就得重些。」

「行，我這就去！」

笁珂笑著在一邊指揮。「今天冬至，晚飯燙個鍋子吧，把魚片了，吃個魚鍋。」

「欸，好！嫂嫂上回做的那個奶湯鍋底我已會了，今日再學個魚的！」

笁珂一聽，笑得瞇起了眼。

立冬那日，笁珂用雞、鴨跟豬骨頭燉了湯底，白若牛乳，香得味道都飄出了巷子，她還用茱萸、麻醬等調了辛辣鮮香的蘸料，徐老和謝紹那日都吃得爽快至極。

笁珂心念一動道：「留一部分魚肉，剁成泥，和兩個蛋清跟麵粉一起捏成丸子吧。」

「這又是什麼新鮮的吃法？」

「瞎琢磨唄。」

其實這是笁珂之前在永王府秋夫人的宴席上注意到的，當時只覺得魚肉這樣做比豆腐還鮮嫩，今日正好試一試。

謝紹在永州鹽場的工作預計年關前就能結束，最近正逢關鍵時刻，每日都要到天色擦黑才能回去。

收拾好一天的活計，和晚上值班的人交接，謝紹便換下工衣準備返家。

「謝紹。」永王叫住了謝紹。他今日又來鹽場視察了。

謝紹回過頭，轉身朝他走了過去，行禮道：「王爺。」

這段日子謝紹在鹽場上的表現有目共睹，永王對自己當初的慧眼識珠也非常滿意，加上裴淼的事，不免對他稍加注意。眼瞧著工期將近，他生出了一些惜才之心。

「這段日子在永州還習慣嗎？」

「挺好的，多虧王爺關照。」

永王大笑道：「本王什麼也沒幹，你看看這片鹽場，還有新開的那一片，可是到處都有你的腳印。」

謝紹的眼神跟著望過去，不知不覺間，他也在此處揮灑了半年的汗水。

「如何，若是你不想回去了，就留在永州吧，本王可以給你更好的安排。」

謝紹一愣，似乎沒想到永王會突然這麼說。

永王看謝紹這副表情，就知道他從來沒考慮過，便道：「蜀中雖好，但到底沒有永州方便，你若是願意，就將家安在這裡，何況淼淼也在，豈不美哉？」

謝紹先是沈默，後來便開口道：「多謝王爺好意，只是草民在蜀中土生土長，習慣了，且妻子與小妹皆盼望歸家，還望王爺成全。」

「唉。」永王嘆了口氣，知道這番說辭只不過是為了滿足自己的私心，蜀中如今正缺一位像謝紹這樣有能力的人才協助他，是他眼光一時狹隘了。

「本王也就是問問，你若回去，本王自然會信守承諾。朝廷文書很快就會下來，你以後就是本王在蜀中的左膀右臂。」

「不敢當，草民雖想盡力為百姓謀一點福利，實則是為了從商，有自己的私心。」

永王很是欣賞謝紹說話不拐彎抹角這點，微微頷首。兩人一起在鹽場逛了逛，謝紹才向永王告辭。

夜深了，謝紹仔細地為竺珂掖了掖被角，看著她熟睡的側臉，他忍不住親了親她粉嫩的臉頰，大掌輕輕撫上她的肚子。竺珂現在晚上經常抽筋，有時候她嬌氣地要他幫忙按摩，有時候卻懂事得讓人心疼，好幾次都忍住不吭聲，害怕吵到他。

謝紹目光溫柔得要化成水似的，輕輕地為竺珂按捏起來，讓她能睡得安穩一些。

還有兩個多月就該生了……想到這裡，謝紹心中流過一陣暖意，輕輕勾起了唇角。

謝紹提前歸家的決定讓竺珂吃了一驚，她原本以為謝紹會打算留在永州過年。

瞧出了她的疑惑，謝紹翹起唇角，摸了摸她的頭頂道：「妳不是想回去過年嗎？這一路走官道，王爺派了三輛最好的馬車，正好能趕在這個月歸家。」

這事不能再拖下去了，要真到了下個月，謝紹說什麼都不會讓竺珂啟程。

竺珂開心地環住他的脖子道：「真的？太好了！」

這幾個月大夫定時來替她號脈，竺珂胎象穩固，此行也出不了大礙。謝紹見竺珂高興，心情放鬆了些，只是他還顧慮一件事。

「你又在想什麼？」竺珂看出他的猶豫。

「依依，如果留在永州生產，這裡有王爺他們在，還有更好的產婆……」

竺珂白了他一眼道：「我就是想回去嘛，青山城也有好大夫啊，韓大夫不好嗎？接生的丁嬤嬤也是老經驗了。」

竺珂說的丁嬤嬤是青山城最有名的產婆，在她手中平安誕生的孩子多不勝數，何況這邊的大夫說她胎位很正，生產過程定會順順利利。

謝紹這才放下心來。

第五十六章　啟程返鄉

謝靈這幾日歡喜地收拾著行李，鄰居也來打招呼。謝紹初來這小巷時，還只是個名不見經傳的外鄉人，可如今整個街坊哪有不認識他的。

他們都知道這是永王看重的人，雖沒有官職，卻有一身本事，待回了蜀中，怕也是一方富甲。有人知道謝家和永嘉郡主的關係，更是欣羨得不得了——這說白了，不就是永王府的親戚？

再看那謝娘子，生得貌美不說，廚藝又好，為人更是客氣，時不時地就會做些點心送給鄰居。這附近的人無一不讚嘆謝紹娶了個天仙般的妻子，如今一家人要走了，自然紛紛上門送些薄禮。

就這樣，在眾人的祝福中，謝家要離開這個住了半年的小宅子了。

裴淼紅著眼送別，還準備了禮物給竺珂。「嫂嫂，這是我第一次做女紅，給小寶寶繡的，嫂嫂別嫌棄。」

竺珂驚訝地接過東西道：「呀，淼淼真是長大了，都會做女紅了。」

裴淼想起自己初到謝家，竺珂第一次為她洗頭、洗澡，還為她做新衣裳的情景，又忍不住落了淚，撲到她懷裡道：「嫂嫂！」

竺珂笑著摸了摸她的頭髮道：「又不是見不著了，哭什麼？妳瞧，妳哥哥如今負責鹽場，以後定有許多機會來永州，等小寶寶出生，再帶他過來找妳，好不好呀？」

裴淼連連點頭道：「嫂嫂說話可得算數。」

「自然算數，往後淼淼也要嫁人，嫂嫂還擔心妳嫁得遠呢。」

裴淼不好意思地擦了擦眼淚道：「不會的，阿娘也想讓我離得近些，我哪兒也不去。」

大夥兒一聽都笑了起來。

謝靈捨不得自己養大的那些雞，笙珂不禁發笑。「妳是捨不得雞，還是捨不得燉了之後的雞湯？咱們在三陸壩村的家也有雞啊，再說了，那裡還有人等著妳呢。」

「嫂嫂……」謝靈嗔了一句，雙臉飛上了紅暈。

謝靈這半年來出落得亭亭玉立，剛辦了及笄禮，笙珂盤算著這次回去是該把她的婚事給定下來了。

王府的馬車就是寬敞舒適，笙珂一路上坐得算是舒服，謝紹細心不說，還有大夫隨行，可謂萬無一失。

官道平坦，笙珂甚至還沒心沒肺地找機會遊玩，吃了不少小食，讓謝紹緊張得不得了。

終於，趕在臘八這一天，馬車回到了青山城。

此刻的謝家小院，元寶和全勝正忙得滿頭大汗。綠豆前一陣子生了，當時他們手忙腳亂的，幸虧有方家公跟村長過來幫忙。

「元寶哥，小花這兩日似乎有些不對勁，你要不要去看看？」

一聽到小花有狀況，元寶連忙放下手中的活計，朝牛棚走去。
小花一直蹭著牛棚的欄杆，斷斷續續地叫著，連自己的女兒小穀也不管了。
元寶頓了一下，想起了村長借給他的書裡面說的。
「元寶哥，小花咋了？」全勝焦急地問道。
「……大概是發情。」
全勝也愣了一下，到底是兩個沒成親的男子，說起這個話題都有些尷尬。
「看這情況，應該要配種了，我明日去請教請教村長吧。」
元寶正在和全勝商量，突然傳來了一陣不急不緩的馬蹄聲，兩人頓時不敢置信地回過頭。
只見三輛馬車穩當地停在謝家小院門口，謝紹跳下車來，對上了元寶和全勝驚訝的眼神。
「怎麼，不認得我了？」
「謝紹哥！」兩人同時大喊，飛奔了過去。
謝紹笑得開懷，回到熟悉的家裡，左右都是一件令人愉悅的喜事。
「哥！怎麼這時候回來了？還以為你要留在永州過年！」
「提前回來怎麼也不遞封信，真是太讓人驚喜了！」
兩人你一言我一語的，此時馬車的側簾被掀了起來，竺珂探出半張臉，笑道：「能不能讓他先扶我下來，咱們進屋再敘舊？」

「嫂子！」

元寶和全勝連忙去搬腳凳，謝紹大步走過去，穩穩牽住竺珂的手，小心翼翼地扶著她走下來。

「好久不見啦。」竺珂笑靨如花。

元寶和全勝都撓了撓頭，喜悅之情難以言表。

竺珂下了馬車之後，謝靈也抿著唇探了出來，她沒抬頭，元寶卻是愣在當場。

等元寶反應過來的時候，謝靈已經自己走下馬車，他不禁捏了捏垂在身側的拳頭，有些懊惱。半年不見，她更好看了。

「全勝哥、元寶哥。」謝靈先喊了全勝，才喊了元寶。

全勝沒察覺哪裡有問題，笑著點頭道：「靈靈妹妹長高了，也更漂亮了！」

元寶一看也怔住了，他不敢直接跟謝靈對看，耳根微微有些發紅。

阿旺搖著尾巴瘋跑過來，糯米也從屋頂上跳了下來，一貓一狗圍著謝紹和竺珂直轉悠，逗得眾人哈哈大笑。

還不待把板凳坐熱，金家和方家就都知道他們回來了。

一行人搭乘回來的馬車本就顯眼，消息也傳得快些，金嬸滿臉含笑地趕了過來，剛一進屋，就瞧見了竺珂的大肚子。

「唉呀唉呀，我的乖乖，肚子都這麼大了！」

「嬸子。」竺珂見到她，就像瞧見了自己的母親。

金嬸拉起竺珂的手就問了起來。「回來的時候吃苦了沒？累不累？可有不舒服的地方？」

「都好著呢。」

謝紹默不作聲地站在一旁，金嬸笑著看了他一眼道：「也是，有謝紹照顧妳，嬸子放心！」

元寶和全勝只是每日照看謝家，並未在屋內生火，現在人回來了，炭盆很快被點燃，沒多久的工夫，屋子裡又是一片暖意了。

「今晚妳好好歇歇，嬸子來做飯，給你們接風洗塵！」

竺珂點點頭道：「那就麻煩嬸子了，我也好想吃嬸子做的滷肉。」

「沒問題，今天臘八，正好滷了肉，妳呀，只管等著吃現成的就行！」

這一晚，竺珂臉上的笑意就沒斷過，謝紹看在眼裡，暖在心裡，回家過年這個決定，看來沒錯。不過永王府派來隨行的大夫已經踏上歸途，他打算明日要把韓大夫請到家中為竺珂看看。

王桃桃也來了，她跟竺珂嘰嘰咕咕說了好久的話，還仔仔細細地敘述了一番花田如今的樣子——花靠蜂、蜂靠花，都長得極好。

謝家院子看上去一切如舊，卻有些許變化。牛棚擴建了一番，幾隻小牛也長大了不少，小灰更是強壯許多，看來驢車也到了該重新裝修的時候。

糯米和阿旺肥了整整一圈，尤其是糯米，比之前更肉了，牠依賴地扒著竺珂的裙子「喵喵」直叫，分明是想念他們了。

金嬸晚上炒了一大桌菜，謝靈也露了兩手這段日子在永州鍛鍊的廚藝，飯桌都快擺不下了。

月色冉冉升起，謝家小院終於重拾熱鬧的氣氛。一頓團圓飯後，眾人陸續告辭，謝靈開心地在屋裡收拾飯桌，謝紹也把新屋和舊屋全打掃了一遍。

竺珂呢，則是捧著肚子，開始視察自己的小院。

竹架下幾株月季長得還不錯，黃瓜和南瓜也都生機勃勃，等來年春天一到，又能開花結果。院子裡的雞圈被擴大了一圈，想必孵了不少小雞出來。

巡視完畢，竺珂滿意地點了點頭。

「依依，進去了，外頭冷。」謝紹見竺珂在外面轉悠，走出去牽住了她。

「我看看我們院子嘛。」從回到謝家開始，竺珂臉上始終帶著笑。

謝紹拉起她的手在唇邊吻了一下道：「就這麼高興？」

「當然了，你沒看見靈靈也高興得很。」

「嗯，炕已經燒好了，先睡？」

竺珂搖搖頭說：「我還沒洗澡呢，你把我那個浴桶搬來。」

永州那個小宅子有浴所，但只能站著洗，竺珂最懷念的還是自家這個大浴桶。

坐在寬敞厚實的浴桶裡，竺珂長吁了一口氣。還是自己的家舒服……

或許是舟車勞頓，也可能是回家以後興奮過度導致的疲累，笁珂這一覺睡得很沈，當她醒來的時候，已是日上三竿了。笁珂下意識地去摸床頭的床幔，可這次摸了個空，她睜開眼，這才反應過來自己已經回到三陸壩村了。

「咯咯咯！」院子傳來一陣雞叫聲。

謝靈頭一次發現，家裡的雞比永州那邊養的雞強壯太多，她一時之間居然抓不住。

雖然謝紹才剛回來，可鹽場的事仍得緊鑼密鼓地張羅，永王的手書得先呈到縣衙去，接下來批地、建廠，樣樣都是麻煩事，一大早他便進城去了。

謝靈還在跟那幾隻雞鬥智鬥勇，搞得院子裡雞飛狗跳，她擦了擦汗，挽起袖子道：「我就不信抓不到，你給我過來！」

她正準備撲向一隻肥碩的雞，下一個瞬間，原本還張狂地撲騰著翅膀的雞，被一隻有力的胳膊精準地一抓，提了起來。

謝靈剛抬起頭，就和元寶撞了個滿懷。

這半年來謝靈出落成了大姑娘，元寶也躥高了一截個子，如今都和謝紹差不多高了。他眉眼深邃了些，看起來也比以前成熟一點，謝靈的視線猝不及防地對上他的，耳朵逐漸燙了起來。

「元寶哥……」

「我來殺，妳別動了。」元寶的聲音也變沈了，謝靈卻覺得不難聽。

「好，那麻煩你了。」
竺珂從屋內慢慢走出來，她看見元寶，笑了笑說：「來了呀？」
元寶回頭打招呼。「嫂子。」
竺珂打趣道：「我們家靈靈在永州的時候，隨便就能捉一隻雞索利地殺了，也不知今日是咋了，幸好有你。」
「嫂嫂……」謝靈臉皮薄，跑到竺珂身邊拽了拽她的袖子。
元寶抿了抿唇，沒說話，兩三下就走到井邊，手起刀落，俐落地放血清洗，沒多久，一隻處理好的雞就送進了廚房，謝靈正在裡面做飯。
「雞殺好了。」
「喔，那你放到砂鍋裡，我一會兒來燉。」
元寶照著謝靈說的去做，她正在切菜，刀功明顯進步許多，元寶靜靜地看了一會兒，突然開口道：「在永州，過得好嗎？」
謝靈正在切菜的手一抖，那片蘿蔔明顯切得厚了些。「挺好的呀，跟哥哥還有嫂嫂一起，有什麼不好的。」
接下來，是一片沈默。
謝靈不知道這是怎麼了，他們兩人之間的氣氛不僅有些詭異，她的心跳也一下比一下快，壓根兒不敢抬頭看他，還好元寶很快就轉身走了出去。
看著他的背影，謝靈有些心煩意亂。

如今元寶和全勝對養殖場的工作已很熟悉了，全勝負責送牛乳，元寶今日則把幾隻乳牛的情況都檢查了一遍。幹完牛棚的活兒，他又走到院子裡劈起柴火——謝紹早上走得急，柴火只劈了一半。

「嫂子，柴劈好了。」元寶幹完院子裡的活兒，擦了擦汗。

「謝謝你呀，坐下歇會兒。」竺珂笑著招呼他坐下。

元寶放下斧頭，不經意地又瞥了廚房一眼。

「靈靈，給妳元寶哥倒壺茶。」

謝靈在廚房裡忙碌，聞言手又緊張地顫了一下。

嫂嫂真的是……

「茶來了。」謝靈把茶壺放在元寶面前，轉身就走。

「多謝。」

竺珂看著這兩個孩子彆扭的樣子，不知怎的，就是想笑。

謝紹把韓大夫請回來了，還留了人吃飯，韓大夫為竺珂把脈，一切安好，眾人心中的大石頭這才全放了下來。

今日只是頓家常飯，謝靈沒做多少菜，說是這麼說，但她燉了隻雞、蒸了條魚，還做了炒豆干、炸醋肉、羊肉蘿蔔湯，也是一頓豐盛美味的佳餚了。

竺珂喝了碗羊肉蘿蔔湯，感覺渾身都暖和了起來。

韓大夫抖著鬍子吃得滿足，說道：「小妹手藝真不錯，可指了人家？」

聽到這句話，元寶筷子一頓，緊張地看向謝紹。

謝紹和天下所有哥哥一樣，不緊不慢地挾了一筷子菜道：「還沒有，不急。」

「唉呀，你該早些相看嘛，老夫家就不錯，考慮一下？」韓大夫有個兒子，如今正值婚期，比謝靈大四歲的樣子。

謝紹一聽，竟認真思考起來，元寶的呼吸都有些急促了。

竺珂是在座唯一一個明眼人，眼前這景象令她只能努力憋笑。

「這事咱們說了不算，得讓靈靈自己作主。」竺珂一邊說，一邊用下巴朝門口抬了抬。

謝靈正端著茶走過來，剛進門，就發現所有人的目光都落在她身上。

村裡的豬、牛、羊已宰殺完畢，謝紹今年顧不上，都是元寶去幫忙。謝家的分自然少不了，一院子的肉，竺珂看著都有些頭大。

幸虧謝靈已能獨當一面，乾淨俐落地醃好、燻好這些肉，又運用南方的法子製作好幾種肉醬跟火腿，整整忙了七、八日。

到了年三十這一天，謝靈起了個大早，開始預備做年夜菜了。

「嫂嫂咋來了？去歇著吧，我行。」

看見竺珂走到廚房準備幫忙，謝靈連忙放下手中的活兒，讓她去歇著。

「沒事，我能幫妳做些簡單的事，不要緊。」

謝紹一大早就出去了，今天過年，牛乳卻還是要送，鹽場那邊也少不了人，不過他中午的時候應該就能回來。

「喲，這麼早就忙開了！」

兩人忙著說話，沒注意到金嬸過來了。前些天金家跟謝家商量好一道過年，反正兩家人都不多，湊在一起也熱鬧。

「靈靈真是能幹啊，都準備這麼多了。」金嬸一邊洗手，一邊誇讚謝靈。她走過去看了一下處理好的雞，問道：「怎麼做？燉了？」

竺珂搖搖頭道：「我們家靈靈前幾天就擬好了計劃，今天這雞不燉，烤來吃！」

謝靈笑道：「我也是突發奇想，還是嫂嫂懂得多。」

按照竺珂的法子，先為雞內外抹勻調味料，肚裡塞上板栗和菌子，用架子串起來，一會兒生火，直接在架子上轉著烤。

金嬸連連點頭道：「這個法子好，燉雞吃多了不稀奇，咱們吃烤雞！」

第五十七章　急煞旁人

謝靈笑著去為雞「按摩」了，金嬸則走到井邊準備殺魚。糯米不停地趴在那個裝魚的木桶旁邊鬼鬼祟祟，時不時伸出小爪子試探。

金嬸一把將魚提起來，說道：「小東西，這不是給你的。」

糯米不甘心地叫了兩聲，跑遠了。

金嬸一刀就將魚頭剁了下來，這是條大魚，魚頭能直接做成剁椒魚頭，魚身再另外盤算。

眾人裡裡外外忙活的時候，謝紹和元寶各自背著一整筐的新鮮蔬菜，從城裡回來了。竺珂昨天交代過要在菜農那裡收菜，兩人一進門就卸下竹筐放在院子裡。

「娘，我來殺。」元寶看見金嬸在殺魚，二話不說就過去幫忙。

除了蔬菜，謝紹還提了幾條小魚回來，可以熬湯或油炸。糯米看中了謝紹手上的小魚，跑過去抱著他的腿「喵嗚」直叫，肉爪子不停揮舞。

「給牠一條吧，瞧把牠饞的。」竺珂笑道。

謝紹解開魚嘴上的繩結，取了條小的給糯米，糯米歡快地叫了一聲，叼著魚就跑。

「晚上還有好吃的，到時候牠就吃不下了。」謝紹看著糯米的屁股，很想上去彈一彈。

「誰教牠饞，你快把菜拿到廚房去。」

謝靈正在廚房裡切菜，見到謝紹，抬頭笑著喊了聲。「哥回來啦。」

「嗯。」謝紹體貼地幫謝靈把燒灶火用的柴搬了進來。

元寶殺完魚，也送進來給謝靈。「魚好了。」

「喔，你放那邊就好。」此刻謝靈忙得很，頭也不回地說道。

元寶放下魚，又看了看灶臺的方向，想說些什麼，卻終究沒開口。

「謝紹哥！」竺珂在廚房外喊人。

「來了。」正在燒灶火的謝紹立刻站了起來。

「謝紹哥你去吧，我來燒火。」元寶說道。

謝紹點點頭，把柴火鉗子遞給元寶，轉身出去了。

竺珂捧著肚子在等他，謝紹走近問道：「咋了？」

「沒什麼，就喊你出來。」

謝紹丈二金剛摸不著頭腦，竺珂無奈地搖了搖頭，把這個大木頭拽進了屋子。再這樣下去，那兩個人會彆扭死。

聽完竺珂的話，謝紹驚得直接從凳子上跳起來道：「元寶他！他敢對我妹妹……」

「嚇死我了！」竺珂捂住他的嘴道：「想什麼呢！沒看出來靈靈也在意元寶嗎？他們八字都還沒一撇……」

謝紹對「有人喜歡自己的妹妹」這件事很自然地感到排斥，但如果對象是元寶……他蹙起眉頭，重複了一遍竺珂的話。「靈靈也在意他？」

竺珂嘴角微微上揚道：「你留心觀察一下嘛，看我說得有沒有錯？」

這話提醒了謝紹，接下來後半日，他的眼神一直在他們兩人之間穿梭。

新鮮的豬肉和調味料、雞蛋跟蔥花一起剁碎，一部分做藕夾，一部分包餃子，最後剩下的一些被謝靈捏成四個大丸子。這是她在永州學到的獅子頭作法，圓圓的肉丸一會兒直接下鍋炸，取名為「福祿壽喜」，討個吉利。

謝紹難得買回了一筐新鮮的河蝦，活蹦亂跳的。

「嫂嫂，蝦怎麼吃？」

竺珂看了看這些河蝦，個頭還不小。「從蝦背上切開，和粉絲一起做蒜蓉粉絲蒸蝦，名字麼……就取『花開富貴』。」

蝦肉擺在圓盤裡，一個挨著一個，紅豔豔的剁椒鋪在上面，和粉絲一起，還真像是花開富貴。

謝靈笑道：「好，我這就去開蝦背。」

竺珂坐在院子裡開始揉麵，白白的麵團和紫薯泥一起和，沒多久就變成了紫色。她心思妙手也巧，將這些紫色麵團捏成一個個錢袋子的模樣，又在錢袋子裡塞滿馬鈴薯丁、玉米粒跟臘肉丁這些提前拌好的餡料。

謝紹走到她身邊問道：「這又是什麼菜？」

「笨蛋，這當然是福氣財包。」

謝紹揚了揚唇，佩服她這些妙點子。

院子裡的火已經生起來了，元寶搭起烤雞的架子，問道：「嫂子，現在可以開始烤了嗎？」

「可以了，讓靈靈幫你。」

聞言，謝紹渾身的肌肉瞬間緊繃，目光凶狠地掃了過去，笁珂扯了扯他的袖子道：「你坐下，幫我包財包。」

謝靈和元寶一人拿著架子的一頭，面對面坐在院子裡烤雞，金嬸在廚房忙著炒菜，笁珂和謝紹則在院子裡包財包跟餃子。

此刻謝紹就像到地方視察的官員，時不時打量那兩個人，笁珂不停地偷偷伸手掐他，院子裡無人說話，氣氛微妙極了。

「鴨肉也燉好了，咱們開飯吧？」金嬸走出來笑道。

「先等等！花開富貴和福氣財包要上鍋去蒸，臘肉和臘腸直接蒸了切片裝盤，靈靈和元寶就負責把這雞烤熟。」笁珂指揮道。

蒸菜上了鍋，金嬸燒了鍋熱油，酥肉和藕夾都下鍋去炸。藕夾一炸，笑口開得更大，果然是名副其實的「笑口常開」。

至於現炒的肥腸，誰都做不來，還得笁珂親自動手，這道爆炒肥腸的滋味，就和以前一樣誘人。

天色漸漸暗了，院子裡的烤雞緩緩散發出誘人的香味，元寶坐在謝靈對面，兩人的臉都被煙霧擋住，瞧不真切。

謝靈眼神一瞥，看到他手腕上那條長命縷，不禁有些驚訝——他竟日日都戴著？想到這裡，她下定了決心。「元寶哥。」

元寶拿著架子的手一抖，抬頭看向她問道：「怎麼了？」

「你之前給我的那個木雕小偶掉了，改日重新做一個給我吧。」

謝靈故意這麼說，想看看他的反應，只見元寶微微抿唇，眼裡閃過一絲失落，但還是回道：「好。」

「其實也不是掉了，我送給我在永州的朋友了，你不介意吧？」

此話一出，元寶的臉色微微一沈道：「不介意。」

謝靈撇了撇嘴——這人真是口是心非。既然他嘴硬，那就更要氣他，她站起來把架子一放，說道：「這雞烤好了。」

「靈靈、元寶！開飯啦！」金嬸在喊了。

謝靈頭也不回地進了屋。「來了。」

元寶默默站起身，將烤好的雞連同架子拿了進去。

「喲，這雞烤得真香！」金嬸驚喜地說道。

「是嫂嫂醃得好。」謝靈坐了下來，接著說道：「這道剁椒魚頭還沒有名字。」

年年有餘已經有了，那這個……

「紅紅火火。」元寶突然開了口。

剁椒鮮豔，一盤子可不就是紅紅火火嗎？大家都同意，謝靈也笑了笑，說道：「明年，就要紅紅火火！」

竺珂次日醒來的時候謝紹在家，還提了熱水進來讓她洗漱。

「今日休沐，不上工。」謝紹將熱水倒在木盆裡，又擰濕了帕子。

竺珂點了點頭。是呀，大年初一，哪有上工的道理？她笑咪咪地接過帕子，擦臉漱口，又細細地塗了面脂、描了眉毛。

早飯過後，謝紹去忙牛棚和院子裡的工作，竺珂則開始教謝靈做糍粑。做糍粑沒什麼訣竅，主要是捶打，這是個累人的活兒。

糯米要先蒸熟，蒸糯米這段時間，竺珂就捧著肚子在院子裡轉圈。

這是韓大夫和丁嬤嬤交代過的，月分愈大，愈要時常下地活動，以免生產的時候體力不夠，使不上勁。

吃完早飯沒多久，元寶便上門了。

雖說日日見面，可是拜年的禮數還是不能少，竺珂笑著招呼他。「今天要走幾家親戚？」

「今年沒幾家，好些人出去過年，我娘說太遠的就不用去了。」

「也是，那你等會兒留下來吃中飯，下午再去。」

元寶點點頭，目光不自覺地在院子裡掃視，竺珂眼明心亮，笑道：「正好，靈靈一會兒要搗糍粑，她力氣小，你去幫幫她。」

竺珂話音剛落，元寶和謝紹就同時抬起頭來；一個是激動的，一個是警惕的。

無奈地瞥了謝紹一下，竺珂給了元寶一個加油的眼神道：「去吧。」說完後又把謝紹叫到身邊，以免這個「大舅子」不長眼色。

謝紹不情願地扔下鋤頭，乖乖過去了；元寶走到廚房，謝靈正把蒸好的糯米放進石臼裡，準備開始搗糍粑。

「我來幫妳。」元寶突然出現，嚇了謝靈一大跳。

她還沒開口，元寶已經接過她手上的木樁，準備動手了。

「等等！不是這樣。」謝靈見他一副要鋤地的樣子，像是恨不得把石臼都撞出個洞來。

「輕一些，力道不能太大。」

謝靈走到元寶身邊仔細地指導他，她髮絲輕輕揚起，帶著茉莉花的清香，元寶離她不過方寸，突然間感到有些燥熱。

竺珂和謝紹待在院子裡，謝紹的視線還不斷往廚房飄，竺珂忍不住說道：「元寶什麼人品你還信不過？你覺得他不好嗎？」

「當然不是！」謝紹當然清楚元寶是個好孩子，只是謝靈從小吃了不少苦，又才回來沒多久，他自然不希望她這麼快出嫁。

「靈靈遲早要出嫁，要是嫁給元寶，相當於嫁在家門口，難道你希望她遠嫁？」

這話管用，謝紹一聽，似乎跨過了這道坎，若有所思地點點頭。

「你別攔著就行，那兩孩子還沒說破呢。」

她這麼一說，謝紹又有些急了，他看向廚房那邊，說道：「元寶太悶了，不會表達。」

竺珂正在喝水，聽見這話，一口水差點噴出來。她用古怪的眼神看著謝紹，心想：這個人到底記不記得自己當初的表現啊？

糍粑捶打不了多久就能成形，元寶幫謝靈取出糍粑，謝靈看著他臉頰上的汗，問道：「元寶哥，很累嗎？」

「不！」元寶連忙回答。這點事就說累，多丟人啊。只是……

「那你怎麼出了這麼多汗？快擦擦。」謝靈取出自己的小帕子，這帕子上繡了朵杏花，是她才剛學會的。

元寶僵硬地接過這帶著女兒家馨香的貼身之物——他猛然清醒過來，將帕子塞回給謝靈，語速極快道：「我去洗把臉就好！」說著逃也似的奔出了廚房。

面對這個情況，謝靈、竺珂和謝紹全說不出話了。元寶這人真是比木頭還木頭！

自己手工搗的糍粑香甜軟糯，炸好的糍粑淋上熬好的紅糖汁，在表面撒上少許黃豆粉，一口咬下去，表面酥脆、內芯軟糯，紅糖和黃豆的香甜在唇齒間漫開，著實是一道人人喜歡的點心，不愛甜食的謝紹也吃了好幾個。

午飯過後，元寶要繼續走人家，謝靈送他到院門口，正巧遇到三陸壩村一個媒人路過，她瞧見謝靈，笑著打了個招呼。

「這不是靈靈嗎？好久不見，都出落成大姑娘了！」

「劉嬸子過年好。」

許是媒人當久了，劉家嬸子下意識開口道：「過年好。前些天還有人說呢，說謝家小妹如今年歲已到，是該考慮考慮了，嬸子給妳留意著啊！」

過去謝靈對這種話一般都是一笑帶過，今日也不知怎的，當著元寶的面，竟應了一聲。

「多謝劉嬸子了。」

「客氣啥！嬸子走了啊！」

謝靈笑著跟她行禮，回過頭就看見元寶一雙漆黑的眼睛正直直盯著自己，似乎還有些生氣。

「你瞪我幹麼？」謝靈故意問道。

元寶別開臉，背起腳下的竹筐，一語不發地轉身走了。

看著他的背影，謝靈也來了氣。這什麼人啊，以前也沒這樣，現在竟是愈來愈悶了！她氣呼呼地關上院門，回到屋裡。

竺珂正在繡虎頭鞋，敏銳地察覺到謝靈不太對勁，她望了望院外，搖搖頭。

這兩個人都口不對心，還得找個時間創造機會才行。

竺珂原本還擔心這件事，可是很快的，她就顧不上了。原本過完正月才是產期，也不知是怎麼回事，上元節前一天傍晚在院子歇著時，她就陣痛了。

謝紹見情況不對，扔下斧頭跑了過去，緊張地拉住她的手道：「怎麼了?!」

「我……我好像有動靜了……」竺珂捂著肚子，斷斷續續地說道。

謝紹腦中「轟」的一聲作響，立刻轉頭朝屋內大喊道：「靈靈！」

產婆是早就打好招呼的，只是竺珂產期提前，得趕緊通知對方。謝紹的眉頭一直無法舒展，額角也冒出冷汗。

生產需要一段時間，現在才剛開始，竺珂每痛一會兒就能緩一緩，她勉強扯出笑容道：「看來咱們的孩子是個急性子，趕著出來跟他爹娘去看花燈呢。」

竺珂精神似乎還不錯，謝紹卻沒心情開玩笑，婦人生產就是過鬼門關，他自出生到現在從沒這麼擔心過。

丁嬤嬤和韓大夫很快就趕到謝家，此時竺珂的腹痛已經很明顯了。丁嬤嬤一看心中就有數，要男人們都到屋外等，自己則過去檢查。

第五十八章　燦爛人生

笁珂痛得愈來愈頻繁，韓大夫把了脈之後就在外頭靜靜等著，屋內只有金嬸、丁嬤嬤和謝靈。謝紹說什麼都要陪著她，笁珂卻非要他出去不可，她嫌自己這時候醜，不讓他看。

謝紹覺得笁珂不過是臉出了點汗罷了，但她異常堅持，謝紹只好順著她，站在簾子外頭，隨時留心裡頭的動靜。

當笁珂忍不住發出第一聲喊叫時，謝紹又衝進去了，金嬸和丁嬤嬤對視一眼，知道攔不住，便隨他去了。

「依依，我在。」

笁珂只覺得下腹似乎要被撕裂一般，汗水浸濕了額髮，她胡亂地朝空中一抓，便抓住了謝紹的大掌。

「謝紹哥……」

「我在，別怕。」

「謝紹哥，我好疼……」

謝紹的心被猛然一把揪住了，瞧見笁珂的模樣，他只覺得無限自責。

「加油呀，謝娘子，堅持住，就快了！」

「小珂，加油，馬上就出來了！」

「嫂嫂加油！」

也許是即將成為母親，也許是謝紹一直在身邊給她鼓勵，竺珂原本痛到快失去意識，這會兒不知從哪裡冒出來一股勁，又有了力氣。

「快了快了！看到頭了！」

謝紹一顆心提到嗓子眼，眼睛眨也不眨地盯著竺珂，不斷吻著她的手。

終於，歷經漫長的煎熬，接近黎明的時候，一道洪亮的啼哭聲響徹謝家小院。

經歷一瞬間的放鬆之後，睏意和疲憊襲向竺珂，還來不及跟謝紹說一句話，她就沈沈地睡了過去。

韓大夫進來為竺珂把脈，這次他倒沒有賣關子。「無礙，就是累著了，好好休息，別打擾她。」

謝紹聽了，總算終於鬆了一口氣。

「恭喜恭喜，是位千金！」丁嬤嬤抱起了小嬰兒。

金嬸笑得嘴都合不攏，她和丁嬤嬤簡單清洗過孩子，便將她裹在襁褓之中，送到謝紹面前。

謝紹手足無措極了，面前這個沒有他手臂長的小人兒，就是他的女兒。她緊緊閉著眼，小得讓他不敢觸碰，好幾次抬起手，又放了下去。

「謝紹，快抱抱啊，這是你女兒！」金嬸催促道。

一旁的謝靈激動到不行，她拽了拽謝紹的袖子道：「哥，快抱呀，你不抱我要抱嘍！」

謝紹這才緊張兮兮地伸出手，屏住呼吸接了過來。懷裡的小人兒剛才還在大聲啼哭，這會兒哭累了，沈沈地睡了過去。她那麼小、那麼柔軟，謝紹不敢用力，輕輕將她抱在懷裡，慢慢走到竺珂身邊。

竺珂還在睡，謝紹瞧著懷裡的女兒和床上的嬌嬌，心都化成了一灘水。

「哥，她太好看了，長得好像嫂嫂。」謝靈湊過去，看著小嬰兒輕聲說道。

「這會兒孩子皮膚還皺巴巴的，滿月時那才叫好看呢！」金嬸說道。

話雖如此，謝紹卻覺得女兒是上天賜給他的珍寶，怎麼樣都好看，當然，床上的竺珂是最美的。

丁嬤嬤和金嬸悄悄離開，留給他們一家人寧靜的時光，元寶站在簾子外頭，看著謝靈的背影，心中悄悄湧上了一絲期盼……

竺珂醒來的時候，謝靈正在床邊擰帕子，見她睜開眼，驚喜地喊道：「嫂嫂，妳醒了?!」

人在外面的謝紹一聽，直接衝了進去。

竺珂覺得身子有些無力，緩緩地點了點頭。

「依依，妳醒了！」謝紹走到床邊握住她的手，情緒有些激昂。

竺珂打量起謝紹，只見他眼下是明顯的烏青，臉上還有鬍碴……她勾了勾唇，故意說道：「你怎麼比我還狼狽？」

謝紹也不辯駁，用力握住她的手不斷放在唇邊吻著，然後又親了親她的額頭，嗓音有些沙啞地說：「餓不餓？想吃什麼？」

竺珂生完孩子以後沒吃東西，又睡了這麼久，這會兒是真餓了，不過現在她更急的是另一件事。

早在謝紹進屋的時候，謝靈就轉身出去把小瀅瀅抱了進來。

謝瀅，是謝紹提前和竺珂商量好的名字，若是女孩，就叫謝瀅。玉山前卻不復來，曲江汀瀅水平杯——取純潔晶瑩、白璧無瑕的寓意。

竺珂看著襁褓裡的小嬰兒，嘴角帶著笑意。「她怎麼這麼小啊……還皺皺的，像隻小老鼠……」嘴裡這樣說，語氣卻是無限的溫柔和寵溺。

謝靈笑道：「金嬸說了，滿月的時候就會好看。嫂嫂，我去給妳端點吃的來。」

她轉身走了出去，讓謝紹和竺珂獨處，謝紹摟住竺珂，竺珂抱著小瀅瀅，兩人對視一眼，眼裡滿是幸福。

謝家多了個寶貝疙瘩，參與接生的金嬸就不用說有多開心了，王桃桃、蘇蓉也紛紛送來賀禮，只是竺珂還沒出月子，等滿月酒的時候再來探望也不遲。

謝紹將養殖場交給了元寶和全勝，鹽場那邊過完正月才開始忙，這半個月他便寸步不離地守在竺珂和女兒身邊。

當了姑姑的謝靈，則是愉快地在屋裡和廚房之間穿梭，想方設法為竺珂補身體，菜色不僅豐富多彩，營養也相當充足，她還學會幾道藥膳，時不時就露上兩手。

元寶忙完養殖場的事，就會在廚房外偷偷看她。初一那天以後，這些日子他們兩個說的話不超過二十句，他攥了攥拳，推開了廚房的門。

謝靈正在燉湯，看見他進來，手中的勺子頓了一下，下一刻便轉過了身子。

元寶有些無措，猶豫地上前說道：「有沒有需要幫忙的？」

「我做飯，你會做嗎？」

「不會……」

「那沒事了，出去吧。」

元寶抿了抿唇道：「我幫妳殺魚或殺雞。」

「都已經在鍋裡了，不用。」

看著謝靈冷若冰霜的小臉，元寶一顆心漸漸沈了下去。「靈靈。」

這聲呼喊讓謝靈停下了動作。

「妳，是不是在永州認識別人了？」

謝靈怔住了，過了好半天才明白元寶的意思，她把勺子一放，轉過身來冷冷地說：「你這話什麼意思呀？」

元寶不禁握了握拳頭。如果不是這樣，那她為什麼從永州回來就像變了一個人？不總是跟在他背後，也不愛叫他元寶哥了。

謝靈周邊的空氣慢慢變沈，眼眶也有些紅了。原以為從永州回來以後兩人能說破，可現在誤會好像更深了。

元寶見她紅了眼睛，頓時緊張起來。「我、我沒別的意思，就是問問而已，畢竟永州那麼大，人也多，之前妳說把我送妳的小偶送給朋友，我、我就……」

他說得磕磕巴巴的，謝靈鼻子卻愈來愈酸，然而漸漸的，她似乎聽懂了什麼。她故意說把他給的東西轉送給別人了，這木頭竟然記了這麼久？

想著想著，謝靈被氣笑了，扭頭就跑回自己房裡。元寶嚇了一跳，以為她被自己氣壞了，趕忙追了上去。

謝靈跑得快，從屋裡回院子時正好和元寶撞上，她拿著東西直接朝元寶懷裡一塞。「誰送人啦？氣你的話都聽不出來，笨蛋！不過這樣也好，我不要了，還給你！」

元寶呆呆地看著懷裡的那個木雕小偶和謝靈氣鼓鼓的臉蛋，慢慢抓到了重點。

謝靈揚了揚下巴道：「東西還你了，怎麼不走？」

元寶再笨也聽得懂這是反話，他愣愣地看著謝靈的小臉，鼓起了生平最大的勇氣說道：「靈靈，我想娶妳，妳願不願意？我會對妳好的。」

四周瞬間安靜下來，謝靈什麼聲音都聽不見，只感覺到自己的臉愈來愈紅、愈來愈燙。

這、這人……怎麼這麼突然，又這麼直白了?!

謝紹和竺珂在屋內聽見了動靜，謝紹打開門走出來，謝靈猛然轉頭跑回廚房，留元寶一個人傻傻地站在原地。

這對冤家把話說開後，事情很快就定了下來，金嬸樂壞了，整日都帶著笑。一切照著禮儀走，說媒提親，一樣也沒少。

進入二月以後，謝紹變得非常忙碌，朝廷的文書已經下來，明定人民從此可以自由販鹽，再也不被官府壟斷，鹽稅跟鹽價則是雙雙下調，百姓一片叫好。

就在有人起了心思時，才發現早就有人搶先他們一步籌謀跟準備了，自然就是謝家。謝家的鹽廠生意一日千里，不僅和永州簽訂了協議，甚至有曾任朝廷掌司的人親自為他們掌控鹽的品質，很快的，謝紹便壟斷了蜀中的販鹽生意。

眾人不禁暗暗惋惜，然而後悔是沒用的，只能眼睜睜看著謝家一日比一日好。

謝紹經商卻不黑心，他廣納人才，在能力所及的範圍內儘量壓低鹽價，讓老百姓都能吃上好鹽，要不了多久口碑就傳出去了。

販鹽，在青山城成了最光榮的一件事。人來人往的碼頭上，謝紹一共包了五艘大船，全是來往永州和蜀中的，過去在碼頭的那些兄弟們紛紛投奔到謝紹手下，以前積累的人脈幫了他大忙。

謝瀅滿月這一天，謝紹包下城中最大的酒樓宴請賓客。眾人皆知謝紹喜得愛女，認識的、不認識的全來送禮，謝家也來者不拒，人人都能入席，沾一沾喜氣。

這宴會，請了足足兩日。

竺珂也不扭捏，別家孩子滿月禮的時候，有的婦人還不願意露面，可她卻大大方方地和謝紹站在一起，親自抱著女兒招待賓客，還露了兩道拿手菜，一時之間，羡慕的眼神快要將這位曾經默默無聞的獵戶給淹沒了。

嬌妻愛女陪伴、事業飛黃騰達，誰不憧憬這樣的人生？當然，其中也有了解他的人，知道這光鮮亮麗的生活背後付出了多少艱辛。

這兩日，謝紹的笑容沒淡下去過，只是他怕醺著自己的女兒和妻子，酒不喝多，而是不停招呼眾人吃菜。大夥兒心裡也有數，並未為難他，道喜之後就三兩成群喝個盡興。

蘇家人當然沒缺席，蘇蓉最近也遇上喜事，她相公中了舉人，怕是下個月就換蘇家宴請大家了。

竺珂與蘇蓉相見甚歡，蘇蓉看著謝瀅，樂得合不攏嘴。

「這麼喜歡小娃兒，怎麼不計劃一下？」竺珂笑著打趣。

蘇蓉是典型的女強人，既有生意頭腦又精明能幹，一想到懷孕就沒辦法專心賺錢，不禁有些排斥。

竺珂指著她身後笑道：「妳家相公方才可是抱著瀅瀅不肯撒手，想來也是盼著呢。」

蘇蓉回頭瞧了瞧自家相公，微微紅了紅臉，開始認真思考起來。

宴會還在進行，竺珂卻有些想回家了，謝紹看出她的心思，便一次向眾人敬了酒告別，帶著嬌妻和女兒走出酒樓。

「你提前離場不要緊嗎？」

「不要緊，元寶和全勝都在，會招呼好他們的。」

笁珂點點頭道：「那咱們回去吧。」

兩人走到平時停驢車的地方，謝紹突然想起今天驢車被借去拉酒了，因為酒樓的酒不夠，要去城郊的酒坊買才行，也就是說，現在他們只能步行返家。

笁珂睜著圓圓的杏眼看著他，謝紹皺了皺眉道：「我來想辦法。」

「沒事。」笁珂連忙喊住他。「今天天氣好，咱們就慢慢走回去吧。」

謝紹有些猶豫，笁珂卻堅持道：「我現在也要鍛鍊一下嘛，不然天天在家坐著不動，會發胖的。」

嬌妻都這麼說了，謝紹只好嘆口氣應下了。笁珂開心地挽著他的胳膊，兩人踩著夕陽，緩緩朝三陸壩村謝家小院出發。

走過了無數次的路，如今不只熟悉，還變得格外親切。謝紹懷裡抱著女兒，手裡牽著笁珂，走過當初接她進門的那條路。

當時笁珂一張小臉被曬得紅撲撲的，髮絲黏在嫩白的臉上，明明累極了，卻不敢喊謝紹等一等她。想到過往種種，笁珂嘴角忍不住泛起了笑意。

「在想什麼？」謝紹問道。

笁珂只是笑著搖頭，卻不肯多說。

走著走著，到了當年那條小溪前。二月的溪水破了冰，流水潺潺，雖不似夏日綠草繁茂，岸邊卻已抽出了綠芽，宛如他們的人生，生機盎然。

「謝紹哥！我腳好像扭到了！」竺珂突然叫了一聲，往石頭上一坐。

謝紹立刻緊張地蹲下，抬起她的腳查看。「哪裡扭了？疼不疼？」

是當初坐著讓謝紹檢查她傷勢的那塊石頭，他也像當初一樣表情嚴肅地審視她的腳，只是如今他另一隻手抱著謝瀅，神色比當時更緊張。

仔細檢查了一番，卻沒發現什麼受傷的痕跡，謝紹抬起眼，撞入了竺珂帶著笑的眼眸——他上當了。

竺珂抿著嘴，嬌滴滴地朝他說道：「就是受傷了，腳磨破了，這繡鞋不適合走山路，你背我吧。」

謝紹看著她狡黠的笑，也憶起了當年的情形。他緩緩勾起唇，心甘情願地蹲了下去。

「好，我背妳回去。」

竺珂如願以償地趴上他的背，還是那麼寬闊結實，她突然想起當初問他的那個問題。

「我是不是有點重？」

謝紹自然記得當時的回答，他唇角揚起道：「不重，沒有野豬一半重。」

竺珂就知道他會故意這樣說，可現在她不怕謝紹了。

「你還這樣比！」她伸出手擰住他的耳朵。

「娘子饒命，為夫錯了！」

夫妻倆的笑聲灑滿了鄉間小路，夕陽西下，一家三口的影子被斜陽拉得細長，那熟悉的村西頭、溫暖的謝家小院，還有未來的美好日子，正在等著他們……

番外一

在元寶和全勝的努力下，養殖場迅速擴張，沒一年的工夫，謝家的後院就塞不下那些乳牛了。

後山那片草場，現在已經完全歸謝家所有，元寶將牛棚遷到此處，除了晚上，乳牛每天日間都可以在草場內自由活動。這樣養出來的乳牛，身體不僅健康，產乳量也更豐盛。

謝靈做好了午飯，把東西裝進食盒，就要為元寶送過去，這已是她每日的工作。

臨走前，金嬸囑咐她。「路上慢些，別走小路。」

「知道了娘，您放心吧。」謝靈回頭脆生生一笑。

謝靈嫁過來半年多了，金嬸每天都笑容滿面的。這也難怪，得了一個又漂亮又能幹的兒媳婦，誰不高興？村裡人也道金家和謝家的緣分不淺，成就了一段佳話。

謝靈出了院子，就戴上自己的小斗笠。這斗笠是前段時間元寶編的，小巧精緻，摸著也不割手，她喜歡極了，就是沒有太陽的陰天，也要戴著出門。

路過謝家的時候，就見到竺珂正抱著謝瀅在院子裡哄。

「嫂嫂。」謝靈喊道。

竺珂抬起頭，見是謝靈，笑道：「去給元寶送飯？」

「是，瀅瀅這是咋了？」

竺珂無奈地說道：「見不著她爹，鬧脾氣呢。」

「我哥呢？」

「村口殺豬呢，妳哥要去幫忙，這小傢伙就扒著他的袖子不肯放，非要跟著去，殺豬又凶殘又滿是腥味，有啥好看的？」

謝靈笑道：「我哥這麼多年就是改不了獵戶毛病！」

「可不是嗎？妳路上小心點，晚上和元寶過來吃飯吧。」

「欸，好！」

原本懶洋洋趴在院子裡的糯米和阿旺，一聽見謝靈的聲音，馬上豎起耳朵，撒腿跑了出去。

「你們怎麼跑出來了？要跟我一起去啊？」謝靈笑道。

這一貓一狗跟謝靈關係極好，謝靈出嫁以後，糯米和阿旺還時不時一起跑到金家討肉吃，這會兒見著了她，自然趕緊跟上去。

阿旺一出門就狂奔，謝靈無奈得緊，只能在後面大喊：「你別亂跑！」

只見阿旺撒潑似的狂奔了一圈，東嗅嗅西嗅嗅，最後回到了謝靈身邊。

「這才對嘛，我跟不上你，慢慢跟我走就是了。」

然而，阿旺顯然沒聽懂她的話，快到半山腰的時候，牠又瘋了一樣地撒腿跑遠了。

謝靈是沒法子了，只好彎腰抱起糯米道：「你可別學牠天天瘋跑。」

抱著糯米，謝靈一步步朝後山走去，路上不時遇到幾個村民。如今謝家跟金家日子過得好，大家都羨慕得很，紛紛笑著跟謝靈打招呼，她也友好地一一回應。

草場這邊，元寶挽著袖子站在幾個男人中間，如今養殖場有十幾人在工作，大家對元寶的指揮都很服氣。

阿旺那沒良心的，率先跑了過來，狗腿地趴在元寶腳邊。謝靈笑咪咪地站在一邊，沒去打擾他們，而是靜靜地等候。

過了一會兒，有幾個人看見她了。

「元寶哥，靈靈姊給你送飯來了！」

元寶扭過頭，就看見謝靈站在不遠處，戴著小斗笠，挎著小籃子，還抱著糯米。他連忙大步走了過去，接過籃子道：「累不累？沈不沈？」

謝靈淡淡笑著搖了搖頭道：「這點路，不累，就是這傢伙，現在越來越重了。」說著，她舉起懷裡的糯米，這貓如今都快變成豬了。

元寶笑了，單手將糯米接過來放在地上道：「跟阿旺玩去。」

見糯米和阿旺跑遠了，元寶才拉住謝靈道：「樹蔭涼快，我們去那邊吧。」

察覺到身後有一些調侃的目光，謝靈把手抽回來道：「有人在呢。」

元寶抿了抿唇，有些遺憾。

兩人往野櫻桃樹下一坐，謝靈打開食盒，裡面是一大碗米飯、一盤回鍋臘肉、一碗鎮過的涼粉，還有一顆水靈靈的大桃子，是前不久元寶進山摘的。

元寶大口大口扒著飯，一顆心既感到甜蜜，又覺得火熱。

謝靈托著腮笑著看他，成親以後，他們兩人的感情一直很好，元寶雖然話不多，但做的事卻是疼人的，謝靈在金家也過得很自在。

「慢點吃，還有涼粉呢。」

謝靈拌涼粉的手藝一絕，酸辣開胃，夏天吃最是舒爽。阿旺和糯米聞到了肉香，又跑過來往元寶身邊湊。

「不行，你們已經吃過飯了。」謝靈態度堅決。

倒是元寶，他看見阿旺那不斷滴著口水的嘴，有些不忍心。

謝靈伸手將阿旺的頭往旁邊一扭，說道：「晚上想吃豬骨頭的話，現在就閉上嘴。」

「嗷嗚……」阿旺想吃肉，更想啃豬骨頭，於是乖乖地閉上了嘴。

「豬骨頭？哥又去殺豬了？」元寶問道。

謝靈笑著點頭道：「是啊，路上遇到嫂嫂，她說的。」

村長家去年開了養豬場，這時候豬隻正好肥了，宰上幾頭也不奇怪。

「等這裡忙完，我也去幫忙。」

「好呀好呀，多提點肥腸和豬腰回來！」

元寶勾了勾唇。謝靈和竺珂一樣不愛吃肉，就喜歡處理那些豬下水，不過她們做得都美味極了，尤其是爆炒肥腸，那可是元寶的最愛。

吃過飯，元寶率先站起身，伸手將謝靈拉了起來。沿著小路，兩人來到當年和裴淼一起來過的那條小溪邊，這裡景色依舊，身邊的人也沒有改變。

元寶小心翼翼地牽著謝靈站到溪邊，接著便去洗了把臉。謝靈一時興起，說想打水漂。聽到謝靈的要求，元寶沒忍住，笑出聲道：「就這麼淺的小溪妳還想打水漂？沒漂兩個就飛到對岸去了！」

謝靈有些失望地嘟起嘴，但又覺得他說得好像有道理。「那我想抓魚蝦！」

元寶低頭看向清澈的小溪，的確有一些河蝦。他點點頭，挽起袖子道：「我來，妳在岸邊等我。」

謝靈不肯，學著他的口吻說：「就這麼淺的小溪，你還怕我被淹著不成？」說罷就挽起褲腿和袖子，也下了溪。

「不是，我是怕妳摔——」

元寶的話還沒說完，謝靈腳底一滑，整個人就坐到了水中。溪水濺了起來，打濕了她的衣裳還有頭髮。

「沒事吧?!」元寶緊張地在謝靈面前蹲下，左右查看。

「元寶哥……我屁股好痛……」謝靈沒想到溪底的青苔這麼滑，有些委屈地看著他。

兩人對視了一會兒，就「噗哧」一聲笑了出來。

元寶攔腰抱起謝靈走到岸邊，找了塊乾淨的石頭放下她。阿旺和糯米跟了過來，跑到謝靈身邊不停地轉圈。

「腳有沒有扭到？」元寶說著就要蹲下去檢查她的腳。

「沒有沒有……」謝靈極度怕癢，忍不住縮回了腳。其實她就是一屁股坐了下去，有些吃痛而已。

元寶鬆了口氣，看了看她被水濺濕的衣裳，無奈道：「教妳不聽話。」

「有什麼關係嘛，反正天氣這麼熱，一會兒就乾了。」謝靈回得理直氣壯。

元寶說不過她，便讓謝靈脫下外衣，用自己的衣裳為她披上。「還是小心點，不然一會兒著涼了。」

謝靈點點頭，乖乖穿上了。

糯米不常出門，個性卻是貪玩，牠撲進水裡去抓魚蝦，阿旺也一頭栽了進去。

「欸！」謝靈忍不住喊道。

元寶看向溪裡，說道：「沒事，溪水淺，況且阿旺會游泳。」

糯米雖然被養得很肥，可事實證明牠抓魚蝦的功力不淺，撲了個幾次，兩條小蝦就進了牠的嘴。

「糯米好厲害！」謝靈忍不住拍手。

「汪汪！」阿旺不甘示弱，以狗爬式的泳姿去了水稍微深一點的地方，沒多久也抓住了一條巴掌大的魚。

「阿旺也厲害！」

得到謝靈的誇讚，阿旺這才揚眉吐氣地上了岸。

一貓一狗都上岸後，元寶挑了挑眉，重新下了溪，還帶上謝靈的小竹筐，頗有大幹一場的架勢。

謝靈憋住笑，靜靜坐在岸邊等他。

一隻隻、一條條，元寶很快就抓了一小竹筐魚蝦，他雙眼發亮地抬頭看向謝靈，卻發現謝靈沒在看他，而是用狗尾巴草逗著糯米玩。

元寶無言地提著小竹筐上了岸，謝靈這才注意到他還有那筐魚蝦。

「結束了？那咱們回去吧？」

沒聽到自己想聽的話，元寶抿了抿唇，「嗯」了一聲，隨即走到謝靈的面前，轉身蹲下去。

「幹麼？」

「我背妳，這段下坡路滑。」

謝靈剛想開口說不用，又想起方才這呆子彆扭的表情，她眼波一轉，笑著趴上去道：「好呀，謝謝你，元寶哥。」

聽見她甜甜地喊著自己，元寶才好受了一點，不過他依然面不改色地說：「抓緊些。」

謝靈忍笑忍得辛苦極了，回道：「欸，好。」

元寶背著謝靈，謝靈提著一筐魚蝦，身後跟著糯米和阿旺兩個小跟班，朝山下走去了。

謝靈趴在元寶背上，覺得既窩心又甜蜜，他脖頸處全是汗，謝靈卻絲毫不嫌棄，還湊了上去，飛快地在他耳朵上啄了一下。「你也……很厲害！」

突如其來的誇讚讓元寶的心一下掉進一處溫泉裡，有如一股暖流淌過，熱呼呼的。他唇角翹起，眉眼間全是愉悅之情，將人往上托了兩分。

「聽見沒啊？」謝靈故意問道。

「沒有。」

「那我再說一遍，你聽好了——我說你也很厲害！元寶哥很厲害！」

謝靈的聲音像百靈鳥一樣在山間迴盪，阿旺也在後頭應和。「汪汪！」

元寶終是忍不住笑出聲道：「別鬧，抓緊了，否則一會兒跌下去。」

謝靈勾住他的脖子，又親了他的臉頰一口。

「才不會呢……元寶哥最最厲害了！」

番外二

謝家的養殖場如今規模相當可觀，包攬了青山城以及方圓幾十里的乳業。元寶今年包下半座山頭，雇人專門整理放養乳牛的草場，現在乳牛以半開放的狀態養殖，情況相當良好。元寶和全勝一直合作愉快，兩人幹勁十足地帶領著底下人工作。

元寶還有其他計劃，他打算明年在城內開家販賣乳製品的點心鋪子，他們一手掌握了原料，還擔心不賺錢嗎？

這個想法得到了謝靈的支持，只不過要開點心鋪子，得有手藝卓越的師傅才行。若是找不到合適的人選，謝靈想親自頂上，可是元寶總怕她辛苦，兩人還在商量。

元寶會這麼擔心謝靈是有原因的。在他們成親的第三年年初，謝靈終於懷了身孕。這個消息讓元寶激動得差點沒跳起來，金嬸跟金叔更是樂得合不攏嘴。

竺珂對開點心鋪子這件事也樂觀其成，還說如果謝靈忙不過來，自己可以去幫忙。這兩家的產業是愈做愈大了，整個三陸壩村，沒有人不羨慕謝家和金家的。

依芍苑成了青山城最大的香粉鋪子。蘇蓉將原先的舊鋪子擴建為四層樓高的氣派小樓，請了十幾個姑娘跟婦人在鋪子裡照看，她鼓勵女子走出房門，讓她們相信自己也能頂半邊天。

四層樓閣分別以春、夏、秋、冬為主題，不光是布置跟裝潢擺設，連產品也與季節息息相關。春日的桃花、杏花、梨花；夏日的梔子花、紫薇、茉莉、木槿、荷花與月季；秋天的桂花、金菊；冬日的茶花、臘梅。

每種花木，竺珂都研製出至少三、四種新鮮的產品，她每年還繼續創新，依芍苑已成了女子們逛街必來之處，不只是青山城，名聲還遠播外地。

蘇蓉和竺珂如今很少親自到鋪子查看，已然實現當年那甩手掌櫃的願望。

雖然與謝紹成親好幾年了，但竺珂覺得兩人之間非但不感到厭煩，還相處得愈來愈融洽、愈來愈合拍——包括那方面。

有鑑於謝紹這個父親出色的育兒表現，夜半他自然得到了嬌妻「無微不至」的伺候。兩人大汗淋漓，謝紹翻過身躺平，竺珂也嬌喘不已。

謝紹怕竺珂著涼，掀過被子將她蓋得密實，又捏了捏她還在顫抖的小胳膊。他忍不住說道：「都當娘的人了，還這麼嬌？」

竺珂第一次的時候才十七歲，如今都是三歲小孩的娘了，她不滿地嘟起嘴說道：「方才伺候你的時候可沒聽你說這話！」

謝紹見她馬上就要翻臉，立刻伸手將人摟進懷裡，不停地吻著她的睫毛和臉頰。「對不起，我錯了……」

哄了好半天，竺珂才軟下身子，乖乖趴在他胸膛上。

「瀅瀅三歲了，咱們再要個孩子吧。」竺珂突然說道。

聞言，謝紹呼吸一窒。親眼瞧見謝瀅出生時竺珂辛苦的模樣，他一直避免再讓她受孕，甚至悄悄向韓大夫討了藥方熬來喝，到現在都沒出過任何「意外」，可妻子這句話……

「問你呢，再要一個吧？」竺珂見謝紹沒反應，就用小腳軟綿綿地踢了他的下腹一下。

這一撩可不得了，謝紹青筋瞬間暴起，美人在懷，此等邀約豈能錯過？家裡如今條件那麼好，真的再要一個也不成問題。

「真想生？」謝紹將身子覆了上去。他唯一擔心的，就是自家嬌嬌受不受得住生產的痛苦。

竺珂眼波如水地點了點頭，謝紹便不再浪費時間。

今夜，還很漫長。

竺珂懷上第二胎的時候，謝靈碰巧也有了身孕，這對金家和謝家來說自然是喜上加喜。

謝瀅不過三歲多，卻非常清楚弟弟與妹妹的概念，她整日待在自己娘親身邊，指著竺珂的肚子奶聲奶氣地說：「弟弟、弟弟。」

童言童語，逗得全家哈哈大笑。

「為什麼是弟弟，不是妹妹？」竺珂笑著問道。

謝瀅用她三歲多的小腦袋瓜想了想，過了很久也想不出個所以然，仍然重複著。「弟弟、弟弟、弟弟。」

竺珂私下對謝紹說過，小孩子最有靈性，這胎說不定真是男孩。

謝紹摸了摸她的頭，把人摟進懷裡道：「是男是女都好。」

謝靈只要一得空，就會往謝家跑，因為元寶和謝紹每天都忙得不像話，不可能一直陪她們，於是竺珂和謝靈就窩在家裡研究做些什麼好吃的。

「嫂嫂，妳這個鴨掌怎麼做的？實在太好吃了！啊……我要喝水，好辣！」

這鴨掌是竺珂昨天提前用泡椒醃過的，這會兒正好入味，只是稍辣了些，竺珂實在是吃不了。原本是特地為謝紹做的，可謝靈一嘗就喜歡上了，這會兒她明明被辣到不行，還非要吃，怎麼樣都停不下來。

竺珂光看就覺得舌頭痛，說道：「還要不要水？再喝一些。我看妳還是悠著點吧，吃一個就行了，也得考慮考慮孩子呀。」

謝靈連連點頭道：「是，我不吃了，這是最後一個。」

喝了兩大杯水，謝靈這才稍稍覺得緩解了些。「唉，嫂嫂，怎麼辦呢？我真的管不住自己，這陣子看見辣的就想吃。」

「都說酸兒辣女，說不定妳這胎是女兒呢。」

謝靈有些羞澀地說：「嫂嫂懷瀅瀅的時候，也不見妳愛吃辣呀。」

竺珂頓了頓，好像是這麼回事。那一年他們去了永州，南方吃食都較為清淡，她好像也沒特別喜歡吃什麼東西。

兩人正在閒聊，謝紹和元寶同時返家，而且今日回來得還特別早。

「你倆咋一起了？」竺珂有些驚訝。

謝紹與元寶有默契地看了彼此一眼，同時秀出手上的袋子——是甜寶齋最新的點心。

竺珂和謝靈齊齊笑出聲，完全能想像兩個男人在點心鋪子遇見的場面。

「既然我們遇見了，就沒買一樣的東西，這包是棗花酥，元寶買的是雲片糕。」

竺珂和謝靈笑咪咪地一道吃了起來，謝紹心疼竺珂，當然也關心妹妹，見謝靈如今過得幸福開心，元寶又會照顧人，他這個當哥哥的才終於放下了心。

竺珂這一回肚子出奇的大，懷胎差不多五個多月的時候，韓大夫就斷言這一定是雙胞胎。

謝紹聽完之後又喜又憂。生一胎就夠辛苦了，何況是成雙。竺珂自己也嚇到了，夫妻倆花了好一陣工夫才消化這個事實。

這下子，謝紹又將手上的事暫時全交代出去了，全心全意地照顧起了竺珂。

謝靈也吃驚不已，摸著她的肚子連聲道：「難怪呢，我就說嫂嫂的肚子怎麼這麼大，原來是雙胞胎啊。」

這對竺珂來說是甜蜜的苦惱，生謝瀅的時候就夠辛苦了，如今竟然有兩個……好在謝紹疼她、關心她，到了孕期後半段，她更是被捧成老佛爺，好好享受了一番。

二寶跟三寶出生那天，謝紹請來幫忙的人比謝瀅出生時還多，為了避免上次的情況，謝紹直接將丁嬤嬤、韓大夫和其他產婆請到家中暫住幾天，反正謝家現在宅子大，多的是空房間。

本以為會是場驚心動魄的大戰，沒想到竺珂陣痛之後沒多久，兩個崽崽就一前一後地出生了——是一對男寶寶。

來接生的產婆都樂瘋了，這可是開年的第一樁好事，整個過程也比第一次順利得多。兩個崽崽雖然體型有些小，但都非常健康，而且這次生產完以後竺珂保持清醒，沒直接睡過去。

丁嬤嬤將兩個崽崽抱到竺珂面前說道：「大公子和小公子長得一模一樣呢。」

竺珂東看看、西看看，略顯蒼白的臉上露出了一絲笑容道：「不一樣，小的那個脖子後面有一顆痣。」她伸出手抱住其中一個崽崽。

眾人都湊過去看，金嬸說道：「欸，還是當娘的看得仔細些，我們都沒發現呢。」

「快，當爹的也抱一下。」丁嬤嬤將另一個崽崽送到謝紹跟前。

謝紹這個凡事擔憂在先的父親，心又融化了。他抱著一個兒子，竺珂也抱著一個兒子，他有滿腔的話想對自家嬌嬌說，可話到了嘴邊又說不出來。

罷了，他一定會對他們好的，用他的下半生證明。

謝瀅一下子多了兩個弟弟，有些反應不過來，謝紹給個兩崽崽做了兩張搖床，謝瀅也有了一張稍微大一些的。

這個小丫頭不睡自己的搖床，倒是經常邁著小短腿跑去看弟弟，這個看完了，就跑去旁邊看另外一個。
「弟弟、弟弟……」謝瀅著急地喊叫了起來。
「怎麼了？」竺珂望了過去。
「弟弟、弟弟長得一樣！」這對年紀還小的謝瀅來說是一件很恐怖的事情。
竺珂和謝紹同時笑了起來，竺珂說道：「弟弟是雙胞胎呀，自然長得一樣嘛。」
「雙胞胎？」謝瀅重複了一遍。
謝紹走過去把女兒抱了起來，問道：「瀅瀅能分得清哪個是大弟弟、哪個是二弟弟嗎？」
這麼一問，謝瀅的小腦袋瓜又開始疼了。
瞧她糾結了半晌還得不出答案，屋裡響起了一陣笑聲。
百日的時候，謝家兩崽崽白嫩了起來，某一日，竺珂驚恐地叫了一聲，嚇得謝紹差點破門而入。
「小寶小寶……他……」
「怎麼了?!別著急，妳慢慢說！」
「小寶脖子後面的痣不見了！」
謝紹一聽，趕緊靠過去看。確實，看了半天，小兒子脖子後面的痣真的不見了……夫妻倆這下陷入了沈默。
兩個小子長得一模一樣，體型也差不多，以前因為能靠痣分辨，所以竺珂將他們的衣裳做得完全相同，現在好了，兩人擺在面前，還真的難以分出誰大誰小。

「要不……把小寶的衣裳換了？」

「衣裳換了也可能穿錯……」

「那……把頭髮變一變？」

這對夫妻明明有一個三歲女兒，卻忽然間變成了帶娃新手。

然而過了幾個月之後，這個問題就解決了，因為小寶脖子後面的痣又回來了。

竺珂仔細地研究了好幾天，總算發現問題所在。原來是小寶前一陣子吃多了，白嫩嫩的脖子就像藕節一樣，把那顆痣給藏起來了。

竺珂的雙胞胎是提前生的，謝靈倒是順順利利的懷到了足月。先前她們聊過的「酸兒辣女」這次神奇地應驗了，金家真的添了一個小囡囡。

金嬸和金叔樂得作夢都會笑，天天把寶貝孫女抱在懷裡，一刻也不肯放手，出門也是逢人就說、見人就提。

謝紹說男娃的名字可以稍微定得遲些，是以謝家那兩崽崽的名字還沒著落，金家女兒的名字倒是先定了下來。

叫金靜晗，小名靈寶。

這個小名最初受到謝靈強烈反對，總感覺這是元寶在向她表白，好似土不拉幾的情話……不過金叔和金嬸倒是很喜歡，天天靈寶、靈寶地叫著，謝靈慢慢地也就接受了。

靈寶成了謝瀅的好妹妹，更成了謝家兩兄弟好奇的對象，之後每回見著，幾個孩子都玩得很好。不過謝家兩兄弟暫時還不知道，目前這個張大嘴哇哇哭的奶娃娃，長大以後可把他們給欺負慘了……

謝靈與竺珂身體都恢復很好，這要歸功於竺珂研究的那些香膏跟香露。竺珂之前嘗到了甜頭，這回自然毫不吝嗇地全給了謝靈一份，沒多久兩人的肌膚與身段便回復得猶如少女一般，惹得周圍的婦人妒羨不已，正因如此，依芍苑的生意更好了。

嫂嫂、哥哥、靈靈姊，見字如吾。

聽說嫂嫂和靈靈姊同時有孕，生了三個小寶寶，我在永州，聽聞此消息也十分開心。遙寄禮物，送給小瀅瀅和幾個小寶寶。

我在王府過得很好，阿娘前一陣子帶我去洛陽賞牡丹，原本想北上回蜀中瞧瞧，誰承想爹爹說雨季快到了，只能先行折返。

不過爹爹已經答應我，明年這個時候，我滿了十六歲，就可以回去蜀中看你們了，爹爹還答應我可以多留一陣子呢！

我好想念你們，也想念糯米跟阿旺。不知道小花和小灰好不好？小花還有新寶寶嗎？小麥、大米、綠豆、紅豆跟黑豆的寶寶們我都還沒見過呢，好期待呀。

啊，我還想念嫂嫂做的豬蹄，嘿嘿。

對了，粉色那一包是我準備的禮物，紫色那一包是我阿娘和爹爹準備的，請哥哥跟嫂嫂務必收下。

前一陣子我進了皇宮，皇宮真大啊，可就是太大、人太多了，我還差點迷路了呢。幸好有一個很漂亮的小哥哥帶著我走了回去，我應該算是交到新朋友了。

嫂嫂，阿娘說我已經十五歲，可以相看人家了，可我還不想這麼早嫁人，到時候如果我成親了，哥哥跟嫂嫂會來永州看我嗎？

期待你們的回信。

淼淼敬上

謝家人坐在院裡看完了裴淼的信，還有那幾包禮物。從永州寄東西過來也不容易，竺珂當下就決定回信，再寄一些禮品過去，得到了謝紹的同意。

「明年淼淼要過來了！」謝靈聽到這個消息，激動得一整個晚上沒睡好。

謝紹悄悄告訴竺珂明年他可能需要去一趟永州，到時候大家肯定還能見面。

謝家大崽和二崽剛會走路的時候，已經有些為非作歹了，尤其是欺負阿旺。大崽最喜歡騎在阿旺身上，二崽則喜歡躺在阿旺的肚子上，有時候還會揪一把糯米的毛。每次糯米都無奈得很，只能「喵嗚喵嗚」直喊叫，左右抖動著尾巴逃命。

這天中午，竺珂不小心在屋內趴著睡著了。

二崽午睡醒來，發現屋裡安靜得很，便自己挪著下了地，踉踉蹌蹌地朝院子走去。

「汪！」正趴在院子裡休息的阿旺跳了起來，跑到二崽面前。牠怕二崽不小心摔傷了，急得團團轉。

可惜小傢伙不知道這件事，還以為大狗是跟他鬧著玩。他撲在阿旺身上，親暱地蹭著牠的毛髮。

糯米也被吵醒了，見到這一幕，渾身的貓毛炸開，躥了過來，比阿旺還著急的樣子，像極了老父親。

二崽騎在阿旺身上，還去扳牠的嘴，阿旺委屈極了但又不會咬人，只好任由二崽欺負。昨天剛下了場雨，阿旺才在泥水潭裡打過滾，這下二崽身上的衣裳也全髒了。

謝紹推門而入，見到的就是這一幕。

他沒開口罵人，而是淡定地走到阿旺身邊，將撒潑的二崽提了起來，讓他坐在自己的臂彎上。「娘親要生氣了。」

二崽看見爹爹，還「咯咯咯」直笑，完全沒意識到自己幹了壞事。

「這是娘親熬夜趕製的新衣裳，她眼睛都熬紅了，結果現在卻被你弄黑。」

二崽懵懵懂懂的，費力地去聽謝紹的話，他很聰明，算是聽懂了，接下來就眨巴了兩下眼睛，癟了癟嘴，一副想哭的模樣。

「還有阿旺，小狗的鼻子和嘴很脆弱，如果爹爹捏你的鼻子，痛不痛？」

「哇——」二崽這下開始嚎啕大哭。

阿旺跑到謝紹跟前拚命轉圈圈，又用嘴扯了扯謝紹的衣裳，彷彿在說：別罵崽崽了，我心疼！

謝紹不為所動，繼續道：「再哭的話，娘親一會兒就醒了。」

二崽馬上就理解了，哭聲戛然而止。

謝紹的表情變得柔和，他們家的小寶寶都伶俐得很。「在娘親發現之前，我們把衣裳換了，再洗個澡澡，好不好？」

二崽哭了個鼻涕泡，表示同意。

謝紹做了小浴桶，是專門給崽崽們洗澡用的，這會兒二崽在自己專屬的小浴桶裡啪啪地打著水花，樂得很。

阿旺這個沒出息的，耷拉著舌頭在旁邊笑，水花濺了過去，也不知道躲。

謝紹挽起袖子，面無表情地走過來道：「還笑，等會兒就給你洗澡。」

阿旺立刻不笑了。又要洗澡……他垂著尾巴走了出去。

糯米幸災樂禍地在一旁舔著爪子，絲毫沒意識到自己有危險。

二崽被父親教育得不欺負狗狗了，這會兒，他趁著糯米不注意，猛然將牠抓起來丟進了水裡。

「喵嗚喵嗚！」糯米死命地揮舞前爪，一下子成了隻落湯貓。

謝紹回過頭，嘆了口氣，大掌一撈，救出了糯米。

二崽拍著手掌直笑，卻發現父親又嚴肅地盯著自己瞧，漸漸地笑不出來了。

最終，在父親的幫助下，二崽從一顆小黑蛋變成白嫩嫩的小球。

看著院子裡那個泥水潭，謝紹蹙起了眉頭。是他忽略了，這院子裡的地，好久沒修整了。

二崽和阿旺都洗了乾淨，糯米打濕後，乾脆也洗了個澡，午後的陽光溫暖，沒一會兒，一貓一狗的毛髮都乾了。

阿旺乖順地趴在地上，二崽則是靜靜地窩在牠背上，睡著了。

竺珂這幾天著實有些疲累，原本是打算趴在桌子上眯一會兒就好了，誰知道一下就熟睡了過去。醒來之後，她發現自己從桌邊被挪回了床上。

肯定是謝紹抱她過去的，竺珂泛起一絲甜甜的笑。成親好幾年了，謝紹待她一如當初那麼好，她沒看錯人。

瞧了瞧四周，房裡不見謝紹的人影，也沒看到二崽。竺珂細心地為大崽蓋好被子，自己則換了套衣服，走進了院子裡。

陽光正燦爛，謝家小院裡溫馨如舊。

阿旺跟糯米窩成一團，二崽在阿旺背上睡得正香；謝紹在院中修整地面，他的肩膀寬闊、腰部勁瘦，結實的背沁出了一些汗，看上去還是那麼令人有安全感。

廚房裡傳來陣陣熟悉的香氣，是竺珂午睡前燉的排骨，這會兒香味正好飄了出來。

竺珂微笑著倚在門邊，謝紹心念一動，回過了頭——彼此的視線不期而遇。

兩情相悅，兩心相許。今日，也是平淡卻又幸福的一天。

——全書完

結髮為夫妻，恩愛兩不疑／灩灩清泉

2021年4月出版

大四喜

她將他當成了弟弟般照顧，甚至拿出稀世藥膏治他的臉傷，
一開始他也確實將她當成姊姊般，雖然兩人只差幾個月，
可聽見媒婆說了些條件差的男子給她時，他極憤怒，
得知外貌、才幹、家世都頗佳的人對她有意後，他仍是不悅，
思來想去，自己怕是對她情根深種了，才覺天下男子都不配啊！

文創風 949 1

許蘭因擁有能聽見別人「內心話」的特殊能力——聽心術，
由於這樣，她每次相親總因聽見了對方內心的差勁想法而從未成功過，
某日又相親失敗後，她走在路上，突然一腳踩空，再醒來竟然穿書了?!
這兒是大名朝，皇帝姓劉不姓朱，而她是僅剩一個多月生命可活的負評女配！
呵，老天爺是在整她吧？既然回不去原本的世界，那她當然得想辦法活下去，
根據她腦中接收到的資訊，這女配跟她同名同姓，家中有寡母及兩個弟弟，
重點來了，她還有個自小就訂下婚約、長相俊俏又有功名在身的古姓未婚夫，
但按原書設定，他中舉後不久她就要溺斃了，根本來不及當舉人娘子享福啊！

文創風 950 2

錯把古渣男當良人，原主許蘭因就是個愛到無藥可醫的傻棒槌無誤啊！
雖然她平時很勤奮工作又會做事，但攢下的錢全獻給了未來夫家，
這還不夠，古家母子倆甚至攛掇著她偷賣家中田地，拿錢供他們花用，
結果，不僅娘親氣得許久不跟她說話，就連兩個弟弟也煩她、厭她了，
如今她沒了利用價值，古家還打算暗地裡壞她名聲甚至害死她好另娶他人，
幸好自己不是原主那個癡情小傻瓜，早知他的真面目並成功退親保住小命，
當前最要緊的，就是趕快想辦法把之前被原主敗光的錢掙回來，
畢竟這個家窮得連頓像樣的飯都沒，娘親和幼弟還一身病，樣樣都要錢呀！

文創風 951 3

黑根草，簡單地說就是每六十年才會出現一次的神奇藥草，
原主因為鼻子特別好使，曾誤打誤撞地在山裡挖出了兩棵，
就這麼巧，聞名天下的老神醫遍尋不著它卻又急需它，
所以當場以僅有的一錠銀角子、一塊刻了字的神祕小木牌及一盒藥膏買走，
據老神醫說，藥膏既能讓皮膚又白又細還能治疤，省著用放二、三十年也不會壞，
偏偏原主不信這話，隨手丟在家中，幸好許蘭因翻箱倒櫃尋了出來，
都說老神醫有三寶，其中一寶就是這個能去疤生肌的如玉生肌膏，
但話說回來，當初老神醫跟她換還覺得她虧了，可見那黑根草更是珍寶吧？

文創風 952 4 完

尋覓黑根草期間，她先是跌落獵人設的陷阱中，命懸一線時被那個叫趙無的男子所救，
後來她又碰巧救了被親戚謀害推下崖的他，並在現場發現了心心念念的黑根草，
算他幸運，雖然那張俊臉摔出不少傷痕，還被老鷹啄出兩個洞，變得血肉模糊，
但不怕，她手裡有如玉生肌膏啊，保證還他一張比之前加倍俊美的臉！
傷癒後，這傢伙卻老愛在她耳邊唸叨著：若她因退親一事而嫁不出去，他願意娶她，
本來她是不當一回事的，可不知是否被他洗腦了，她竟也覺得嫁他似乎不賴，
而且，他還意外救了她「失蹤多年」的爹爹一命，是他們許家的恩人啊！
兩人互救相許、天價賣掉黑根草、父親生還大團圓，這許是她的人生四大喜吧？

文創風
957

逐香巧娘子 下

國家圖書館出版品預行編目資料

逐香巧娘子 / 桃玖著. --
初版. -- 臺北市 : 狗屋出版社有限公司, 2021.05
冊 ; 公分. --（文創風 ; 956-957）
ISBN 978-986-509-214-6（下冊 : 平裝）. --

857.7　　110005619

著作者　桃玖
編輯　連宓均
校對　黃薇霓
發行所　狗屋出版社有限公司
地址　台北市104中山區龍江路71巷15號1樓
電話　02-2776-5889～0
發行字號　局版台業字845號
法律顧問　蕭雄淋律師
總經銷　知遠文化事業有限公司
電話　02-2664-8800
初版　2021年5月
國際書碼　ISBN-13　978-986-509-214-6

本著作物由北京晉江原創網絡科技有限公司授權出版

定價260元
狗屋劃撥帳號：19001626
網址：love.doghouse.com.tw　E-mail：love@doghouse.com.tw